# 박스 3
*BOX*

**Box**

Copyright © 2021 Camilla Läckberg and Henrik Fexeus
Korean Translation Copyright ©2024 by Pencil Inc.
Korean edition is published by arrangement with Nordin Agency AB, Sweden, through Duran Kim Agency, Seoul.

이 책의 한국어판 저작권은 듀란킴 에이전시를 통한 Nordin Agency AB와의 독점계약으로 펜슬프리즘(주)에 있습니다. 저작권법에 의하여 한국 내에서 보호를 받는 저작물이므로 무단전재와 무단복제를 금합니다.

박스

**3**

카밀라 레크베리, 헨리크 펙세우스 지음

임소연 옮김

어느날
갑자기

### *1982년 모라*

예인은 일바네 집 복도에 놓인 의자에 앉아 있었다. 의자 옆 서랍장 위에는 전화기가 놓여 있었다. 예인은 회색 수화기를 차마 들지 못하고, 그저 전화기에 손만 댄 채 머뭇거렸다. 집에 전화를 할 것인가, 말 것인가. 그것이 문제였다. 사실 예인은 집을 떠나 친구 집에 머무는 동안 엄마가 매일, 아니 하루에도 몇 번씩이나 전화를 걸어와 잘 지내느냐고, 언제 집에 올 거냐고 재촉할까 봐 걱정을 하고 있었다. 일바의 부모님에게도 그녀의 엄마가 조금 병적일 수 있다고 이야기해 두고, 앞으로 일어날 거라 생각한 일에 대해서 미리 사과도 해 두었다.

그런데 엄마는 놀라우리만큼 자제력을 발휘하고 있었다. 여기 도착한 첫날 전화를 해서 예인이 잘 도착했는지, 다 괜찮은지 확인한 후로는 한 번도 전화를 걸지 않았다. 분명 전화를 걸고 싶은 마음을 참기가 어려울 텐데 말이다. 하지만 그건 잘된 일이었다. 어쩌면 엄마는 예인 없이도 그럭저럭 살 수 있다는 것을 깨달았는지도 모른다. 예인이 동생의 마술을 보고 논리적으로 분석해 그 비밀을 알아내는 것처럼, 엄마도 결국 엄마를 계속 살아가게 했던 건 예인이 아니라는 것을 깨달았는지 모른다. 어쩌면 예인이 집을 떠나는 것은 아무 문제가 되지 않을지 모른다.

하지만 회색 플라스틱 전화기를 쥔 손에 땀이 차오르는데도 그녀는 수화기를 들어 올리지 못하고 계속 잡고만 있었다. 뭔가 이상했다. 무언가 대단히 잘못된 것 같았다. 합리적으로 설명할 수는 없었지만 그냥 그런 느낌이 들었다. 죄책감에 겁을 먹어서 바보 같은 생각을 하는지도 모른다. 엄마가 평소대로 그녀를 달달 볶지 않는다는 사실에 걱정하기보다는 기뻐해야 마땅한데…….

그런데…… 뭔가 잘못됐다는 느낌이 자꾸만 들었다. 집에 무언가 문제가 생긴 것 같았다. 예인은 전화선을 손가락 사이에 끼고 빙빙 돌리기 시작했다. 전화를 걸어 걱정되는 마음을 드러내면, 엄마는 당장 집으로 오라고 말할 거다. 하지만 전화를 걸지 않으면 이 찝찝한 기분에 계속 심란할 것이다.

결국 예인은 수화기를 들었다. 그리고 땀이 찬 손바닥을 바지에 문질러 쓱 닦고 집 전화번호를 돌렸다. 몇 초간 타닥타닥 하는 소리가 들리더니, 이내 연결이 되었다. 마침내 신호음이 울리기 시작했다. 꼭 지구 반대편에 전화를 거는 것처럼 소리는 미약하고 희미하기만 했다. 신호음이 다섯 번 울리고, 누군가 전화를 받았다.

"여보세요. 전 보만인데요."

"안녕, 동생! 누나야!"

수화기 너머 침묵이 흘렀다. 예인은 동생이 전화에 대고 이야기하는 걸 좋아하지 않는다는 걸 알고 있었다. 이 대화는 그녀가 이끌어야 할 것이다.

"엄마랑 어떻게 지내고 있어?"

예인이 먼저 물었다.

"잘 지내. 지금은 아침 먹는 중이야."

예인은 조용히 홀로 미소를 지었다. 모든 건 다 괜찮았다. 속이 배배 꼬이는 것 같았던 불편한 느낌도 사라질 것이다.

"내가 맞혀 볼게. 엄마가 해 준 토스트 샌드위치를 세모로 잘라서?"

"응. 식빵 끝부분은 잘라서. 삶은 달걀은 얇게 썰고. 뭔지 알잖아……."

"그럼, 루틴은 중요하지."

"……루틴은 중요하지."

둘은 동시에 웃음을 터트렸다.

"엄마 좀 바꿔 줄래? 엄마 식사 끝났으면 말이야."

"안 돼. 엄마는 지금 얘기 못 해."

"왜…… 오늘 그런 날이야?"

예인이 목소리를 낮춰 물었다.

"너 괜찮은 거야?"

"아냐. 그런 날 아니야. 그냥 엄마가 여기 없어서 그래. 난 괜찮아."

어쨌든 엄마는 아침 식사를 만들어 줄 정도로 괜찮다는 거니, 그러면 됐다. 걱정은 예인의 죄책감이 만들어 낸 감정 그 이상도 이하도 아닐 것이다. 그리고 동생하고만 이야기를 하면 엄마도 당장 집으로 오라고 말할 수 없을 테니, 이 편이 나았다.

"나 떠나기 전에 비밀 마술 소품을 만든다고 한 거 아니었어? 엄마가 그러는데, 그 마술에 엄마도 참여할 수 있다며. 집에 가면 나한테도 보여 줄 거야?"

수화기 저편에선 침묵만이 흘렀다. 예인은 아직도 동생이 거기 있는지 확인하려 수화기에 귀를 바짝 갖다 댔다. 희미한 숨소리가 들렸다. 동생은 비밀이라 말하기를 주저하고 있었다. 모든 비밀을 다 알려 주면 그건 더 이상 마술이 아니라고 늘 말하던 동생이었으니까. 하지만 이렇게 예민하게 굴 필요는 없지 않나.

"걱정 마. 엄마도 그것 말고는 나한테 아무 말도 안 해 줬으니까."

"이 얘긴 그만했으면 좋겠어. 그리고 지금은 샌드위치 먹어야 돼. 토스트 샌드위치가 식고 있어."

"알겠어, 동생. 그럼 다음 주에 보자. 엄마한테도 사랑한다고 전해 줘."

동생은 예인이 말을 마치기도 전에 전화를 끊었다. 예인은 전화선을 감고 있던 손가락을 빼고, 수화기를 내려놓았다. 동생하고 이야기하는 동안에는 모든 게 다 괜찮은 것 같았는데 전화를 끊자마자 다시 걱정이 몰려왔다. 통화 말미에 동생의 반응이 영 이상했다. 당장 집에 가서 다 괜찮은지 확인해야 했다.

"아니야. 그만해, 예인."

그녀는 소리를 내어 중얼거리며 고개를 저었다.

예인이 살며 만난 사람 중 엄마처럼 사람을 조종하는 능력이 탁월한 사람은 아무도 없었다. 엄마는 누구든 목표로 삼은 사람이 있으면 손톱을 찔러 넣고 상대에게 저항할 힘이 없어질 때까지 버티는 데 아주 뛰어난 능력을 보유하고 있었다. 그리고 예인에게 박힌 엄마의 손톱은 예인이 생각했던 것보다 훨씬 깊이 박혀 있는 것 같았다. 아무것도 하지 않고도 엄마는 예인을 집으로 돌아가게 만들 뻔했으니까. 하지만 이번에는 아니다. 이번에는 예인이 이길 것이다.

예인은 어제 싸 놓은 수영 가방을 들고 뒤뜰로 나갔다. 일바는 잔디밭에 깔아 놓은 수건 위에 누워서 책을 읽고 있었다.

"일바, 우리 수영장 갈까?"

"너 완전 늦었어."

자리에서 일어난 일바는 벌써 비키니 차림이었다.

"늦게 도착하는 사람이 7미터 보드 위에서 뛰어내리는 거다!"

예인이 외치며 자전거를 향해 뛰기 시작했다.

그리고 머릿속으로 집에 가고 싶다는 생각이 들기 전까지는 절대로 돌아가지 않을 거라고 다짐했다.

\*

어쩌면 벌써 백 번째, 루벤은 수동 기어가 있어야 할 자리에 손을 뻗었고 또 한 번 이 차에는 수동 기어가 없다는 걸 깨달았다. 그리고 백 번째, 그의 쉐보레 카마로를 몰고 나오지 않은 것을 후회했다. 자동 변속기 차라니? 순 엉터리 아닌가! 그가 운전을 제대로 할 수 없을 정도로 몸에 장애가 있는 것도 아닌데. 하지만 밍크 농장 하면 어쩐지 진흙과 공업 폐기물, 그리고 동물 털이 여기저기 널려 있을 것만 같았다. 그건 그의 애마 엘리노르에게 할 짓이 못 됐다. 왜 그의 차에 엘리노르라는 이름을 붙였냐고 누군가 물어 올 때마다 루벤은 니컬러스 케이지가 나오는 액션 영화에서 따온 거라고 말했지만, 사실 진짜 이유는 루벤 본인만 알고 있었다.

엘리노르는 얼마 전에 막 서비스 센터에서 나와 방금 뽑은 새 차처럼 번쩍번쩍 빛났다. 루벤은 지하 주차장에 엘리노르를 주차하고 그 위로 커다란 방수포를 덮어 놓았다. 그와 함께 지하 주차장을 쓰는 이웃들은 지하 주차장에 둔 차에 방수포를 덮은 그를 놀리고 싶어 난리였지만, 더러운 본인들 차를 보고 별다른 말을 하지는 못했다. 그는 밀폐된 지하 주차장에 갇혀 있는 공기 속 기름 입자들이 하얗게 칠한 엘리노르의 근처에 얼씬도 못 하게 만들 심산이었다.

그런 이유로 오늘 그는 경찰차를 끌고 나왔다. 또 불청객으로서 어딘가를 방문할 때는 경찰차에 박힌 '경찰' 로고도 톡톡히 도움이 되었다. 사람들이 경찰차를 보며 느끼는 불안함을 그는 제대로 이용할 줄 알았다. 하지만 그럼에도 불구하고 그의 오늘 하루는 완벽한 시간 낭비였다. 예상했던 바였다. 오늘 하루 동안 그는 세 곳의 밍크 농장을 방문했고, 지금 가는 네 번째 농장을 마지막으로 오늘의 탐문을 끝낼 작정이었다.

지금 단계에서는 그냥 둘러만 보자는 생각이었다. 밍크 농장이 정말로 사람을 가두고 살해까지 할 수 있는 장소인지, 직접 방문해 느낌만 보자는 것이다. 하지만 여기 오기 전 방문한 세 곳의 밍크 농장에는 조금의 여유 공간도 없어 보였다. 사방팔방 천지에 모두 밍크가 깔려 있었다. 농장들은 자동화 시스템을 도입해 수천 마리의 밍크를 사육하고 있었는데, 자동화 시스템 덕분에 한 사람이 천 마리의 밍크를 돌볼 수 있었다. 밍크가 살 공간도 부족해 보이는 곳에 사람을 죽이는 소품을 만드는 목공 작업실 같은 게 있을 리 없었다.

오늘 마지막으로 방문할 농장은 노르텔리에 군도의 리되 섬에 위치해 있었다. 즉, 그 섬에 가려면 페리를 타야 한다는 뜻이었다. 그는 페리에 타자마자 자동차 시동을 끄고 차에서 내렸다. 서늘한 바람에 그의 재킷과 머리칼이 펄럭거렸지만, 그대로 내버려 두었다. 신선한 공기가 무척 고팠던 터였다. 밍크 농장에서 나는 고약한 냄새는 인간적으로 참기 힘들었다. 많은 사람이 그런 농장의 열악한 동물 사육 환경에 분노한다는 것, 그리고 스스로 박식하다고 생각하는 사람들에게 밍크 산업은 그리 인기 있는 사업이 아니라는 건 그도 알고 있었다. 어떤 면에서는 그들의 주장도 이해가 갔다. 오늘 방문한 농장에서 본 풍경들은 그에게도 그리 유쾌하지는 않았으니 말이다.

하지만 동시에 그렇게 누군가의 열악한 환경에 대해 불평을 하고 싶다면, 동물에 관심을 쏟기 전에 이 세상에 도움이 필요한 사람도 많다는 걸 기억했으면 했다. 그런 사람들을 도우려면 도울 방법만 선택하면 된다. 경찰이 되어 더 나은 세상을 만들든지, 아니면 좌파가 되어 데모를 하든지.

15분쯤 후, 페리는 목적지에 도착했다. 그가 차에 다시 올라타자마자 전화벨이 울렸다.

"루벤 회크입니다."

루벤은 자동차의 핸즈 프리 시스템으로 전화를 받았다.

"안녕하세요, 루벤 씨. 저 빈센트입니다. 어떻게 잘 되어 가고 있나요? 오늘 밍크 농장과 관련된 단서를 찾으러 탐문에 나갔다고 들었는데요."

빈센트? 그에게 전화를 걸 만한 사람은 아니었는데. 아마 미나가 괜한 이야기를 떠벌렸을 것이다. 미나는 그녀가 데려온 마법사가 경찰보다 일을 더 잘한다고 생각하는 것 같았다. 어쩌면 빈센트 거기를 랩으로 둘둘 싸서 한번 하고 싶은지도 모른다. 그는 그의 머릿속에 불쑥 떠오른 이미지에 쿡쿡 웃음을 터트렸다.

"솔직히 말하면 이건 완전 시간 낭비예요."

루벤이 시동을 걸며 말을 이었다.

"지금 마지막 농장으로 가는 길인데, 로베르트의 위 속에서 나온 다른 내용물이 있다고 또 이런 탐문을 보내지는 않았으면 좋겠네요. 그러면 뒤져야 할 맥도날드가 한둘이겠어요?"

선착장에 도착한 페리가 부둣가를 툭 치자 차가 흔들렸다.

"그런데 전화는 왜 한 건데요?"

루벤은 페리에 실린 자동차를 막아 뒀던 차단벽이 올라가는 것을 보며 물었다.

"다른 팀원들이 들을 수 없게, 루벤 씨랑 단독으로 하고 싶은 이야기가 있어서요."

페리에는 그의 차 말고도 두 대의 차량이 더 실려 있었다. 루벤은 휴대폰으로 지도를 확인하면서 그 두 대를 추월했다. 밍크 농장은 페리 선착장에서 멀지 않은 곳에 위치해 있었다.

그는 얼른 탐문을 마치고 오늘 이 길고 긴 하루를 끝낼 수 있길 바랐다.

"우리는 서로를 잘 모르죠. 하지만 전 루벤 씨를 관찰해 왔습니다. 루벤 씨가 이야기하는 방식도 귀 기울여 들었고요. 여자들을 대하는 루벤 씨의 태도도 지켜봤죠. 하나만 묻겠습니다. 그 여자분이 루벤 씨를 떠난 건 얼마나 오래전 일이죠?"

루벤은 휘파람 소리를 내며 갓길에 차를 세웠다. 그가 추월했던 나머지 차 두 대가 짜증 난다는 듯 경적을 울리며 다시 그의 차량을 추월했다. 차를 세우기 거의 직전에 그는 에어팟을 꺼내려 주머니를 뒤적이기 시작했다. 이건 누가 엿듣기라도 하면 곤란한, 지극히 개인적인 이야기였다. 물론 지금 차 안에는 그 혼자였지만 그래도 안심이 안 되었다.

"대체 그게 무슨 지랄 같은 질문입니까?"

그가 무선 이어폰을 귀에 꽂은 뒤 입을 열었다.

"첫째, 지금 댁이 무슨 이야길 하는 건지 당최 모르겠고요. 둘째, 그건 지극히 개인적인 일입니다. 대체 당신이 누구라고 생각해서 이런 질문을 하는 거죠?"

"루벤 씨 뒤를 캐려고 한 건 아니지만, 저는 마음이 아픈 사람은 단번에 알아보거든요. 이건 전적으로 객관적인 관찰 결과를 말씀드리는 겁니다."

루벤은 말문이 막혔다. 그 자신에게도, 아니 다른 그 누구에게도 인정하고 싶지 않은 이야기였다. 하지만 사교성이라고는 눈곱만큼도 찾아볼 수 없는 이 빌어먹을 멘탈리스트의 말이 맞긴 했다. 그래도 루벤은 그렇게 생각하고 싶지 않았다. 지금도, 나중에도. 여자들은 믿지 못할 존재고, 그게 다였다.

"너무 단도직입적으로 말해서 죄송하지만……."

다행히 빈센트의 말투에서 연민이나 동정은 찾아볼 수 없었다.

"누가 어떻게 말해도 싫어하실 이야기라고 생각했어요. 하지만 루벤 씨가 그런 감정을 계속 가지고 사는 것보다는 제가 무신경한 바보 멍청이라고 비난받는 게 더 나을 거라고 생각했습니다. 제 생각이 맞고, 또 루벤 씨가 실제로 그런 감정을 계속 안고 있는 게 맞다는 가정하에요."

"이건 뭐 거의 나한테 청혼하는 걸로 들리는데요."

루벤이 콧방귀를 뀌며 차에 시동을 다시 걸었다.

"내가 무슨 감정을 어떻게 느끼는지, 그쪽이 왜 신경을 쓰는데요? 그쪽이 신경 쓸 일은 전혀 아니지 않나요?"

길 저쪽에 밍크 농장이 보였다. 아마 이 길에서 농장으로 들어가는 샛길이 있을 것이다. 그리고 그 샛길을 따라가면 농장 건물 앞의 주차장으로 이어질 테고. 1분이면 주차장에 도착할 것이다.

"루벤 씨 감정에 신경을 쓰는 게 아닙니다. 그것보다는……."

"그럼 이제 내 상담 치료사 노릇이라도 하겠다는 건가요?"
루벤이 말을 끊었다.
"그것도 전혀 아닙니다."
빈센트가 말을 이었다.
"제 생각이 맞는지 틀렸는지도 솔직히 알고 싶지 않아요. 하지만 이 말은 꼭 해야 할 것 같아서 하는 겁니다. 루벤 씨…… 루벤 씨는 괜찮을 때는 괜찮아요. 그 정도는 루벤 씨 동료들에게서 파악할 수 있었습니다. 하지만 루벤 씨의 마음을 괴롭게 하는 뭔가가 있는 것 같아요. 그것 때문에 루벤 씨도 제 기량을 다 발휘하지 못하고 있고요."

루벤은 주차장에 차를 주차하고 바깥으로 나왔다. 이제까지 방문했던 농장에선 주차장에서부터 농장이 가동되는 요란한 소리를 들을 수 있었다. 밍크들이 내는 소리는 말할 것도 없고, 사육 시스템, 냉방 시설, 수송용 컨베이어 벨트, 그 모든 것이 소음을 만들었다. 그런데 이곳은 완벽한 정적에 휩싸여 있었다. 아마 이 농장은 폐쇄된 모양이었다. 그가 알기로도 갈수록 더 많은 농장이 폐쇄되고 있으니 이상할 것은 없는 일이었다. 버려진 것처럼 보이는 건물 외관도 그의 이런 생각을 뒷받침했다. 농장 뒤편에서 10미터 떨어진 곳에는 탁 트인 바다가 펼쳐져 있었다. 냄새만 아니었다면 아주 평화로워 보였겠지만, 이곳의 냄새는 앞서 들렀던 농장보다 더 지독했다.

지금은 동물들이 없을지 몰라도 아주 최근까지는 있었던 게 분명했다. 오늘 그가 방문했던 농장 중에서 살인이 일어날 수 있는 이론적 조건을 갖춘 곳은 이곳이 처음이었다.

"그런데 무엇보다 심각한 건 루벤 씨 행동이 동료들의 역량에도 부정적인 영향을 미치고 있다는 겁니다."

수화기 너머 들리는 빈센트의 목소리가 루벤의 생각을 끊었다.

"지금부터 하는 말은 아무런 편견 없이 하는 말입니다. 루벤 씨 말과 그 눈빛에…… 다른 사람들은 반응을 하죠. 어쩌면 지금 루벤 씨는 속으로 네가 뭘 안다고 그런 말을 하냐, 말도 안 되는 소리라고 생각할 수도 있을 겁니다. 그 생각이 맞을 수도 있겠죠. 하지만 루벤 씨의 말과 행동에 다른 사람들의 기분이 확 안 좋아지는 게 제 눈에는 보이거든요. 그러면 일을 하면서도 실수를 하게 되지요. 다시 한번 말하지만 아무런 편견 없이, 그저 객관적인 관찰 결과만 말씀드리는 겁니다."

객관적인 관찰 결과라고? 대체 누가 그런 말을 하고 다닌단 말인가?

"지금 미나 이야기를 하는 겁니까?"

루벤이 물었다.

그때 농장 옆의 주택 같아 보이는 건물에서 은퇴할 나이가 되어 보이는, 수염이 덥수룩한 남자가 나왔다. 맙소사, 저 사람은 지금 저기에 산다는 말인가? 이 밍크 농장에? 저 남자가 오래전에 후각을 상실했기만을 바랄 뿐이다.

"제가 신경 쓸 일은 아니지만, 그래도 루벤 씨가 속한 팀이 진행 중인 수사 단계를 생각했을 때 팀 전체가 최고의 기량을 발휘하지 못한다면 안타까울 것 같아 말씀드리는 겁니다."

적어도 빈센트는 '우리가 진행 중인 수사 단계를 생각했을 때'라고 말하며 이 팀에 자신을 은근슬쩍 끼워 넣지는 않았다. 그때 저만치에서 뭔가가 보였다. 남자가 걸어가는 집 옆으로 난 잔디 위에 흰색으로 칠한 목제 정원용 테이블과 의자가 놓여 있었다. 루벤이 서 있는 곳에서도 가구의 칠이 벗겨지고 있는 게 보였다. 테이블 앞 의자에는 여자도 한 명 앉아 있었다. 그때 남자가 루벤을 보고 그를 향해 걸어오기 시작했다.

"무슨 일이십니까?"

남자는 경찰차로 다가와 물었다.

루벤은 손으로 이어폰을 가리키며 남자에게 자신이 통화 중이라는 걸 표시했다.

"루벤 씨, 그리고 무엇보다 저는 개인적으로 루벤 씨가 지금보다 나아졌으면 하고 바랍니다."

빈센트가 결론을 내렸다.

"빈센트 씨, 잠깐만요."

루벤은 짧게 말하고 남자를 향해 몸을 돌려 물었다.

"이거 선생님 농장입니까?"

"맞소. 나랑 내 아내 소유지요."

남자가 여자를 가리키며 말을 이었다.

"아니, 이제는 소유였다고 말해야 하려나. 남은 게 별로 없거든. 동물 보호 운동가들이 멋대로 들어와서 밍크들을 다 '자유롭게' 풀어 줬소. 도망친 밍크들을 다시 잡아 오지는 못했고, 직원이었던 예란과 마르틴도 다 자르고 운영도 중단해야 했소. 이 섬 숲속하고 근처 다른 숲속에는 아직도 그때 풀려난 밍크들이 곳곳에 숨어 있지. 밍크는 수영도 아주 잘하거든."

남자가 웃으면서 말을 이었다.

"신고도 했지만 별다른 도움은 없었소. 그 일 때문에 여기에 온 거요? 지금 정도 타이밍에 경찰이 개입해서 수사를 했으면 좋겠는데. 그 운동가라는 사람들, 어느 시점에는 대가를 치러야 하지 않겠소."

루벤은 고개를 끄덕였다.

"여기 낯선 사람이 오거나 하지는 않았습니까? 동물 보호 운동가들 말고요."

"여기에 낯선 사람이 왔냐는 말이오?"

남자가 휘둥그레진 눈을 하고 웃으며 말을 이었다.

"여긴 작은 섬이오. 경찰 선생이 타고 온 저 페리가 이 섬으로 들어오는 유일한 교통수단이지. 물론 개인 보트가 있다면 이야기가 좀 다르겠지만. 어쨌든 여기 낯선 이가 왔다면 우리 모두 그 소식을 들었을 거요. 그런데 그런 이야기는 들은 적이 없으니, 낯선 사람도 안 왔고 그 사람들이 여기 와서 파티를 열지도 않았고, 아무튼 경찰 선생이 생각하는 그런 일은 없었소."

남자가 웃으며 말했다.

"밍크를 다 풀어 준 후에는 활동가들도 여기에 관심을 끊었지. 이 섬은 사람들이 볼일이 없으면 찾지 않는 그런 섬이오. 우리도 이걸 팔고 헤리읗아로 이사를 갈까 생각 중이고. 가족이 있으니, 아시겠지만."

루벤은 안다는 내색을 하며 남자의 말을 받아 적었다. 또 한 번의 막다른 벽이었다. 여기서도 아무 수확은 없었다. 이 섬에서 일어나고 있는 가장 재미있는 일은 저 건물의 페인트가 천천히 벗겨지고 있다는 것일 테다. 재미고 나발이고 제발 이 냄새부터 어떻게 해야 할 것 같지만.

"여기 온 사람이 생각나거든 전화 주십시오."

루벤이 명함을 건네자 남자는 명함을 받으며 고개를 끄덕였다. 그리고는 뒤돌아서서 아내와 정원용 가구가 있는 곳을 향해 걸어갔다. 남자의 아내도 루벤을 향해 손을 흔들어 줬다.

루벤은 차로 돌아와 이어폰을 다시 켰다. 그리고 노부부에게 손을 들어 인사한 뒤 작은 주차장에서 차를 빼서 큰길로 차를 몰았다.

"빈센트 씨, 저 다시 통화 가능합니다. 그래서 지금 정확히 무슨 말이 하고 싶은 거예요?"

루벤이 이어폰을 통해 말했다. 그는 자기 목소리에 짜증이 섞여 있지 않다는 것에 스스로 놀랐다. 보통 감정에 대한 이런 쓰레기 같은 이야기를 듣거나, 사람들이 그의 사생활을 파고들려고 하는 게 제일 싫었는데. 하지만 이 멘탈리스트는 그럴 자격도, 능력도 있는 사람이었다. 루벤 안의 무언가가 그에게 계속 말을 하고 싶게 만들고 있었다. 아주 간절하게.

"전화를 끊으셨나 생각하던 참입니다."

빈센트가 입을 열었다.

"잘 들으세요. 이 전화를 끊고 루벤 씨한테 문자로 전화번호 하나를 보내 드릴 겁니다. 이런 이야기를 하기 좋은 사람의 번호죠. 이 방면으로는 최고의 실력자고요. 그 사람한테 연락하세요. 뭐, 싫으면 마시든가요. 루벤 씨가 어떤 선택을 했는지 저는 모를 겁니다. 알고 싶지도 않고요. 하지만 동료들이 루벤 씨를 인정하고 또 좋아하고 있다는 건 아셔야 해요. 동료들은 루벤 씨에게 마음을 쓰고 있어요. 루벤 씨가 얼간이처럼 행동하지 않을 때는요."

루벤은 침묵한 채 페리 선착장으로 다시 차를 몰았다. 빈센트의 부드러운 목소리가 그의 내면 어딘가에 와닿았다. 그는 설명을 하고 싶었다. 설명을, 하고, 싶었다.

"이제 거의 11년쯤 된 일입니다. 그녀의 이름은 엘리노르였죠. 내가 누군가를 믿은 건 그때가 마지막이었어요. 빈센트 씨를 믿어서 이런 이야기를 하는 건 아니지만요."

마지막 말은 진심이 아니었다. 평소 자신의 모습에 반하는 이 대화를 거부하기 위해 마음속으로 발버둥 치다 잘못 나온 말이었다. 하지만 동시에 이 이상을 말할 수는 없었다. 그걸 다 쏟아 내면 무언가가 무너질 것 같았다. 그가 지난 10년 동안 끝내 외면해 왔던 그 무언가가 말이다.

그는 전화를 끊고 페리에 차를 실었다. 머릿속은 빈센트 때문에 떠오른 옛 생각들로 가득했다. 이제껏 감히 생각하려 시도조차 못 했던 생각들이 어찌 막아 볼 수도 없이 그의 머릿속에 차오르고 있었다. 엘리노르. 엘리-노르. 그녀는 그의 닻이었고, 반석이었으며, 은신처였다. 그녀는 완벽했다. 하지만 그는 너무 어렸고 세상을 잘 몰랐다. 그래서 그가 가졌던 그 행운을 놓치고 말았다. 그거였다. 그가 지난 10년 동안 외면하려고 했던 진실이 이제 수면 위로 떠올랐다. 엘리노르가 떠난 후 이사벨라, 야니카, 멜리사를 차례로 만났다. 그리고 산나 다음부터는 여자를 완전히 경멸하게 됐다. 당연한 일이었다. 그가 인생 경험으로 배운 게 있다면 그건 바로 여자들이 원하는 것은 단 하나, 그의 통장 잔고라는 것이었다. 그러나 경찰의 쥐꼬리만 한 월급과 그의 통장 잔고로 그녀들을 만족시키는 건 턱도 없는 일이었다. 하지만 그게 여자들이 원하는 것이었다면, 그가 먼저 관계를 끝냈다고 해도 여자 쪽에서 불평은 할 수 없는 것 아니겠는가. 여자들은 새로우면서도 저속한 루벤을 좋아했고, 그도 점차 그 사실을 깨닫게 되었다. 그의 상스러운 모습에 여자들은 흥분했다. 그가 재미있게 굴고, 데이트 비용을 내고, 그들의 남편보다 잠자리에서 뛰어난 실력을 발휘하는 한 아무도 그를 보고 왜 그러느냐고 묻지 않았다. 그가 왜 이렇게 되었는지 알고 싶어 하는 사람은 아무도 없었다.

그건 모두 엘리노르 때문인데.

그런데 빈센트 발데르가 나타났다. 그리고 그에게 왜 그러냐고 물었다. 나쁜 자식. 루벤은 룸 미러를 만지며 그 속에 비친 자기 모습을 잠시 들여다봤다. 놀랍게도 그는 미소를 짓고 있었다. 희미하긴 했지만 그건 분명 미소였다. 이상한 안도감이 들었다. 그때 그의 휴대폰에 메시지 알림음이 울렸다. 빈센트가 보내 주겠다고 했던 전화번호일 것이다. 그는 그 문자를 한동안 보관해야겠다고 결심했다.

\*

미나는 손에 끼고 있던 하얀 면장갑을 벗어서 쓰레기통에 넣고, 상자에서 새 장갑을 꺼냈다. 하루 종일 경찰서 컴퓨터 앞에서 장갑을 갈아 끼지 못하고 일했으니, 장갑에 묻어 있던 온갖 박테리아가 쓰레기통의 다른 쓰레기로 번질 거란 생각이 자꾸만 그녀를 괴롭혔다. 아침에 커피를 마신 후로 쓰레기통도 비우지 못했다. 생각 같아서는 그대로 불을 붙여 쓰레기통을 태워 버리고 싶었다. 그녀는 이글거리는 불꽃이 그 안의 모든 것을 소독하는 장면을 상상했다. 하지만 그랬다가는 화재 경보 알람이 울릴 것이다. 미나는 새 장갑을 손에 끼고 이마를 짚었다. 그리고 퍼뜩, 장갑에 이마가 직접 닿았으니 이 장갑은 이제 못 쓰게 되었단 걸 깨달았다. 그녀는 방금 낀 장갑을 벗어 다시 쓰레기통에 넣고 새 장갑을 꺼냈다.

그러고는 자리에서 일어나 청소용 스프레이를 꺼냈다. 이 방의 벽을 청소한 지도 벌써 일주일이 지났으니까, 이제 벽을 청소할 때가 되었다. 무엇보다 벽을 청소하면 집중이 잘되었다. 청소용 스프레이 냄새를 맡으니 할머니 엘렌이 떠올랐다. 그녀의 은신처이자 반석이었던 할머니. 스톡홀름 시내의 마리아토르예트 광장 바로 옆에 위치했던, 할머니의 방 하나짜리 아파트는 언제나 깨끗하게 청소되어 있었다. 할머니 집에 가면 늘 물비누 냄새와 방금 막 오븐에서 꺼낸 스펀지케이크 냄새가 한데 섞여서 났다. 매일 학교가 끝나면 미나는 텅 빈

집으로 가는 대신 할머니의 집으로 향했다. 그녀는 할머니 품 안에서 컸다. 그래서인지 열다섯 살 때 할머니가 갑작스레 뇌졸중으로 돌아가신 후 자신이 점점 더 깊은 외로움 속으로 빠지기 시작했다는 생각이 들곤 했다. 할머니가 돌아가신 이후로는 그 누구와도 그런 친밀한 관계를 맺지 못했다. 함께 살았던 남자들하고도 말이다. 빈센트가 나타나기 전까진 그랬다. 그녀는 손에 들린 스프레이를 쳐다보며 한숨을 내쉰 뒤, 서랍 안에 스프레이를 다시 집어넣었다.

창밖은 한여름이었다. 창문을 통해 직사광선이 들어와 방 안은 숨 막히게 더웠다. 하지만 그녀는 창문을 열지 않았다. 창문을 열면 시원한 공기가 들어오겠지만 동시에 꽃가루와 각종 오염 물질, 아스팔트 입자, 담배 연기, 그리고 저 밑의 거리에서 만들어진 온갖 먼지가 함께 들어올 것이다. 차라리 방호복을 입고 살고 싶었지만, 그럼 분명 좋은 소리는 못 들을 것이다. 그리고 방호복을 입으면 땀 문제를 해결해야 했다. 뭐, 옷이야 빨면 되고 팬티와 양말은 버리면 되겠지만.

수사는 진전이 없었다. 세 명의 피해자. 동일한 범인에게 벌써 세 사람이 살해당했다. 범인이 이들 피해자를 임의로 선택했다고는 믿을 수 없었다. 그러기엔 세 사람은 서로 너무 달랐다. 분명 이들을 묶는 공통분모가 있을 것이다. 하지만 로베르트 이후로 범인은 잠잠했다. 다른 사람을 죽이지도, 자백을 하지도 않았다. 그렇다고 이게 끝은 아닐 것이다. 카운트다운은 아직 끝나지 않았으니까.

미나는 책상 의자를 반쯤 휙 돌려 벽에 붙여 놓은 사진들을 쳐다봤다. 앙네스와 투바, 로베르트, 그리고 각종 살해 도구들을 찍어 놓은 사진들이었다. 일루전, 상자들. 벽에는 다니엘의 사진과 앙네스의 아버지 예스페르의 신문 기사를 자른 것도 붙어 있었다. 다니엘이 사망한 후, 경찰은 현장에서 증인들이 목격한 두 명의 용의자를 잡아 구금했다. 전과가 있는 놈들이라 그들을 잡는 건 그리 어렵지 않았다. 잡힌 용의자들은 스웨덴의 미래 당과는 전혀 상관없이 온전히 자신의 의지로 다니엘을 살해한 거라고 주장했다. 예스페르 세시가 이 사건에 관여했는지 아닌지, 끝내 그녀는 진실을 알지 못할 것이다. 하지만 스웨덴의 미래 당이 다니엘 이외의 피해자들을 살해했을 거라고는 생각하기 어려웠다. 물론 투바는 유대인이었고 로베르트는 지적 장애를 가지고 있었으니, 스웨덴의 미래 당이 만들려는 세상에 둘 다 그리 적합한 사람은 아니었다. 하지만 국회 입성을 목표로 하는 정당이 이렇게 조직적으로 연쇄 살인을 저질렀으리라고는 생각되지 않았다. 다니엘은 테스토스테론이 넘치는 인종 차별주의자들이 충동적으로 저지른 범행의 피해자일 뿐, 그 안에 음모 같은 건 없어 보였다.

투바의 조부모님 덕분에 런던에 산다는 투바의 전 남자친구 사진도 구해 벽에 붙였다. 아직 그에게 접촉을 시도하진 않았다. 율리아와 미나 모두 그는 범인이 아니며, 따라서 수사의 우선순위에서 밀린다고 판단했다.

빈센트는 범인이 혼스툴에 있는 카페를 여러 번 방문했을 거라고 말했다. 그리고 다니엘이 범인을 카페에서 봤을 거라고도 했다. 말하자면 범인은 아주 공들여 피해자들을 선택했다는 뜻이다. 요나스 라스크가 그랬듯, 갑자기 거리에서 아무나 납치해다가 범행을 저지른 게 아니었다. 한편 라스크는 여전히 유력한 용의자였지만, 아직도 잡지 못하고 수색 중이었다.

미나는 자리에서 일어나 벽 앞으로 걸어가 사진 속 인물들에게 대답을 요구하기라도 하듯, 그들의 얼굴을 하나하나 자세히 들여다보기 시작했다. 범인은 왜 이 사람들을 선택했을까? 이들 사이에 어떤 공통점이 있는 걸까?

미나는 다시 컴퓨터 앞으로 돌아가서, 노트북의 터치 패드를 쓸 수 있도록 손에 낀 장갑의 가운뎃손가락 끝을 아주 조심스레 살짝 잘라 냈다. 이러지 않으면 노트북을 쓸 수 없으니 어쩔 수 없는 희생이었다. 살기 위해선 언제나 타협을 해야 하고 언제나 예외를 허용해야 했다. 온갖 바이러스와 먼지는 그 틈을 비집고 그녀의 갑옷을 뚫고 들어왔지만.

미나는 심호흡을 하고 무방비로 노출된 가운뎃손가락으로 노트북 터치 패드를 만졌다. 앙네스와 투바, 로베르트에 관한 정보를 모조리 확인하고, 종이로 출력한 피해자 가족들과 친구들의 탐문 보고서도 읽었다. 놓치는 것이 없도록 처음부터 다시 샅샅이 뒤져야 했다. 분명 이 가운데 그들 사이의 연결 고리가 있었다. 그리고 그걸 찾아내야 했다. 범인이 다른 범행을 계획하고 있으니 한시가 급했다.

빈센트가 뭔가를 숨기고 있는 게 마음에 걸렸다. 돌고래 소녀에 대한 질문을 했을 때 분명 중요한 무언가가 있는 것 같았는데. 모르는 게 있는 건 싫었지만, 말해 줄 수 있을 때가 되면 그가 설명해 줄 테니 참고 기다려야 할 것이다.

언제라도 다른 무고한 피해자가 빈센트가 말한 무시무시한 일루전 소품 안에 갇혀 끔찍한 일을 당할 수 있다. 그 전에 그녀가 먼저 선수를 쳐야 했다.

*

빈센트는 엘리베이터를 타고 꼭대기 층으로 올라가, 스톡홀름 시내가 한눈에 내려다보이는 레스토랑 곤돌렌으로 이어진 구름다리를 건넜다. 저녁을 먹기엔 조금 이른 7시 반밖에 안 된 시간이었지만 레스토랑 안은 관광객과 휴가를 맞은 스톡홀름 사람들로 거의 꽉 차 있었다. 울리카의 모습은 아직 보이지 않았다.

"안녕하세요. 예약하셨나요?"

레스토랑 지배인이 물어 왔다.

"아뇨. 오래는 안 있을 겁니다. 저기 바에 앉을게요."

운이 좋다면 울리카와의 대화는 꽤 빨리 끝날 것이다. 그는 그의 재혼 그리고 울리카의 여동생에 대한 안 좋은 소리는 무시하고 레베카에게 필요한 것에만 집중할 작정이었다. 마리아에게는 이 레스토랑이 둘이 만나기에 중립적인 장소라고 말했고, 그건 사실이었다. 이런 공공장소에서라면 울리카가 지난번처럼 애먼 짓을 시도하지는 못할 테니까.

그는 바에 앉아 드립 커피 한 잔을 시켰다. 사실 커피를 마실 타이밍은 아니었다. 아침 식사 이후로 아무것도 먹은 게 없어 시장기가 몰려왔다. 하지만 이곳에 필요 이상으로 오래 머물 생각은 전혀 없었다. 울리카와 이야기를 끝내는 즉시, 여기서 나가 이 골목 모퉁이에 있는 케밥 집에서 케밥을 하나 사 먹을 생각이었다.

커피를 반쯤 마셨을 때, 그의 앞에 레드 와인이 잔뜩 든 유리잔 하나가 놓였다. 옆을 돌아보니 마찬가지로 레드 와인이 가득 담긴 잔을 들고 울리카가 서 있는 게 보였다. 그는 이게 뭐냐는 표정으로 그녀를 바라봤다.

"얘기하다 보면 이게 간절해질걸."

빈센트의 표정에 울리카가 레드 와인을 주문한 이유를 설명하듯 말했다.

"아, 갑자기 그렇게 진지하게 얘기를 하겠다고?"

그가 유리잔 안의 와인이 휘저어지도록 잔을 빙빙 돌리며 물었다.

"친구들은 언제 도착하는데?"

와인이 이전보다 느릿하게 돌며 와인 잔의 벽을 타고 흘러내렸다. 빈센트는 마치 빗방울이 유리창을 타고 떨어지는 듯한 모습을 지그시 바라보았다.

"한 시간쯤 있다가."

울리카가 대답하며 그의 옆자리에 앉았다. 그러고는 그의 와인 잔을 향해 고갯짓하며 다시 물었다.

"와인에 알코올이 얼마나 들었나 확인하는 거야, 뭐야?"

빈센트는 한숨을 내쉬었다. 앞으로 한 시간, 한 시간은 60분, 60분은 3,600초. 케밥을 먹기까진 그만큼 기다려야 할 것이다. 그는 와인을 한 모금 크게 삼켰다.

"눈으로 알코올 함량을 측정할 수 있다는 건 근거 없는 말이야. 알코올은 물보다 빨리 증발하지. 그 말인즉슨 알코올이 증발하면서 물의 표면장력이 커지고, 그러면서 와인 잔 안에 이런 물방울이 생긴다는 거야. 지금 보이는 이 물방울이 그 증거고. 화학적 현상이지. 하지만 이런 현상은 와인의 품질이나 그 맛에 대해서는 아무것도 말해 주질 않아. 뭐 어쨌든 지금까지는 좋아 보이네."

이제 3,510초 남았다.

"당신이 와인광인 줄은 몰랐네."

울리카가 짧게 대꾸했다.

"아니. 와인에 대해 아는 건 별로 없어. 액체가 어떤 원리로 움직이는지를 알 뿐이지. 그건 그렇고, 당신 친구들이 오기 전에 이야기를 마쳤으면 좋겠는데. 바로 얘기 시작하지."

"그렇게 서두르지 않아도 돼."

울리카가 부드러운 목소리로 말했다.

"요즘 집에선 좀 어때? 레베카랑 베냐민, 당신이랑 있을 땐 어떤 모습이야?"

전혀 예상하지 못한 질문이었다. 어쩔 수 없어서 혹은 마지 못해 꺼내야 하는 경우를 제외하고, 울리카는 아이들 얘기를 먼저 꺼내는 법이 거의 없었다. 어쩌면 커리어를 중심으로 사는 그녀의 라이프 스타일에 그녀가 두 10대의 엄마라는 사실이 잘 들어맞지 않아서 그런 것일 수도 있을 것이다. 무엇보다 울리카는 뭔가 불평거리가 있을 때를 제외하고는 아이들이 그와 함께 있을 때 어떤 모습인지 절대 묻지 않았다. 자기 자식들을 자신의 여동생과 공유하게 된 것이 울리카에게 결코 치유할 수 없는 상처였기 때문이다.

그는 대체 울리카가 무슨 속셈으로 이런 질문을 하는지, 그 질문 이면에 숨겨진 의미는 무엇인지 이해해 보려고 그녀를 쳐다봤다. 하지만 한쪽으로 고개를 갸우뚱하고 기대감 어린 눈빛으로 그를 쳐다보고 있는 그녀는 그 어떤 계획도 숨기고 있는 것 같지 않았다. 그녀는 진짜로 궁금한 것 같았다. 여름 전에 만났을 때 봤던 공격적인 울리카와는 완전히 다른 모습이었다. 그의 마음이 아주 조금이나마 편안해졌다. 어쩌면 그녀와 교양 있는 대화를 나눌 수도 있을 것 같았다.

"흠, 먼저 걔들은 당신 여동생을 항상 '이모'라고 부르지."

빈센트의 말에 잔을 들어 와인을 마시던 울리카가 웃음을 터트리는 바람에 하마터면 그녀 잔의 와인이 넘칠 뻔했다. 마리아의 불행을 고소해하는 게 노골적으로 드러난 날것의 웃음이었지만, 그녀의 쉰 목소리 덕에 듣기가 싫지는 않았다. 그녀를 생각하면 짜증 나는 이유도 거기 있었다. 울리카는 모든 걸 다 가졌다. 미모, 돈, 열정 그리고 절대로 지기 싫어하는 승부욕까지. 웃는 그녀의 모습을 보며 그는 눈이 부시다고 생각했다.

하지만 그녀에게 단 하나 없는 것처럼 보이는 게 있었으니, 그건 감정이었다.

지난 몇 년 동안 울리카가 공감 능력이 결여된 사람일 거라는 그의 확신은 점점 더 굳어졌다. 처음에는 그녀가 그냥 차갑고 다른 사람에게 별 관심이 없는 사람인 줄로만 알았다. 하지만 얼마 지나지 않아 그는 그녀에게 그보다 훨씬 깊은 문제가 있다는 걸 깨달았다. 울리카에게는 다른 사람의 입장에서 생각하거나 다른 이의 감정에 공감하는 능력이 아예 없었다. 반면 연기력은 아주 뛰어났다. 상대를 자기편으로 만들려면 어떤 이야기를 해야 하는지 정확히 알고 있었다. 변호사로 꽤 큰 성공을 거둔 것도 바로 그 때문일 것이다.

"마리아는 애들이 이모 대신 마리아라고 불러 주길 바라는 것 같은데. 어쨌든 그것 말고 베냐민은 거의 2주째 방에서 나오질 않아. 걔 방 안에 쌓인 빨래 더미 속에 트롤들이 집을 짓고 있는 건 아닐까 하는 생각이 들던 참이야. 그리고 레베카는 친구도 많고 다 괜찮다고 하는데, 그래서 더 애 상태가 안 좋은 것 같단 생각이 들어. 아직도 팔뚝은 절대 안 보여 주려고 들고……."

"자기가 뚱뚱하다고 생각해서 그러나?"

빈센트는 입을 꾹 다물었다. 그가 울리카와 더는 못 살겠다고 결심했던 이유도 바로 이거였다. 울리카가 그녀 자신에게 비합리적이고, 심지어 건강하지도 않은 잣대를 들이대는 건 상관없었다. 울리카는 성인이니까, 그건 그녀의 선택일 뿐 그 누구도 상관할 바는 아니었다. 하지만 그녀가 주위의 모든 사람에게 같은 잣대를 들이대기 시작하면 문제는 달라졌다. 그녀가 아이들에게까지 같은 잣대를 들이밀며 아이들이 커서 얼마만큼의 돈을 벌어야 하는지, 또 어떤 외모를 가져야 그녀의 인정을 받을 수 있는지 말하기 시작하자, 그도 더는 참을 수 없었다. 그때 둘의 관계는 완전히 어긋나기 시작했다.

"레베카가 자기 몸에 대해 콤플렉스를 가지고 있다면 그건 다 당신한테서 온 거야."

그가 날카롭게 대꾸했다.

"하지만 레베카의 문제는 콤플렉스 정도가 아니야. 그보다 더 심각하다고. 지난번에는 얘기할 기회도 주지 않아서 말 못 했는데, 우리 딸이 자해를 하는 것 같아. 면도칼이나 칼로 피가 날 때까지 자기 팔에 상처를 낸다고. 알겠어?"

그는 와인 잔을 내려다봤다. 울리카도 더 이상은 웃지 않았다. 대신 잔 안에 남은 와인을 한입에 털어 넣고 바텐더에게 손짓해 진 토닉 두 잔을 더 시켰다. 레베카에 대한 이야기를 그녀만의 방식으로 심각하게 받아들이고 있는 것 같았다.

"흠. 우리 집에서는 자해하는 걸 본 적이 없는데. 어쩌면 당신 때문에 당신 집에서만 그러는 건 아니고? 우리 집에선 아무렇지도 않고 기분만 좋거든."

"맙소사. 울리카, 대체 당신은 얼마나 눈치가 없는 거야? 당신 딸에 대해 제대로 아는 게 뭐가 있어? 레베카랑 마지막으로 대화다운 대화를 한 건 언제고?"

"뭐? 우리도 얘기하거든……."

울리카가 그녀 앞으로 나온 진 토닉을 한 모금 마시고는 반박했다.

빈센트는 짜증을 감출 수 없단 표정으로 그의 잔을 휘저었다. 만약 이런 식으로 대화가 계속될 것이라면, 술이 정말 필요했다.

"그래서 레베카랑 제일 친한 친구 이름이 뭔데? 제일 친한 친구가 당신이라는 말도 안 되는 소리는 하지 말고. 10대 딸하고 자기가 제일 친한 친구라고 생각하는 엄마보다 최악은 없으니까."

"흠, 엠마 아니었나?"

빈센트는 그가 앉은 바의 의자를 반 바퀴쯤 돌려 울리카를 쳐다봤다.

"레베카한테는 가장 친한 친구가 없어."

그가 심각한 얼굴로 말을 이었다.

"아는 애들은 많지만 진짜 친구는 없다고. 애가 웃고 있는 것 같아도 그건 진짜 웃음이 아니야. 입가의 웃음이 눈까지 가는 법이 없어. 그게 안 보여? 아니면 보고 싶지가 않은 건가? 당신이 생각하는, 완벽한 자녀를 가진 성공적이고 날씬한 엄마라는 당신 이미지에 안 맞으니까?"

잔이 벌써 거의 다 비었다. 분노 때문에 술을 너무 빠르게 마시고 있었다. 아침 식사 이후로 먹은 게 없다는 걸 생각하고 조심해야 했다.

"맙소사, 빈센트. 이제 그만해. 어쨌든 당신이 날 성공적이고 날씬한 엄마라고 생각한다니 그건 고맙네."

빈센트는 한숨을 내쉬었다. 여느 때처럼 울리카는 하던 얘기를 엉뚱한 방향으로 틀고 있었다.

"당신이 지금 우리 딸에 대해 제대로 아는 게 없는 것도 내 책임인 거야? 레베카가 저렇게 된 게 모두 내 탓이라 생각해서 그래? 당신이란 사람은 가끔 뭐가 진짜인지 모르겠어."

"아니."

그녀가 다 마신 잔을 흔들자 잔 안의 얼음들이 달그락거리는 소리를 냈다.

"난 당신이 상상으로 만들어 낸 사람이야. 지금 당신은 거기 혼자 앉아 술을 마시면서 혼잣말을 하고 있고. 우리 뒤 테이블 사람들이 대체 무슨 일인가 하고 호기심 어린 눈으로 혼잣말하는 당신을 쳐다보기 시작한 지도 꽤 됐다고."

울리카가 바텐더와 눈을 마주치며 그녀와 빈센트의 빈 잔을 가리키자, 바텐더는 곧장 진토닉 두 잔을 더 만들기 시작했다.

"저기, 안주 삼아 먹을 아몬드 같은 거 있을까요?"

빈센트가 바텐더에게 묻자, 바텐더는 잠깐 어디로 사라지더니 볶은 아몬드 한 접시를 가지고 나타나 빈센트 앞에 내려놓았다. 식사라고 하기에는 너무 적은 양이었지만 우선은 이 정도로 견뎌야 했다. 빈센트는 아몬드 한 주먹을 집어 입에 넣었다. 아몬드가 들어가니 빈속에 부은 알코올 때문에 얼얼

했던 속이 조금 진정되는 것 같았다.

그때 울리카의 휴대폰에 메시지 알림음이 울렸다.

"애들이 좀 늦는대. 당신이 나랑 좀 더 오래 있어 줘야겠어."

메시지를 확인한 울리카가 말했다.

그는 그의 시계를 흘끗 쳐다봤다. 이제 840초밖에 남지 않았다.

"애 없이 어른이랑 즐기는 저녁이라고 생각해. 이렇게 평화로운 시간 별로 없을 거 아니야. 안 그래?"

그가 고개를 끄덕였다. 울리카의 말이 맞았다. 그도 지금 울리카와 함께 있는 상황을 최대한 이용해야 할 것이다. 하지만 과연 레베카에 대해 울리카와 제대로 이야기를 할 수 있을지는 의문이었다.

손님이 점차 많아지더니 바는 어느새 빈자리 하나 없이 사람들로 꽉 들어찼다. 울리카는 계속해서 술을 주문했다. 바에 앉는 사람이 늘어나자 조금씩 옆으로 밀려나던 빈센트는 결국 울리카와 어깨를 나란히 맞댄 채 앉게 됐다. 이제 더는 이야기하면서 그녀의 얼굴을 볼 수 없었다. 고개를 돌리면 빈센트의 얼굴이 그녀의 얼굴에 닿을 정도로 둘 사이가 너무 가까웠다. 다른 사람과 있을 때 편안함을 느끼려면 적어도 50센티미터의 거리는 두어야 하는데, 손님들로 꽉 찬 이 바에서 그런 거리 두기는 불가능했다. 그는 세 번째로 리필한 아몬드

접시에서 아몬드를 집어 입으로 가져갔다.

"빈센트, 빈센트."

울리카가 혀 꼬인 발음으로 그의 이름을 불렀다. 그리고 바텐더가 그녀 앞에는 까바 와인 한 잔을, 빈센트의 앞에는 위스키 한 잔을 내려놓자 미소를 지었다. 둘은 한참 전에 진 토닉에서 다른 술로 갈아탔다.

"대체 당신한테 무슨 일이 있었던 거야?"

그녀가 어깨를 빈센트의 어깨에 더욱 밀착하며 물었다.

"나한테 무슨 일이 있었냐고?"

그가 한숨을 쉬며 말을 이었다.

"나도 몰라, 울리카. 그러는 당신한테는 무슨 일이 있었던 건데? 당신은 거기 완벽한 인형처럼 앉아서 당신 말고는 아무도 쳐다보려고 하질 않잖아. 원래 늘 그랬나?"

"당신은 내가 완벽하다고 생각해?"

그는 울리카 쪽을 슬쩍 쳐다봤다. 울리카의 입가에 만족스러운 미소가 떠오른 것 같았다. 너무 가깝게 붙어 앉은 탓에 그녀의 표정이 선명하게 보이지 않았다. 무엇보다 알코올 때문에 그녀의 혀가 꼬이는 것처럼 그의 눈앞도 뿌옇기만 했다.

"그만해. 물론 당신 아름답지. 아주 객관적으로 말이야. 당신이 아름다운 건 당신도 알잖아. 문제는 그게 아니야. 문제는……."

그때 울리카가 그를 향해 몸을 돌리더니, 그녀의 따뜻한 숨결이 그의 귀에 닿을 정도로 가까이 다가와 말했다.

"당신 지금 나한테 키스하고 싶지. 응?"

"제기랄."

빈센트는 체념하듯, 좁은 바에서 팔을 최대한 크게 벌리며 말을 이었다.

"내가 말하려던 게 바로 이거야. 당신은 정말 구제불능이야."

그는 남은 위스키를 단숨에 털어 넣고 그의 빈 잔을 그녀의 빈 잔 옆으로 밀어 두었다. 그녀 앞에 있던 까바 와인도 언제 다 마셨는지 어느새 잔이 비워져 있었다. 방금 전에 둘 다 새로운 술을 받았던 것 같은데 착각이었던 걸까. 어쨌든 그는 마음이 편해지고 싶었고, 그것만큼은 술과 함께 순조롭게 진행되고 있었다.

"마리아랑 마지막으로 잔 게 언제야? 몇 달 전이었는데?"

여전히 그의 귓가에 가까이 다가와 있는 울리카가 물었다.

그는 울리카의 질문을 덥석 무는 대신 침묵했다. 그게 울리카만의 전략이라는 걸 그는 이미 잘 알고 있었다. 조심하지 않으면, 곧 그녀는 자신들의 성생활이 지금 그와 마리아의 그것보다 얼마나 활발하고 좋았었는지 떠들어 대기 시작할 것이다. 마치 주기적으로 한 시간씩 섹스를 하기만 하면 나머지 23시간 동안은 아무 문제가 없는 것처럼.

"당신은 언제 마지막으로 남자랑 잤는데?"

그가 반격했다.

"새로운 사람을 만나지는 않은 걸로 알고 있는데. 그냥 바에서 처음 만난 남자랑 원 나이트 스탠드만 하는 건가?"

"그게 다 누구 잘못인데?"

그녀가 언제 왔는지도 모르는 새로 받은 술을 반쯤 들이켜며 대꾸했다.

그 질문에 현명한 답은 없다는 것을 알기에, 빈센트는 대답 대신 레스토랑의 유리창 너머만 응시했다. 높은 곳에 위치해 있는 곤돌렌 레스토랑에선 스톡홀름 시내 전체가 내려다보였다. 그는 스톡홀름의 야경을 사랑했다. 특히 공연이 끝나고 집으로 돌아오는 밤 비행기를 탈 때면, 언제나 스톡홀름 시내를 내려다보며 점점이 보이는 불빛의 형태만으로 동네를 알아맞혀 보려 했다.

오늘 빈센트가 앉은 자리에서는 스홀멘 지구와 유르고르덴 쪽이 보였지만, 그의 뇌는 나머지 퍼즐 조각을 조립하길 거부했다. 눈앞에서 도시의 조명이 춤을 췄다. 지금 그는 너무 취해 있었다. 빈센트는 자기 앞에 놓인 빈 잔을 바라봤다. 방금 새 술을 받지 않았던가? 그 술을 마신 기억이 없는데, 누군가 그의 술을 대신 마셔 준 게 아닐까? 하지만 그의 아래로 춤추는 조명은 다른 이야기를 하고 있었다. 아침 식사 후에 뭔가를 먹었어야 했는데. 후회가 몰려왔다.

"그래서 이제 어떻게 해?"

그가 창밖의 여름밤 풍경에 시선을 고정한 채 물었다.

머릿속으로 단어를 조합해 문장을 만들기도 힘들었는데, 그마저 그가 원하는 대로 나오질 않았다.

"레베카 얘기야? 아님 우리를 말하는 거야?"

물론 레베카에 대한 질문이었지만, 이제는 더 이상 그 무엇도 확실하지 않았다. 빈센트는 그 어떤 이야기도 할 수 없었다. 입을 열면 자신이 무슨 말을 할지 스스로도 알 수 없었다.

"빈센트, 당신 정말 한심해. 내가 아직도 당신을 원한다는 생각은 못 하는 거야?"

그녀가 말하자 빈센트가 건배하듯 빈 잔을 들며 대꾸했다.

"한심한 건 당신도 마찬가지야. 잠깐, 나 오줌 좀 눠야겠어."

말을 마치자마자 자리에서 일어나니, 세상이 핑 돌았다. 제기랄. 그는 만취 상태였다. 괜찮다. 지금 와서 후회한들 무슨 소용이 있겠는가. 오늘 아무리 취한다 해도 그에겐 또 내일이 있으니 괜찮을 것이다. 지금 당장은 망신을 당하는 일 없이 무사히 화장실에 가는 게 급선무였다. 운이 좋다면 아무도 그를 알아보지 못할 것이다. 볼일을 보자마자 울리카에게 가서 이만 집에 가겠다고 인사하고 택시를 타면 그만이다. 레베카에 대한 이야기는 다른 날에 다시 만나서 하면 될 것이다. 지금은 우선 집에 가서 뭘 좀 먹어야 했다.

그는 비틀거리며 화장실로 들어가 세면대 앞에 서서 수돗물을 틀고, 물이 충분히 차가워지자 찬물로 세수를 했다. 하지만 셔츠만 젖었을 뿐 정신이 들지는 않았다. 그때 누군가가 그처럼 비틀거리며 화장실에 들어와 그의 뒤에 섰다.

"이 개자식."

그의 귓가에 울리카의 목소리가 들렸다.

그가 반응하기도 전에 그녀는 그의 옷깃을 잡고 화장실 칸 쪽으로 그를 밀며 그의 몸에 그녀의 몸을 밀착했다. 그리고 그의 입술에 그녀의 입술을 가져다 대고 키스하기 시작했다. 그도 뿌리치는 대신 그녀의 키스에 응했다. 두 사람의 혀가 엉겼다. 둘은 굶주린 두 마리의 야수처럼 열렬히 키스했다. 그의 두 손이 그녀의 머리칼 속을 파고들었다. 그가 울리카의 머리를 뒤로 젖혀 그의 얼굴에서 그녀를 밀어 내자, 울리카의 입에서 나지막한 신음 소리가 새어 나왔다.

"제기랄. 꺼져."

욕을 내뱉은 빈센트가 비틀거리며 화장실 칸의 문을 열고 들어가자 울리카가 뒤따라 들어와 문을 잠갔다. 그녀가 그의 바지 단추를 푸는 동안 그도 그녀의 블라우스 위를 더듬거렸다. 그런데 그때, 그녀가 그의 손을 탁 쳐서 털어 냈다.

"앉아."

그녀의 명령에 그는 바지와 팬티를 무릎에 걸친 채 변기 뚜겅 위에 털썩 주저앉았다.

　울리카가 치마를 걷어 올리고 팬티를 한쪽으로 밀었다. 그리고 다리를 벌려 그의 위에 올라탔다. 그녀 안으로 비집고 들어가며 그는 자신의 성기가 얼마나 크고 단단하게 부풀어 있는지에 깜짝 놀랐다. 빈센트는 울리카가 흔들리지 않게, 또 그녀가 너무 가까이 오지 않게 두 손으로 그녀의 엉덩이 양쪽을 꽉 잡았다. 그녀는 아주 오랫동안 실망과 분노에 휩싸여 이것 말고는 아무것도 모르는 사람처럼 미친 듯이 그의 위에서 몸을 흔들었다. 그의 몸에 거세게 내려앉는 그녀의 행위에는 사랑이 아니라 오직 분노만이 남아 있었다. 그녀가 분노하는 대상이 그인지 아니면 다른 사람인지도 알 수 없었다. 솔직히 상관도 없었다. 그는 그녀의 얼굴을 올려다보지 않았다. 보고 싶지 않았다. 그의 시선은 그녀의 엉덩이와 그녀를 뚫고 들어가는 자신의 성기에만 머물렀다. 빈센트와 울리카는 둘 사이의 모든 것을 파멸로 이끌고 있었다. 둘 사이의 좋았던 모든 것까지도, 용서받을 수 없는 것으로 산산이 부서지게 만들었다. 그리고 둘 다 이 사실을 알고 있었다.

　그때, 갑자기 그녀의 움직임이 멈췄다. 그리고 심한 기침을 하더니 그의 위에서 내려왔다.

　그녀도 그를 쳐다보지 않았고, 그도 그녀를 쳐다보지 않았다.

　울리카는 팬티를 고쳐 입고, 올렸던 치마를 내리고 풀어 헤쳤던 블라우스의 단추를 다시 잠갔다. 그러는 동안 그는 반쯤 고개를 숙인 그의 성기를 내려다봤다. 곧 그녀가 화장실 문을 열고 나가고 문을 닫는 소리가 들렸다.

빈센트는 발목까지 바지를 내린 채 변기 위에 우두커니 앉아 있었다.

씨발.

씨발, 씨발, 씨발.

\*

휴대폰이 울렸을 때, 미나는 막 침대로 들어가려던 참이었다. 화장실에서 오늘 낮에 입었던 면 팬티를 버리고 밤에 입을 새 팬티로 갈아입은 직후였다. 미나는 깨끗하게 세탁해 둔 침대 시트 안으로 최대한 빨리 들어가고 싶었다. 팬티를 갈아입고 나서 침대로 들어가기까지의 시간이 너무 길어지면 새로 입은 팬티도 불결하게 느껴지게 되고, 그러면 또 팬티를 갈아입어야 했으니까.

처음에는 전화를 받지 않으려 했다. 이미 자정이 넘은 늦은 시각이었으니. 하지만 전화가 끈질기게 계속 울렸다. 미나는 휴대폰을 충전하고 있던 침실로 들어가 화면을 확인했다. 빈센트였다. 이렇게 늦은 시간에 전화라니, 그답지 않은 일이었다. 무슨 일이 생긴 게 틀림없었다.

그녀는 귀에 무선 이어폰을 꽂고 전화를 받았다.

"여보세요. 빈센트 씨, 무슨 일이에요?"

"미나안녕."

그는 너무 빠르게, 그리고 너무 크게 그녀에게 인사를 건넸다.

그녀는 단번에 그가 많이 취했다는 것을 알아챘다.

그의 말에 오가는 차량 소리가 섞여 들렸다. 아직 바깥인 모양이었다. 소리만 들어서는 길을 따라 걷고 있는 것 같았다.

꼭 입에 솜을 가득 물고 이야기하는 듯, 빈센트가 말하는 단어들의 발음이 뭉개지고 있었다. 그는 소리를 제대로 내려고 애를 쓰고 있었다. 빈센트는 지금 아주, 아주 취한 상태인 게 분명했다. 미나는 수화기 너머로 꽤 크게 들리는 차 소리를 들으며 그가 차도에 너무 가깝게 서서 걷고 있지 않기를 바랐다.

"무슨 일 있어요?"

그녀가 얼굴을 찌푸리며 물었다.

이런 모습은 정말 그답지 않았다. 빈센트는 언제나 평정을 잃지 않는 사람인데.

"그렇게 말할 수도 있겠네요. 내가 씨발 정말 말도 안 되는 짓을 저질렀거든요. 씨발, 씨발 말도 안 되는 짓을요."

그 말을 끝으로 그는 한참 동안 침묵했다.

그녀는 나이트가운을 걸치고 침대 가장자리에 앉아 그가 다시 말을 시작하길 기다렸다. 배경음으로 들렸던 차 소리가 조금 작아진 것으로 보아, 서 있기에 더 좋은 곳을 찾은 것 같았다.

"나, 마리아를 속이고 다른 여자랑 잤어요. 마리아의 언니이자 내 전처랑요."

"빈센트 씨의 전처요?"

놀란 미나의 목소리가 높아졌다.

갑자기 이 대화를 계속 이어 가고 싶은지 확신이 들지 않았다. 이건 너무 가깝고 사적이며 지나치게 감상적인 대화였다. 그녀와 그는 아주 적절한 거리를 둔, 공적인 관계를 맺고 있었다. 물론 그녀는 그가 좋았다. 그런 이유로 아주 오랫동안 그 누구에게도 허락하지 않았던 그녀의 마음 한구석을 그에게 허락했지만, 그걸로 충분했다. 그런데 지금 빈센트는 그녀가 원한 적 없는 그의 인생 일부를 그녀에게 나누려 하고 있었다. 그것도 아주 복잡한 사생활 이야기를. 하지만…… 빈센트가 그녀에게 전화를 건 것은 그가 그녀를 믿고 있다는 증거이기도 했다. 다른 누군가에게 전화를 걸 수도 있었는데, 그러는 대신 이 세상 많고 많은 사람 중에 비밀을 털어놓을 사람으로 미나를 선택했다. 미나는 이건 분명 의미 있는 일이라고, 빈센트와 지금 좋은 대화를 나누고 있는 거라고 자기 자신을 설득했다. 친구 사이니까. 하지만 동시에 그녀는 느낄 수 있었다. 그녀의 마음 깊숙한 곳에서 질투의 불꽃이 타오르고 있는 것을.

"빈센트 씨."

그녀가 날카로운 목소리로 입을 열었다.

"지금 빈센트 씨 전 부인이랑 잤다는 거예요?"

최대한 침착한 목소리를 내려고 노력했지만, 휴대폰을 쥐고 있는 손에 힘이 들어가는 게 느껴졌다.

"그걸 잤다고 말할 수 있는지는 모르겠네요. 그건 싸움에 더 가까웠거든요. 그냥…… 분노의 행위였죠. 너무너무 멍청한 짓이었어요. 이제 뭘 어떻게 해야 하는지도 모르겠어요."

어렴풋이 들리는 차량 소리 가운데 그가 마지막 말을 간신히 내뱉었다. 그는 울고 있는 것 같았다.

"마리아도 알아요?"

"아니요. 몰라요. 알았으면 지금쯤 난 맞아 죽었겠죠. 집에 도저히 못 들어가겠어요. 내가 모든 걸 망쳐 버렸어요."

미나는 자신의 거칠고 마른 손을 내려다보며 자신이 이제껏 해 온 선택을 생각했다. 친구와 가족을 잃게 만들었던 그 선택들. 스스로를 외롭게 만들고, 매주 알코올 중독 방지 모임에 나가게 만들고, 비밀 이야기를 털어놓을 사람 하나 없게 만든 그 선택들을. 미나는 자신이 망쳐 놓은 것들처럼, 혹은 그보다 더 큰 무언가를 빈센트가 망쳐 버린 것일까 겁이 났다. 어쩌면 그가 망친 건 그의 가족 그 이상일 것이다.

"전처를 어떻게 생각하시는데요?"

미나가 물었다. 사무적으로, 차갑게 말하려 애를 썼다.

그녀의 손바닥에 땀이 맺히기 시작했다.

"어떻게 생각하냐고요?"

빈센트가 조금은 정신이 든 목소리로 말을 이었다.

"한동안은 그 여자를 증오한다고 생각했죠. 하지만 사실 생각해 보면 그건…… 아무것도 아니었어요. 그냥 다 타고 남은 재 같은 거였죠. 감정은 상호적인 거예요. 우리 사이에는 어지럽고 지저분한 감정만 남아 있었어요. 아주 오랫동안요. 아직도 그렇고요. 하지만 일부러 작정하고 전처의 동생하고 사랑에 빠진 건 절대 아니었어요…… 그냥 그건 사고 같은 거였죠…… 그리고 울리카랑 난 서로에게 좋은 상대가 아니었어요. 그 일이 일어났을 때쯤엔 우리 둘 사이의 대화가 끊긴 지도 오래였고요. 그래서 더 모르겠어요. 왜 전처가 그렇게 연연하는지. 뭐, 내 부정의 상대가 전처의 여동생이었다는 사실이 충격이었을 것 같긴 하지만……."

빈센트의 뭉개지는 목소리가 멀어졌다가 다시 최대 볼륨으로 돌아왔다.

"그 일이 있고 10년이 지났는데, 전처가 복수를 했어요. 나랑 다시 자서…… 누군가를 그 정도로 증오하는 게 가능한 일인지 몰랐는데……."

미나는 침대 위쪽에 가로로 누워서 두 눈을 감았다. 깨끗한 시트가 그녀가 입고 있는 나이트가운 아래서 바스락거리는 소리를 냈다. 가슴 깊숙한 곳에서 미나는 자신도 그리 신중한 선택만 하며 살지는 않았다는 것을 알고 있었다. 미나의 선택은 신중히 내린 게 아니라 사고처럼 일어난 것이었다. 적어도 그녀는 이제껏 그런 거였다고 자신을 설득하며 살아왔다. 그런 자신이 누구를 판단하고 비난하겠는가? 자신이 뭐라고 자기 소유도 아닌 것에 대해 이렇게 마음 아파한다는 말인가? 둘 사이에 약속 같은 건 없었다. 둘 사이는 아무것도 아니었다. 아니, 아니다. 둘 사이에는 무언가가 있었다. 그녀는 목청을 가다듬고 눈에 힘을 줬다.

"집으로 가요. 빈센트 씨나 전처 되시는 분이나 다 큰 성인이잖아요. 이번에 실수를 했지만, 사람은 누구나 실수를 하면서 살아요. 어른들도요. 완벽한 사람은 없어요. 중요한 건 빈센트 씨가 이게 잘못이라는 걸 알고, 다시는 같은 실수를 저지르지 않는 거예요. 마리아한테는 말할 필요 없어요. 그냥 조용히 묻어요."

알코올 중독 방지 모임에서 그녀가 배운 게 한 가지 있다면, 인생은 몇 걸음 앞으로 전진하다가 다시 비틀거리며 한 발자국 뒤로 물러나는 것의 반복이란 것이었다. 그걸 모르는 사람들은 결국에는 실망하게 되어 있다. 그들은 모두 사람이고, 고로 완벽하지 않았다. 그녀는 그 진실을 셀 수도 없을 만큼 많이 배우며 살아왔다.

"이제 미나 씨도 안다는 게 너무 부끄럽네요."

빈센트가 낮은 목소리로 말했다.

"날 경멸하지는 않았으면 좋겠어요. 이건 내가 아니에요. 나는…… 난 미나 씨를 많이 좋아하는데……."

미나의 두 눈이 번쩍 떠졌다. 전화기 너머 도시의 소음이 들려왔다. 그녀는 따뜻하고 부드러운 침대에 누워 있고 그는 저기 어딘가 어두운 곳에 있었지만, 둘은 함께 숨 쉬고 있었다. 빈센트의 말을 끝으로 한동안 침묵이 이어지다, 이윽고 빈센트가 침묵을 깨뜨렸다.

"고마워요, 미나 씨. 그리고 전화해서 미안합니다."

그 말을 끝으로 빈센트는 전화를 끊었다. 미나는 눈을 감고, 손에 휴대폰을 든 채 침대에 계속 누워 있었다. 배 속에서 타오르던 불꽃이 사라지고 갑자기 외로움이 파도처럼 몰려왔다. 그녀는 모로 누워 몸을 웅크렸다.

\*

빈센트는 쿵스홀멘의 건물 바깥에 서 있었다. 곤돌렌에서 울리카와 만난 후 이틀을 보내고, 자신의 몸에서 술 냄새가 나지 않는 걸 확인한 다음에야 여기 올 용기를 낼 수 있었다. 체감상 그날 빈센트의 몸은 완전히 알코올에 절여진 것 같았다. 알코올에 그의 속이 깨끗하게 소독된 것은 아니었다. 곤돌렌에서 있었던 일은 누구를 탓할 수도 없는 그의 잘못이었고, 그 일로 느낀 수치심은 그가 감당해야 할 몫이었다. 하지만 모든 일에는 때와 장소가 있는 법이다. 지금은 이곳에 온 목적에 충실해야 했다.

건물은 이 동네의 다른 건물들과 똑같은 외관을 하고 있었다. 건물의 벨 옆에 붙은 '알코올 중독 방지 모임'이라는 작은 명판만이 이 건물 1층에 그런 모임이 있다는 사실을 알려 주었다. 하긴, 커다란 네온사인이 달려 있으면 오히려 이상할 것이다. 이제 문제는 여기서 뭘 어떻게 하느냐 하는 것이었다. 복도에 서서 동물 타투를 했다는 안나를 눈으로 찾을 것인가? 아니면 모임 장소에 들어갈 것인가? 중독 문제가 없는 그도 환영 받을 수 있을까? 물론 중독이 있는 것처럼 연기할 수도 있겠지만, 그건 좋은 생각이 아니라고 느껴졌다.

그런 생각을 하는 동안, 그는 머릿속으로 현관 벨 옆의 명판 글자들을 가지고 장난을 쳤다. 명판의 '알코올 중독 방지 모임Acoholics Anon'을 가지고 글자 위치를 바꿔 보니 곧 '나초 식민지Nacho Colonials'라는 새로운 단어가 탄생했다. 새로 만들어진 단어를 생각하니 뿌듯했지만 이게 안나를 찾는

데 도움이 되지는 않을 것이다. 결국 그에게 선택의 여지는 없었다. 그는 안으로 들어가야 했다.

모임 장소 밖의 복도에는 테이블이 하나 놓여 있었고, 테이블 위에는 커피가 담긴 보온병이 있었다. 문을 통해 안을 들여다보니 그가 예상했던 대로 방 안에는 여러 개의 의자가 둥글게 놓여 있었다. 몇몇 클리셰는 아직도 유효하다는 사실에 왠지 안심이 되었다. 의자들은 비어 있었다. 손목시계를 확인해 보니 모임이 시작되기까지는 아직 10분이 남아 있었다. 그때 50대로 보이는 여자 하나가 옆문을 통해 방으로 들어오더니, 복도에 서 있는 빈센트를 보고 손을 흔들어 인사를 건넸다.

"아직 시작하려면 좀 있어야 해요. 먼저 커피 한잔 따라서 자리 잡고 앉으세요. 오늘 처음이신가요?"

그는 오늘 모임에 참석하러 온 게 아니라고 말하려다가, 그 말이 상대에게 어떻게 들릴지 생각하고는 그만두었다. 대신 종이컵에 커피를 따라 방 안으로 들어갔다.

"전 레나라고 해요."

여자가 그에게 악수를 청하며 말했다.

"어느 정도 알고 계시는지는 모르겠지만 여기선 원하는 만큼만 말씀하시면 돼요. 원하지 않는다면 이름을 안 밝히셔도 되고요. 저를 비롯해서 오늘 모임에 참석할 사람들이 TV에서 본 적 있는 그쪽을 알아볼 수 있는데도 여기까지 오신 걸 보니, 그 위험을 감수하는 것보다 더 중요한 일이 있나 보네요."

"음. 네. 감사합니다."

할 수 있는 말은 그것뿐이었다.

그는 플라스틱 의자를 하나 골라 앉으며 무슨 말을 해야 할지 머리를 굴려 봤지만 적당한 말이 떠오르지 않았다. 어쩌면 이 세션에 참가하는 게 아주 최악은 아닐지 모른다는 생각이 들었다. 모임에 참석한 다른 사람들을 조용히 관찰할 수 있을 테니 말이다. 그리고 안나가 어떤 사람인지 알아볼 수도 있을 것이다.

곧 방 안에 사람들이 들어차기 시작했다. 참가자들은 저마다 둥글게 놓인 의자에 자리를 잡고 앉았는데, 어쩐 일인지 종아리에 돌고래 타투를 한 젊은 여자는 보이지 않았다. 모임이 시작했는데도 안나는 그 모습을 드러내지 않았다.

그는 거기 앉아서 참가자들이 말하는 상실과 되찾은 희망, 용기, 힘 그리고 스스로에게 실망한 이야기를 들었다. 오늘 안나는 오지 않는 것 같았다.

"몇 분 쉬고 다시 시작하겠습니다. 바깥에 커피와 케이크를 준비해 두었으니 드시고요."

레나의 말이 끝나자마자 빈센트는 자리에서 일어나 밖으로 나갔다. 오늘 그를 알아본 사람 중 타블로이드지에서 일하는 사람이 없기만을 바랄 뿐이었다. 하지만 그가 오늘 여기

온 것은 그보다 더 중요한 문제가 있기 때문일 거라는 레나의 말은 맞았다. 그가 여기 찾아온 이유를 오해하긴 했지만.

"커피 드실래요?"

수염을 기른 남자가 빈센트의 길을 막고 테이블 쪽을 가리키며 말을 건넸다.

"아뇨. 괜찮습니다. 지금 나가는 길이라서요."

빈센트는 미소를 지으며 답했다.

"현명한 선택이십니다. 지금 나가는 게 현명하단 건 아니고, 커피를 안 마시겠다는 거요. 여기 커피는 별로 맛이 없어요. 그래서 전 항상 제 커피를 가져오죠. 전 케너트라고 합니다."

남자가 손을 내밀어 악수를 청하며, 미안한 표정으로 덧붙였다.

"이름으로 소개를 하는 게 습관이 되어서요. 원하지 않으시면 저한테 이름을 말씀해 주지 않으셔도 전혀 상관없습니다. 오늘 처음이시죠? 저도 첫 방문에는 모임 1부가 끝나고 자리를 떴었죠. 조금 버거울 수 있어요."

빈센트는 케너트의 손을 잡아 악수했지만 자신의 이름을 말해 주진 않았다.

"누굴 좀 찾는 중이라서요. 돌고래 타투가 있는 젊은 여자 분이요."

"아, 안나를 찾으시는군요."

남자가 웃으며 농담했다.

"그 돌고래는 최근에 작은 동물원에 보내진 것 같은데요."

그러면서 옷걸이에 걸어 놓은 비닐봉지에서 보온병을 꺼냈다.

"안나는 모임에 매번 오지는 않아요. 안나의 친구 되시나요?"

"아뇨. 안나 씨 덕분에 일감을 하나 얻게 되었거든요. 간접적이긴 하지만, 어쨌든 고맙다는 인사를 하려고요."

그때 보라색 숄을 두른 노부인 하나가 그들이 서 있는 커피 테이블 옆으로 걸어왔다. 노부인의 걸음걸이는 회의실이 아니라 커다란 아파트를 누비는 것처럼 우아했다.

"올가."

케너트가 노부인에게 물었다.

"안나가 보통 언제 오는지 아시나요?"

"응. 목요일에 오지."

그녀가 강한 러시아어 억양이 실린 발음으로 답했다.

왠지 꾸며 낸 듯한 발음이었다.

케너트는 고개를 끄덕이며 빈센트에게 말했다.

"목요일이라네요. 그때 와 보세요. 커피, 진짜 안 드시겠어요?"

빈센트는 최대한 예의 바른 미소를 지어 보였다. 여기 있어 봐야 아무런 수확이 없을 게 분명했다.

"다음에요."

그는 짧게 답하고 자리를 떴다.

다시 미나에게 도움을 청해야 한다. 바로 이야기해야 했다.

\*

사라 테메릭은 자신의 관자놀이를 문질렀다. 10년 차 경찰인 그녀는 국립범죄수사국에서 일을 시작했다. 이후 국립범죄수사국이 국가작전부로 바뀐 후에는 거기서 테러리스트 자금 조달 수사를 담당했고, 전국적인 태스크 포스를 담당하는 팀에서 일했다. 갓 서른이 된 그녀에게는 벅찬 임무도 있었지만 그래도 훌륭하게 임무를 완수해 냈다. 얼마나 일을 잘 해냈던지 4년 전에는 새로운 직함에 새로운 업무를 맡게 되었고, 뉴욕 지부로 발령도 받았다. 새로 받은 직함은 작전 전문가였다. 그게 무슨 뜻인지는 그녀도 잘 몰랐지만.

어쨌든 사라는 1초도 주저하지 않고 미국행 제안을 받아들였다. 그리고 미국에서 평생의 인연인 마이클을 만났다. 마이클과 그녀는 눈에 넣어도 아프지 않을 리아와 재커리, 두 명의 아이를 낳았다. 그녀는 아이들을 미국이 아닌 스웨덴에서 키우길 원했고, 마이클도 순순히 그녀의 뜻을 따라 주었다. 둘의 계획은 아이들이 아주 어릴 때 미국에서 몇 년 지내면서 마이클이 게임 개발자로 자리를 잡고, 그런 다음에 온 가족이 스웨덴으로 이주하는 것이었다. 그리고 얼마 전 그녀는 다시 스웨덴으로 발령을 받았다. 가족 중 선발대로 스웨덴에 온 뒤 새로운 지부에 적응하며 가족이 살 집을 찾고, 마이클이 일할 직장도 찾고 있었다.

새로운 일은 마음에 들었고 가족이 함께 살 집을 구하러 다니는 것도 즐거웠다. 스웨덴에 다시 돌아와 정말 기뻤다. 하지만 미국에 두고 온 남편과 아이들이 매일 견딜 수 없이 보고 싶은 건 어쩔 수 없었다. 그녀는 하루라도 빨리 가족과 상봉해 함께 살 수 있기를 바라고 또 바랐다.

모두가 휴가를 떠나는 한여름에 스웨덴에 복귀했기에, 우선은 작전 분석가 직무를 맡았다. 사실 이는 그녀의 하위 직급이 수행하는 직무였지만, 앞으로 맡을 직무가 명확히 결정되길 기다리는 동안 실전에 투입되어 일하는 건 꽤 기분 좋은 일이었다.

하지만 이 직무 때문에 루벤 회크에게 모니터링 분석 보고를 하게 된 건 짜증이 났다. 미국으로 떠나기 전, 딱 한 번 루벤을 만난 적이 있었다. 그는 정말이지 다시는 만나고 싶지 않은 사람이었다. 그날 사라를 흘끗 쳐다본 루벤은 "하이스트를 입는 편이 더 나았겠는데" 따위의 말을 했다. 그녀는 나중에야 하이스트가 여성 체형 보정용 속옷 브랜드라는 것을 알게 됐다.

언제나 풍만한 몸매에 자부심을 느끼던 그녀였지만, 루벤을 만나고 돌아온 그날은 스스로가 뚱뚱하게만 느껴졌고 모든 사람이 자신을 처다보는 것 같아 괴로웠다. 당시 사라의 남자친구는 그날 저녁 내내 그녀가 얼마나 아름다운지, 또 루벤이라는 사람이 얼마나 바보 같은지 말해 주며 아마도 그는 거식중 걸린 어린 여자애들에게나 흥분하는 정신병자일 거라고 욕해야 했다.

가시 돋친 말 중에서도 유달리 머릿속에서 지우기 어려운 말이 있다. 루벤 회크는 단 한 문장으로 그녀가 자신을 뚱뚱하고 못생긴 여자라고 생각하게 만드는 데 성공했고, 그녀는 그렇게 만든 루벤을 용서하지 못했다. 그런데 그를 다시 만나야 한다니. 이번에는 그녀도 만일을 대비해 구글에서 남성용 속옷을 검색해 봤다. 그리고 남자 팬티의 앞뒤로 패드를 넣는 '어딕티드'라는 남성 체형 보정용 속옷 브랜드를 찾아냈다. '당신의 남성성을 높여라'라고 광고하는 속옷이었다. 만약 루벤이 이번에도 그딴 식의 말을 지껄인다면 그의 이름 앞으로 어딕티드 팬티 세트 다섯 묶음을 주문해 보낼 생각이었다.

회의실에 도착한 사라는 안도했다. 다행히 율리아가 나머지 팀원들도 불러 모아 루벤과 독대는 하지 않아도 됐다. 사라는 율리아가 좋았다. 율리아의 아버지가 경찰서장이 아니었대도, 그녀는 분명 그녀의 실력으로 지금 자리에 오를 수 있었을 것이다. 율리아는 그녀의 아버지만큼, 아니 그보다 더 날카롭고 영민한 사람이었다. 루벤에 대해서도 제대로 파악하고 있는 걸 보면 틀림없었다.

사라는 팀원들 한 명 한 명과 인사했다. 하지만 루벤과 악수할 때는 루벤 뒤에 서 있던 페데르에게 재빨리 시선을 옮겨 루벤과 눈을 맞추는 것을 피했다. 인사하는 사람과 눈을 마주치지 않고 다른 사람을 쳐다보는 건 못난 행동이었지만, 그는 그런 대접을 받아 마땅했다. 그리고 어쩌면 루벤은 이전에 둘이 만난 적이 있단 것조차 기억하지 못할 것이다. 한마디 더 보태자면 페데르는 그녀가 트래픽 데이터를 분석하는 걸 도와주었지만, 그녀가 기억하는 한 루벤은 그 어떤 도움도 준 적이 없었다.

그녀는 컴퓨터를 회의실 스크린에 연결하고 파일을 열어 슬라이드 쇼를 시작했다. 곧 화면에 숫자가 가득한 표가 등장했다.

"안녕하세요. 저를 모르시는 분을 위해 제 소개부터 하자면, 저는 사라라고 합니다. 이제껏 전화 추적 분석을 도왔어요. 보시는 것처럼 통신사 트래픽 리스트는 미궁 그 자체지만 저희에게는 페데르라는 비장의 무기가 있었죠."

눈 밑에 다크서클이 시커멓게 내려온 페데르가 자부심 어린 미소를 지었다. 그리고 사라가 마우스를 클릭하자, 데이터 중 네모로 하이라이트 표시를 해 둔 부분이 나타났다.

"이게 그날 걸려 온 전화예요."

"내가 받은 전화죠."

루벤이 말했다.

"아, 정말요? 이 전화가 걸려 왔을 때 루벤 씨는 거기 없었던 걸로 아는데요. 배드민턴을 치러 갔다고 했나요?"

"다른 사람 말을 그렇게 다 믿으면 안 되죠. 그리고 배드민턴이 아니라 패들테니스였거든요."

"그래서 통화 내용에서 뭐 알아낸 게 있나요? 배경 소음 분석 결과는 나왔고요?"

사라가 율리아를 향해 돌아서서 묻자 율리아가 답했다.

"네. 그런데 유의미한 내용은 없었어요. 배경음 분석을 통해서는 발신자가 가구가 별로 없는 방에서 전화를 걸었다는 것, 또 희미한 차량 소리가 들리는 것으로 봐서 발신 위치는 시가지였을 거라는 것 정도만 알 수 있었죠. 하지만 발신자 위치를 특정할 만한 특별한 배경음은 없었어요. 그래서 오늘 사라 씨 발표에서 위치를 특정할 만한 정보를 얻을 수 있길 바라고 있고요. 이번 수사의 외부 고문이 제공한 심리 분석을 근거로 우리는 이 전화의 발신자가 범인이라고 생각하고 있거든요."

"범인 중 하나요."

루벤이 눈을 굴리며 정정했다.

"맞아요. 범인 중 하나요. 지금 우리는 두 명이 공동으로 범죄를 저질렀다는 전제 아래 수사하고 있거든요. 그리고 그중 하나가 요나스 라스크일 수도 있고요."

율리아가 덧붙여 설명하자, 사라가 화면에 지도를 띄우며 입을 열었다.

"저희 분석 결과가 도움이 될지는 모르겠지만, 이 전화를 거는 데 사용된 휴대전화는 여기, 시내 기지국을 이용했어요. 정확히는 쿵스홀멘이요. 음향 분석에서 정확한 위치를 특정할 정보를 알아내지 못했다니 안타까운 일이네요."

"해당 제보 전화를 거는 데 사용된 전화번호가 파악된 줄 알았는데요?"

미나가 물었다.

그때 페데르가 '세계 최고의 아빠'라는 문구가 쓰여 있는 머그잔에 담긴 커피를 후루룩 소리를 내며 마셨다. 그가 직접 그랬는지 아니면 아내가 그랬는지 '세계 최고'라는 단어에는 가위표가 그려져 있고 그 위로 '제일 졸린'이라는 단어가 쓰여 있었다.

"안타깝지만 선불 폰이었어요."

사라가 다시 숫자 가득한 표를 열며 답했다.

"하지만 그건 충분히 예상하고 있던 바였죠. 그래도 폰이 켜져 있을 때 어떤 기지국에 연결이 되었는지를 파악하면 발신자의 동선 패턴을 추적할 수 있어요. 그래서 지난 두 달 동안, 안타깝게도 통신사가 트래픽 데이터를 보존하는 기간이 딱 두 달이라서요. 하여튼 두 달 동안 그 번호를 추적한 결과, 이 폰은 제보 전화를 걸기 전은 물론 그 후로도 단 한 번도 켜진 적이 없단 걸 알아냈어요."

"대포 폰이었나요?"

이따가 요약 보고서를 이메일로 받을 것임에도 불구하고 사라의 발표 내용을 받아 적던 율리아가 물었다.

아마도 율리아는 무언가를 받아 적으며 생각하는 습관을 가지고 있을 것이다.

사라는 고개를 끄덕이며 입을 열었다.

"발신자는 추적을 피하려고 싸구려 휴대폰과 심 카드를 사서 제보 전화를 걸었어요."

"저 데이터도 얻으려면 허가가 필요한 거죠?"

미나가 표의 숫자를 가리키며 물었다.

"전자 통신 비밀 감시를 신청했어요. 저희 쪽 검사님을 통해 법원에 신청했는데, 상황이 상황이니만큼 허가는 빨리 떨어졌고요."

"앞으로도 저 번호가 또 사용되는지 계속 추적할 수 있나요? 두 달 동안의 데이터를 추적하는 게 아니라 실시간으로요. 언제 전화가 켜질지 아무도 모르는 일이니까요."

미나가 말했다.

"검사님한테 물어볼게요. 지금 수사 중인 사건이니까 아마 별문제는 없을 거예요. 하지만 이 전화기가 완전히 박살 나서 쓰레기통에 처박혀 있을 가능성도 염두에 두셔야 할 거예요."

사라는 그 말을 끝으로 표를 닫고 나갈 준비를 했다. 문제 없이 발표를 끝낸 것에 안도감이 들었지만, 안도의 한숨은 루벤과 헤어진 다음에야 쉴 생각이었다.

사라가 머릿속으로 루벤을 생각한 바로 그때, 공교롭게도 루벤이 침착한 말투로 입을 열었다.

"그러니까 요약하자면 사라 씨의 파워포인트 표에서 얻은 정보는 아무것도 없다는 거네요. 범인은 쿵스홀멘에서 살거나 일하는 누군가일 수도 있지만, 잠시 쿵스홀멘을 스쳐 지나간 노르웨이 사람일 수도 있는 거니까요."

그러자 크리스테르가 쾌활한 말투로 대꾸했다.

"우리가 지금 쿵스홀멘에 있다는 건 알고 있지? 어쩌면 경찰서에 함께 근무하는 동료 경찰이 범인일지도 몰라. 그럼 아주 재미나겠는데?"

\*

미나는 익숙한 방에 들어섰다. 솔직히 말하면 요즘 들어 조금씩 싫증이 나고 있었다. 이 장소뿐 아니라, 모임 자체에 말이다. 늘 같은 시간에 같은 사람들이 모여 언제나 둥글게 깔아 놓은 플라스틱 의자에 앉아 중독에 대한 똑같은 이야기를 늘어놓고, 항상 맛없는 보온병 안의 커피와 시시한 간식을 먹는 게 지겹게 느껴졌다.

테이블에 놓인 깡통을 슬쩍 들여다보니 그 안에는 라즈베리 쿠키가 들어 있었다. 적어도 오늘 간식은 평소보다 괜찮아 보였다. 중독자 중 한 명이 구워 온 모양이었다. 그녀는 하얀 종이 테이블보 위에 잔뜩 떨어져 있는 쿠키 부스러기를 불쾌한 표정으로 쳐다봤다. 아마도 그녀보다 먼저 도착한 일곱 명의 중독자들이 원하는 쿠키를 고르겠다고 통 안에 든 쿠키를 전부 만졌을 것이다. 토치를 사용해 쿠키를 불로 그을릴 수 있다고 해도 절대 먹고 싶지 않았다.

오늘은 새로운 얼굴도 몇 보였다. 빈센트가 물어봤던 돌고래 소녀, 안나는 오늘도 오지 않았다. 그때 케네트가 문을 열고 들어오더니 그녀를 향해 고개를 끄덕여 인사했다. 오늘쯤은 그와 의무적으로 대화를 좀 해야 할 것 같아, 마음의 준비를 하고 온 터였다.

"아내분은 좀 어떠세요?"

미나는 케네트에게 물은 뒤, 커피 보온병을 가리키며 말을 이었다.

"커피 드실래요?"

"물어봐 줘서 고마워요. 아내는 그때보단 나아졌어요. 그리고 커피는 사양할게요."

케너트는 조금 놀란 표정으로 한마디를 덧붙였다.

"오늘 엄청 말이 많으시네요."

그녀는 어깨를 으쓱하는 것으로 대답을 대신했다.

"아내 얘기가 나왔으니 말인데……."

케너트가 집에서 가져온 보온병을 꺼내며 말을 이었다.

"앞으로 몇 주 정도는 병원 신세를 더 져야 할 것 같아요. 아내를 돌보느라 저도 병원에 가 있는 시간이 많아서 집안일을 잘 돌보지 못할 거고요. 그래서 말인데, 무리한 부탁인 거 알지만 이미 보세를 봐 주고 계시니까 올여름 동안 보세를 좀 더 돌봐 주실 수 있을까요? 돈은 드릴게요."

미나는 얼음이 되어 그를 쳐다봤다.

그는 애원하는 눈빛으로 미나를 쳐다봤다. 보세가 가장 잘 짓는 표정과 똑같았다.

선뜻 말을 꺼내기가 어려웠다. 케너트는 지금 보세가 그녀의 집보다 훨씬 살기 좋은 크리스테르의 집에 있다는 것을 모르고 있었다. 그리고 지금 상황에서 그 이야기를 꺼내면 안 될 것은 분명했다. 대체 뭐라고 해야 한다는 말인가? 아, 그런데 제가 그쪽 개를 다른 사람한테 줬는데요, 라고 말할 수는 없는 노릇 아닌가.

"아, 잠깐만요. 지금 일 때문에 전화가 와서요."

미나는 미안한 표정을 지으며 서둘러 자리를 피했다.

"말씀드린 것처럼 돈은 드릴게요!"

그녀의 등 뒤에서 케너트가 외쳤다.

미나는 여자 화장실로 급히 걸어 들어가 문을 잠갔다. 그리고 크리스테르에게 전화를 걸었다. 신호음이 세 번 울린 후 크리스테르가 전화를 받았다.

"여보세요. 미나. 무슨 일이야? 책상에 뭐 두고 갔어? 방금 전에 미나 책상을 지나서 주방으로 가는 길이었는데, 필요하면 다시 돌아갈 수……."

"그게 아니라요."

미나가 급히 크리스테르의 말을 끊었다.

"보세 얘긴데요."

"아, 지금 내 옆에 있어."

크리스테르가 기분 좋게 답했다.

"지금 보세랑 주방으로 가는 길이었어. 보세가 미나한테 안부를 전하는 것 같은데. 그런데 지금 왜 이렇게 속삭이는 거야?"

그제야 미나는 그녀가 전화기에 대고 속삭이고 있을 뿐 아니라, 변기 옆에 쪼그린 자세로 앉아 있다는 것을 알아챘다. 곧 그녀는 자리에서 일어나 문밖으로는 들리지 않을 정도로, 하지만 아까보다는 큰 목소리로 말했다.

"이 이야기를 어떻게 해야 할지 모르겠는데, 방금 전에 보세 주인하고 이야기를 했어요."

수화기 저편의 크리스테르는 아무 대꾸도 없이 침묵하다가 이윽고 낙담한 목소리로 말했다.

"아, 이런. 보세를 다시 돌려 달라고 하나 보네. 그렇지? 오늘 같이 시내에 나가서 보세 털을 빗겨 줄 좋은 빗을 사려고 했는데. 머리에 달 실크 리본도 사고."

미나는 두 눈을 감았다. 보세는 장난기 많은 대형견, 골든 레트리버였다. 활기 넘치는 눈을 하고 혀를 축 늘어뜨린 개 말이다. 그런 개한테 빗과 실크 리본이라니, 정말 어울리지 않았다. 하지만 크리스테르에게 그 이야기를 할 타이밍은 아니었다. 지금은 그가 보세를 도그 쇼에 나갈 푸들이라고 우기면 맞다고 맞장구라도 쳐야 할 참이었다. 그녀가 앞으로 꺼내야 할 말을 생각하면 그를 기분 좋게 만들 말은 무엇이든 할 수 있었다.

"그거 좋은 아이디어네요. 사실 보세를 당장 달라는 게 아니라, 그 반대로 올여름 내내 보세를 좀 봐 달라고 부탁해서요. 물론 크리스테르한테도 계획이 있겠지만 어쩌면 우리……."

"진짜 잘됐네!"

크리스테르가 그녀의 말을 끊었다.

평소 말수가 적은 경찰, 크리스테르에게서는 들어 본 적 없는 기쁨의 외침이었다.

"보세랑 같이 최고의 여름을 보낼 수 있겠군. 주인분한테 감사하다고 전해 줘!"

미나가 화장실에서 나왔을 때, 케너트는 여전히 커피 테이블 옆에 서 있었다. 그는 아까와 마찬가지로 신기하단 표정으로 말을 건넸다.

"업무 전화는 항상 화장실에서 받으시나요?"

"대외비라서요."

미나는 아무 문제도 없다는 듯 미소를 지으려 애쓰며 짧게 대답했다. 부드러운 미소를 짓고 싶었지만 어색하고 딱딱한 미소가 나왔다.

"어쨌든 보세는 제가 돌볼 수 있어요. 전혀 문제없으니까 언제 돌려줬으면 하는지만 말씀해 주세요. 우리야 뭐 이 모임에서 계속 볼 테니까요. 언제든 말만 하세요. 그럼 저한테도 제대로 된 커피 한잔 주시겠어요?"

케너트는 연신 고맙다고 인사한 뒤, 기분 좋게 그가 가져온 보온병에서 커피를 따라 그녀에게 건넸다. 커피를 마실 생각은 전혀 없었지만 미나는 그래도 머그잔을 받아 들었다. 지금 중요한 건 케너트에게 잘 보이는 것 그리고 보세에 대한 대화에서 화제를 돌리는 것이었다.

미나는 손에 머그잔을 든 채 방으로 다시 돌아가 문이 보이는 자리에 앉았다. 어쩌면 변화를 줘야 할 때인지도 모른다.

매번 올 때마다 똑같은 패턴이 지겹다면, 이번에는 다르게 가 보는 것도 방법일 것이다.

그런 생각에 빠져 있다가 하마터면 머그잔의 커피를 마실 뻔했다. 하지만 마지막 순간에 자신이 무슨 짓을 하려는지 알아챈 그녀는 케너트가 보지 않길 바라면서 머그잔을 의자 옆 바닥에 내려놓았다.

오늘은 이미 워밍업으로 케너트와 친근하게 대화도 주고받았으니, 어쩌면 오늘은 그녀가 자신의 이야기를 나눌 차례일지도 몰랐다.

모두가 자리에 다시 앉았을 즈음, 미나가 마음을 단단히 먹고 발표를 하겠노라 고개를 끄덕여 의사를 표시했다. 모든 사람의 시선이 순식간에 그녀를 향했다. 호기심과 기대가 가득 찬 눈빛이었다. 미나는 시작도 하기 전에 후회가 되었다. 하지만 지금 와서 마음을 바꿀 수는 없었다. 이미 기차는 목적지를 향해 승강장을 떠난 후였다.

그녀는 자리에서 일어나 목청을 가다듬었다.

하지만 입을 열지도 못하고 다시 자리에 주저앉았다.

기차에 타고 있던 승객들이 비상 브레이크를 당겼다.

도저히 할 수 없었다.

케너트가 뚫어져라 그녀를 쳐다봤다.

미나는 고개를 돌렸다. 그녀의 문제는 그 누구의 것도 아닌

오롯이 그녀의 것이었다.

*

쇠데르말름 지구의 탄토룬덴 공원은 피크닉 돗자리를 깔고 앉은 사람들, 공놀이를 하는 젊은이들, 아이들을 데리고 나와 여름 햇살을 즐기는 가족들로 가득했다. 물가를 따라 산책로가 나 있었고, 그곳에 줄지어 늘어선 핫도그와 버거를 파는 가판대에서는 맛있는 냄새가 났다. 최소 다섯 가지 스타일의 서로 다른 음악이 공원 안 곳곳에서 제각기 울려 퍼지고 있었다. 빈센트는 기분이 무척 좋았다. 그는 언제나 군중 속에 파묻혀 있을 때 그의 컨디션이 최고라 느꼈다. 사실 군중 속에 있으면 많은 사람에게 치이고 기운이 다 빨려 힘들었지만, 그래도 그렇게 있으면 자신도 그들 중 한 사람이 된 것 같은 소속감이 들어 좋았다. 딸기와 샴페인, 비스킷, 주스, 맥주, 그 무엇이든 가져오고 싶은 것들로 피크닉 바구니를 가득 채운 피크닉 전문가 중 한 사람이 된 것만 같은 느낌이 들었다.

"없던 폐소 공포증도 생길 경찰서에 비하면 이곳의 업무 환경이 훨씬 낫네요."

그의 옆에 선 미나가 말했다.

빈센트와 미나는 탄토를 가로질러 물가 쪽으로 걷고 있었다.

혼스툴의 물가를 따라 스칸스툴 방향으로 같이 걷자고 제안한 건 빈센트였다. 그에게 물은 항상 아름답고 또 창의력을 자극하는 매개체였다. 다행히 스톡홀름에는 어딜 가든 물이 많았다.

또 물이 있으면 미나 말고 집중할 거리가 생기는 것도 좋았다. 미나는 오늘 밝은색 바지에 파란 조끼를 입고 있었다. 빈센트는 그녀의 목선에서 시선을 뗄 수 없었다. 여름옷임에도 불구하고 그녀는 언제나처럼 절제되어 보였다. 조끼는 새것 같았는데 그녀의 몸에 맞춘 듯 딱 맞았고, 리넨 원단의 바지에는 주름 하나 가 있질 않았다. 쉬는 날 입을 법한 차림이었는데, 미나는 무엇을 입어도 격식을 차린 것처럼 보였다. 그리고 그건 그녀가 의도한 것일 테다.

"움직일 때 생각이 더 잘 돌아가거든요."

빈센트가 입을 열었다.

"엔도르핀 분비도 촉진되고 맥박도 빨라지고, 그러면 뇌로 가는 게 더 많아지니까요. 게다가 아름다운 풍경은 뇌세포 간 신경 접합부의 윤활유 역할을 하는 세로토닌과 도파민의 분비를 촉진하죠. 1초당 더 많은 생각을 할 수 있게 된다는 건 문제를 해결할 수 있는 기회가 더 많아진다는 것을 의미하고요."

둘은 방향을 틀어 산책로로 들어섰다. 가끔씩 햇빛을 받아 번쩍이는 모터보트가 요란한 소리를 내며 수로를 지나갔다.

"고마워요. 그런데 그건 좀 마초 같은 거 아닌가요?"

"네?"

그가 뭔가 놓친 게 분명했다. 아니면 미나가 그의 말을 제대로 듣지 않았거나. 방금 전 그가 했던 말을 돌이켜 봤지만, 뇌세포와 세로토닌과 '마초'라는 말은 어울리지 않았다. 아마 미나가 오해를 했을 것이다.

"방금 전에 저를 보고 아름다운 풍경이라고 하셨잖아요. 빈센트 씨가 마흔일곱이라는 건 저도 알지만 그래도 사람을 그렇게 대상화하는 건 아니죠."

빈센트는 자신의 얼굴이 붉게 달아오르는 것을 느꼈다. 갑자기 소변이 마려웠다.

"아니 그게 아니라……."

그가 말을 더듬었다.

"그러니까…… 내가 말한 건 우리 옆의 이 물…… 미나 씨가 그렇단 게 아니라……."

그는 쥐구멍에라도 숨고 싶은 기분이었다. 이렇게 어색할 수가. 그렇게 그의 속내를 다 드러냈을 리가 없을 텐데…….

"빈센트 씨."

미나가 큰 소리로 그의 이름을 부르자 빈센트가 두 눈을 껌뻑거렸다.

"농담한 거예요."

그는 저도 모르게 웃음을 터트렸다. 어쩌면 조금 크게. 하지만 그 큰 웃음은 그가 얼마나 안도했는지를 보여 줬다.

둘은 빠른 속도로 지나가는 자전거들을 피해 산책로를 따라 걸었다.

"당연하죠. 내가 미나 씨를 아름다운 풍경이라고 불렀을 리가요. 수영복 입은 미녀라면 모를까."

"저기요!"

미나는 그의 팔을 살짝 때린 뒤 말을 이었다.

"맙소사. 어떻게 결혼해서 가족을 꾸리고 사는지 미스터리라니까요."

"쉽지 않았죠. 미나 씨가 필요하다면 언제든 우리 가족을 빌려줄 테니 말만 해요."

"가족 이야기가 나왔으니 말인데…… 마리아랑…… 울리카랑은 상황이 어때요?"

그가 미나와 말하고 싶던 주제는 아니었지만, 그래도 미나에게 한밤중에 그렇게 전화를 걸었던 죄가 있으니 대답은 해야 했다.

"울리카는…… 그냥 아무 일도 없었던 것처럼 행동하는 것 같고 마리아는 아무것도 몰라요. 마리아는 내가 우편물을 받으러 밖에만 나가도 질투를 하는 사람이니, 아마 절대 이해 못 할 거예요. 그리고 그날 밤 그렇게 전화를 해서 다시 한번 미안해요."

미나는 대답 대신 고개를 끄덕였다. 빈센트는 그녀의 얼굴을 유심히 살폈다. 조금 딱딱해 보였지만, 그녀의 표정을 제대로 파악하기는 어려웠다.

잠시 후 빈센트가 말머리를 돌리며 물었다.

"그런데 좀 괜찮아요? 이렇게 자연 속에 나와 있는 거요."

"제가 뭐 만지는 거 보셨어요?"

그녀가 손가락을 흔들어 보이며 답했다.

"나무까지는 몇 미터쯤 떨어져 있고, 그리고 아시잖아요. 만일을 대비해서 제가 늘 주머니에 일회용 장갑 챙겨 가지고 다니는 거."

두 사람은 카페로 개조한 밝은색 캠핑카를 지나쳐 길 한가운데에 놓인 일광욕 의자를 뚫고 지나가야 했다. 인조 야자수와 색색의 조명으로 장식한 카페의 스피커에서는 치지직거리는 소리와 함께 지중해의 칼립소 음악이 울려 퍼지고 있었다. 잠깐이었지만 스웨덴이 아니라 꼭 해외 휴양지에 온 것 같은 느낌이 들었다. 그와 미나, 단둘이서 말이다.

"그래서 위대한 멘탈리스트 님, 오늘은 무슨 이야기를 하고 싶으신 건데요?"

미나가 물었다.

그는 잠시 침묵했다. 어떻게 이야기를 시작해야 할지 감이 잡히지 않았다.

"내가 전에 미나 씨한테 누구에게 내 이야기를 들었는지 물어본 적이 있었죠?"

빈센트가 입을 뗐다.

"그 질문을 한 데는 이유가 있었습니다. 그리고 그것 때문에 안나를 만나려고 노력해 봤지만 성공하진 못했고요. 가능하다면 안나랑 단둘이 이야기를 하고 싶은데, 물론 그에 앞서서 먼저 안나를 찾아야 하겠지만요. 그러니까…… 누군가 나한테 메시지를 보내왔어요. 살인이 일어난 날짜를 알고 있어야 찾을 수 있는, 그리고 나처럼 뇌가 엉망진창인 사람만이 찾을 수 있는 메시지를요."

"네. 그러셨겠죠. 빈센트 씨한테는…… 이상한…… 열성 팬들이 있으니까요. 하지만 살인이 일어난 날짜는 기자 회견이 일어난 후 온라인에서 검색하면 쉽게 찾을 수 있었을 거예요. 플래시백 포럼 사이트에도 이미 다 올라온 정보일 거고요."

"내가 말을 헷갈리게 했나 보네요. 내가 받은 메시지는 내가 이 수사에 참여하기도 전에 나한테 보내진 거예요."

미나가 그를 조용히 응시했다.

"이해가 안 돼요. 어떻게…… 그게 무슨 뜻이죠?"

"작년 크리스마스 때였어요. 앙네스가 벤치에서 사망한 채 발견되기도 전에, 누군가가 내 에이전시에 나한테 전해 주라면서 암호화된 메시지를 보내왔어요. 크리스마스 선물이라는 명목이었죠. 하지만 내 에이전트가 선물을 전해 주는 걸 깜빡하는 바람에 난 한참이 지나서야 그걸 받았습니다. 그리고 아주 최근에야 그 메시지를 발견했고요."

"맙소사."

미나가 손으로 입을 막으며 말을 잇지 못했다.

둘은 부두 쪽으로 난 길을 따라 걸었다. 미나는 언뜻 봐도 그가 방금 한 말을 이해하려 노력하고 있는 표정이었다.

"그러니까…… 그 메시지를 보낸 사람은 제가 빈센트 씨한테 수사 참여를 요청하기도 전에 빈센트 씨가 경찰 수사에 협조할 거라는 걸 알고 있었다는 건가요? 이제야 왜 빈센트 씨가 안나를 만나려고 했는지 알겠네요. 이건 곧장 팀에 알려야 해요."

빈센트는 팔을 뻗어 미나의 맨팔을 잡으려다 가까스로 그만두었다. 그녀가 씻고 싶어지게 만들기는 싫었다. 그는 부두의 난간에 멈춰 서서 반짝이는 수면을 바라봤다.

"모르겠어요. 어떤 식으로든 내가 이 사건에 연루된 게 밝혀지면 팀에서 제외될까 봐 걱정이 돼요."

"그럴 일은 없을 거예요. 모두들 빈센트 씨를 좋아하는데요."

하지만 그녀의 목소리에도 확신은 없었다.

"나는 팀에서 빠지고 싶지 않아요. 쿵스홀멘의 경찰서에는 내가 좋아하는 풍경이 있거든요."

"그건 너무 지나친 아부 같은데요."

\*

빈센트가 다른 팀원들에게 살인의 날짜를 근거로 어떻게 이 책의 메시지를 찾았는지를 설명하는 동안, 미나는 팀원들을 등지고 서 있었다. 화이트보드에 이제껏 드러난 사실을 적기 위해서긴 했지만 감정적으로도 흐트러진 정신을 다잡기 위해 조금 더 시간이 필요했다. 화이트보드에 글씨를 써 나가는 그녀의 손이 계속해서 조금씩 떨렸다. 써야 할 내용을 다 쓴 그녀는 깊게 숨을 들이마신 뒤에야 뒤로 돌아섰다. 테이블 한가운데에 문제의 책이 놓여 있었다. 그리고 빨간 줄이 잔뜩 그려져 있고 메시지가 써 있는 그 페이지가 펼쳐져 있었다.

"빈센트 씨와 저는, 제게 빈센트 씨를 추천했던 그 사람이 이 책을 보낸 사람이 아닐까 생각하고 있어요."

미나는 다른 팀원들의 시선을 피하며 테이블에 앉았다. 아직도 손이 가늘게 떨렸다.

"완전 사이코인 것 같은데."

루벤이 무미건조한 표정으로 고개를 저으며 말을 이었다.

"요나스 라스크는 절대 아니겠어요. 미안한데, 이건 너무 비현실적이에요. 이건 뭐 무슨 영화나 스릴러 소설도 아니고,

우리가 사는 현실에서는 거의 일어나지 않는 일이라고요. 현실 속 살인은 절대 이렇게 복잡하지 않아요. 사람들은 그 순간의 충동으로 살인을 저지르지, 이렇게 표범에 대한 수수께끼 같은 책에 암호를 숨겨 놓으면서 복잡한 계획을 짜지 않는다고요. 이걸 나만 느끼는 거예요?"

루벤은 불만에 차 펜을 테이블에 던지며 구시렁대더니, 의자에 등을 기대고 가슴팍 위로 단단히 팔짱을 꼈다.

"아주 합리적인 의견 고마워, 루벤."

율리아가 침착한 목소리로 받아치더니, 곧 미나를 돌아보며 물었다.

"미나한테 빈센트 씨를 만나 보라고 말해 준 사람이 누군데?"

미나는 그녀의 손이 얼마나 떨리고 있는지 제발 아무도 알아보지 못하길 기도하면서 테이블 위의 자기 손을 쳐다본 후 고개를 들었다.

당연하게도 빈센트는 그녀의 손을 뚫어져라 처다보고 있었다. 미나는 빈센트의 눈길을 무시하고 침착함을 가장하며 율리아의 질문에 답했다.

"난 이제까지 서포터로…… 그…… 쿵스홀멘에 있는 알코올 중독 방지 모임에 나가고 있었어. 거기서 그 여자를 만났고. 이름은 안나야."

"염병, 미나한테 친구가 있다고?"

루벤이 웃음을 참지 못하며 말하자, 페데르가 화난 표정으로 그를 노려봤다. 빈센트의 눈빛도 어두워졌다. 빈센트의 표정이 변하는 것을 보니 미나는 어쩐지 기분이 좋아졌다. 심지어 크리스테르도 루벤을 노려봤다.

"미나, 계속 말해 봐."

율리아가 재촉하자 루벤은 콧방귀를 뀌었다.

"그 모임에 안나가 있었고, 어느 날 안나가…… 나한테 말을 걸었어."

"그냥 그렇게? 그 안나라는 사람은 어떻게 미나가 경찰이라는 걸 알았는데?"

페데르가 호기심에 몸을 앞으로 기울이며 물었다.

미나는 손바닥에 땀이 차오르는 것을 느꼈다. 빈센트 쪽은 쳐다볼 용기가 나지 않았지만, 그가 그녀를 쳐다보고 있는 시선은 분명히 느낄 수 있었다. 그녀는 양팔을 으쓱하며 답했다.

"어느 날인가 내가 사건에 대해 통화하는 내용을 들었나 봐. 업무 전화가 왔을 때 매번 밖에 나가기 어려워서 가끔은 안에서 받았거든."

미나의 말이 끝나자마자 율리아가 말했다.

"그렇다면 안나가 빈센트 씨한테 책을 보냈을 거라고 합리적으로 추론해 볼 수 있겠네. 이번 수사에 빈센트 씨가 참여하게 된 데에 안나가 결정적인 역할을 했으니까."

"아니면 안나가 그 메시지를 쓴 누군가의 지인이거나요."

빈센트가 덧붙였다.

"뭐가 됐든 당장 그 안나라는 사람을 불러서 조사해야겠어요."

율리아가 말했다.

미나의 등 뒤로 땀이 쪼르륵 흘러내렸다. 동료를 데리고 그 모임에 가는 건 절대 있을 수 없는 일이었다. 그러면 그녀가 이제껏 지어 온 사상누각이 단숨에 무너질 것이다. 가야 한다면 아무런 동행 없이 그녀 혼자 가거나, 그녀가 아닌 다른 팀원이 가는 게 맞았다.

그때 율리아가 페데르를 향해 돌아서며 말했다.

"페데르. 이 일 좀 맡아 줘. 미나한테 구체적인 정보 받아서 그 모임 장소 방문하고, 안나라는 사람에 대해 최대한 많은 걸 알아 와. 집 주소도 알아 오고. 그리고 모임에 안나가 와 있으면 접근을 시도하기 전에 곧장 지원 요청부터 해. 이 사건에 안나가 연루되어 있는 게 맞다면, 안나가 경찰에 어떻게 반응할지 모르니까."

"미나가 직접 가는 게 낫지 않을까? 그 모임하고 장소에 익숙한 사람은 미나인데."

페데르가 말했다.

"미나는 서포터로 그 모임에 참석해 왔으니, 경찰 업무로 거길 가는 건 적절하지 않지. 미나 친구들을 불편하게 만들어서는 안 되잖아."

"고마워."

미나가 말했다. 율리아가 말한 이유와는 전혀 다른 이유로 고마운 것이긴 했지만, 그 마음만큼은 진심이었다.

손 떨림이 드디어 멈췄다. 그제야 그녀는 목덜미에 맺힌 땀방울들이 상의에 흡수될 수 있게 의자에 등을 기댔다. 빈센트를 쳐다보니, 그는 그녀를 향해 미소를 지어 주었다.

"빈센트 씨, 과학수사대에 이 책을 보내고 싶은데요."

"물론이죠."

율리아의 말에 빈센트는 턱으로 책을 가리키며 말을 이었다.

"저도 그러자고 말하려던 참이었어요. 하지만 다 검사하고 나서 최대한 빨리 책을 돌려받았으면 합니다. 책이 없으면 이 메시지가 무슨 의미인지 밝혀낼 수가 없거든요. 아직 의미를 파악하지 못했으니까요."

"그건 일반적인 절차가 아닌데요. 이 책이 증거가 될 수 있어서요."

율리아가 한숨을 쉬더니 다시 입을 뗐다.

"하긴, 이 사건에 일반적인 게 있나 싶긴 하지만요. 이제까지 얼마나 많은 절차를 어겨 왔을지 생각만 해도 아찔한데, 뭐 아무러면 어떻겠어요…… 제가 과학수사대 쪽에 얘기해서 최대한 빨리 책을 돌려받을 수 있도록 해 볼게요. 크리스테르, 장갑 끼고 이 책 검사실에 보내 주세요. 알겠죠?"

크리스테르의 표정이 어두워졌다.

"지금 막 쉬려던 참이었는데……."

그가 우는 소리를 하자 율리아가 그의 말을 잘랐다.

"당장, 크리스테르가 보내 주세요. 점심시간 5분을 여기 쓴다고 큰일 생기지는 않잖아요. 크리스테르는 매일 점심시간 끝나고 10분 정도 있다가 사무실에 복귀하니까, 납세자들한테……."

율리아는 극적인 효과를 위해 손목시계를 한 번 확인하고서는 말을 이었다.

"크리스테르 시간의 1년 4개월 1주하고도 3일의 시간에 대한 권리가 있는 셈이죠."

페데르가 웃음을 참았다.

크리스테르는 콧방귀를 뀌며 자리에서 일어났다.

"그렇게 비아냥댈 건 없잖아. 알겠어. 내가 하지. 봐, 지금 이렇게 하고 있잖……."

책 앞에 다다른 크리스테르는 율리아의 외침에 한 발자국 뒤로 물러나야 했다.

"장갑 끼고요, 크리스테르!"

"아 네, 네, 네."

크리스테르는 곧장 돌아서서 장갑을 찾으러 갔다.

"이해가 안 돼요."

그때 빈센트가 다시 말문을 열었다.

"뭐가요? 미스터리가 더 있다는 말입니까?"

루벤이 코웃음을 치며 대꾸했다.

"아뇨. 크리스테르 씨가 매일 점심시간이 끝나고 10분씩 늦었고, 그 축적된 시간이 1년 4개월 정도라면 그건 얼추 7만 번의 점심시간에 해당하죠. 1년에 근무일은 250일 정도니까, 그건 크리스테르 씨가 280년 동안 점심시간에 늦게 복귀했단 뜻이니 말이 안 되는데요."

빈센트는 천진난만한 얼굴로 루벤을 쳐다봤다. 미나는 웃음을 참으려 입술을 깨물었다. 빈센트가 농담을 한 것 같지는 않았지만, 어쩌면 그럴 수도 있겠다는 생각이 들었다.

"크리스테르라면 그럴 수도 있겠죠."

페데르도 대꾸했다.

하지만 루벤은 크리스테르와 마찬가지로 뚱한 표정으로 자리에서 일어서서 말했다.

"아니, 다 틀렸어. 이건 다빈치 코드 같은 거예요. 여러 가설이 있을 땐 가장 간단한 것이 맞다는 그 원리요. 다빈치 코드, 맞잖아요?"

"아뇨. 그건 오컴의 면도날이에요."

빈센트가 정정해 주자 루벤은 그를 쳐다봤고, 페데르는 하품을 하며 물었다.

"누구요? 대체 그게 면도하고 뭔 상관이라는 건데요?"
"누가 저 사람 좀 정신 병원에 갖다 넣어라."

루벤은 다 들리게 중얼거리면서 회의실을 빠져나갔다.

미나에게는 짜증 낼 힘도 남아 있지 않았다. 적어도 당분간은 그녀의 비밀을 안전하게 지킬 수 있을 거라는 데서 밀려오는 안도감에 머리가 핑 돌았다.

하지만 그 안도감은 안나를 생각하자 곧바로 사라졌다. 타투를 한 안나, 언제나 악의 없어 보였던 안나. 하지만 어쩌면 그녀는 그들이 생각했던 것보다 훨씬 위험한 인물일 수도 있을 것이다.

\*

아직은 밝고 따뜻한 여름철의 저녁, 담요를 덮고 있는 듯 바람이라고는 전혀 불지 않는 날이었다. 스톡홀름 하늘은 미세하게 다른, 수많은 색조의 분홍색으로 물들어 있었다. 분홍빛 하늘은 공기 오염의 산물이라는 이야기를 어디선가 들은 적이 있지만, 그래도 지금 이 풍경은 보는 것만으로도 숨이 막히는 절경이었다.

근처 부둣가에는 한 소녀가 앉아 있었다. 소녀는 부두 아래로 늘어뜨린 다리를 달랑거렸다. 어쩐지 소녀와의 거리가 가까우면서도 동시에 한없이 멀게 느껴졌다. 소녀는 늘 그렇듯 혼자였다. 백조 가족이 나른하고도 위풍당당하게 소녀 앞을 미끄러지듯 스쳐 지나갔다. 물 위에 떠 있던 카약이 지나치게 가까워지자, 엄마 아빠 백조가 큰 소리를 냈다. 백조 가족 위로는 왕궁이 우뚝 솟아 있었다. 왕궁이라기엔 감옥 같은 외관에 첨탑도 포탑도 없어 미국 관광객들을 늘 실망시키는 구시가지의 궁전 말이다.

한 줄로 늘어선 낚시꾼들이 뭔가를 잡았는지 낚싯줄을 잡아당겨, 잡은 물고기를 낡은 플라스틱 통에 넣었다. 미나는 조금 더 가까이 다가갔다. 소녀가 문을 나선 후부터 미나는 줄곧 안전거리를 두고 소녀를 쫓고 있었지만, 이쯤 되니 조금 더 가까이 다가가고 싶은 유혹이 들었다.

지난번 봤을 때보다 소녀의 짙은 색 머리카락은 더 짧아져 있었다. 몇 센티쯤 잘라 냈는지, 머리칼이 어깨까지 왔다. 윤기 흐르는 곧고 두꺼운 머리칼. 머리카락이 흘러내려 얼굴을 가렸다. 소녀는 미나의 생각을 듣기라도 했는지 갑자기 손을 들어 머리카락을 귀 뒤로 넘겼다. 한 낚시꾼이 커다란 농어를 잡아 통에 넣고선 새 미끼를 낚싯줄 끝에 끼워 물속에 다시 던졌다. 백조 가족은 낚시꾼을 향해 쉬익쉬익 소리를 내면서 그 앞을 지나갔다.

미나는 몇 걸음 더 가까이 다가가다, 얼굴을 찡그린 채 멈춰 섰다. 10대 남자 두 명이 어디선가 갑자기 나타나 소녀를 가운데 두고 양쪽에 앉았다. 미나가 서 있는 자리에서는 무슨 이야기를 하는지 대화 내용이 들리지 않았다. 소녀가 오늘 여기서 만나기로 약속한 친구들일 수도 있다. 그러나 그들의 보디랭귀지를 보아하니 그건 아닌 것 같았다. 미나는 주저하며 두어 걸음 다가갔다. 무슨 이야기를 하는지 들으려면 더 가까이 가야 했다.

소녀에게 이렇게 가까이 다가간 적은 처음이었다.

뒤에서 봐도 소녀의 어깨는 딱딱하게 굳어 위로 들려 있었다. 전형적인 방어 반응이었다. 남자애 중 한 명이 소녀의 배낭에 손을 뻗었다. 미나는 곧장 상황을 파악하고 그들에게 다가갔다.

"다들 여기서 뭐 하는 거지?"

그녀가 권위를 실은 목소리로 경찰 신분증을 보여 주며 끼어들었다.

두 소년은 고개를 들어 미나의 경찰 신분증과 얼굴을 번갈아 바라보더니 잽싸게 자리에서 일어나 쿵스트레드고르덴 공원 방향으로 냅다 도망쳤다. 소녀는 고마운 마음을 담아 미나를 향해 미소 지었다. 그러고는 가져온 배낭을 집어 들더니 두 팔로 꼭 안으며 말했다.

"이 가방을 달라고 하잖아요."

"그런 것 같더라니."

미나는 온몸이 뜨거워졌다가 차가워지는 것을 느끼며 답했다.

"감사합니다."

소녀는 미나의 얼굴을 응시하며 말했다.

"고맙긴. 이게 내 일인데."

미나는 곧장 자리를 뜨려는 듯 간단히 답했다. 하지만 그녀가 막아 볼 새도 없이 귓가에 이렇게 말하는 자신의 목소리가 들렸다.

"음료수 한잔 사 줄까?"

소녀가 주저했다.

"요즘 경찰 내부적으로 젊은 세대랑 친해지라는 취지의 프로그램을 진행 중이거든. 어린 친구들이랑 좋은 관계를 맺어서, 짭새니 뭐니 하는 말로 불리지 말자는 거지. 어때? 음료수 값은 납세자들이 내 주는 거야."

"전 탄산음료는 안 마셔서요. 대신 카푸치노 한잔 마실게요."

소녀가 자리에서 일어나며 말했다.

미나의 온몸에 긴장과 더불어 그녀가 알 수 없는 온갖 감정이 소용돌이치며 심장이 빠르게 뛰기 시작했다. 그런 말을 해서는 안 됐는데, 음료수를 사 주겠다는 말 같은 건 해서는 안 됐는데. 어쩌겠는가. 이미 뱉은 말은 도로 주워 담을 수도 없는 것을.

"저쪽에 있는 카페가 커피를 잘해요."

소녀가 쿵스트레드고르덴 공원 쪽을 가리키며 말했다.

아까 소년들이 도망간 방향이었다. 미나는 고개를 끄덕였다. 아마 소년들은 저 카페보다 더 멀리 도망간 지 오래일 것이다. 미나는 휴대폰 화면도 한번 확인해 봤다. 페데르나 율리아에게서는 아무런 연락이 없었다. 소녀와 커피를 한잔할 정도의 시간은 있을 것이다.

둘은 카페 쪽으로 걸어갔다. 도착한 카페는 손님들로 꽉 차 있었지만, 운이 좋게도 카페에 들어서자마자 작은 테이블 자리 하나가 났다. 제대로 닦이지 않은 테이블도, 몇 년 동안 한 번도 닦지 않은 듯한 의자도 신경 쓰지 않고 자리에 앉았다. 지금 미나에게는 그 어떤 것도 중요하지 않았다. 소녀가 테이블에서 기다리는 동안 미나는 카운터로 가서 카푸치노 두 잔을 시켰다. 소녀와 테이블에 앉아 커피를 마실 거였지만, 그녀는 습관적으로 일회용 잔에 커피를 달라고 주문했다.

"감사합니다."

미나가 커피를 가져오자 소녀의 얼굴이 환해졌다.

소녀는 커피를 받아 두 눈을 감고 한 모금을 마셨다.

"커피를 마시기엔 아직 너무 어린 거 아닌가?"

미나가 물었다.

"어렸을 적에 이탈리아에서 살았거든요. 거기선 아이들이 어릴 때 커피 마시는 법을 배워요. 전 카푸치노가 좋아요. 너무 오래 우린 필터 커피는 최악이에요. 그런데 경찰들은 하루 종일 그런 필터 커피를 마시지 않나요?"

소녀가 유쾌한 웃음을 터트리며 물었다.

"안타깝게도 사실이란다." 미나가 답했다.

웨이트리스가 무심하게 둘의 테이블로 걸어와 이전 손님이 놓고 간 그릇을 치웠다.

"저도 경찰이 될까 생각 중이에요."

소녀가 활기찬 표정으로 말했다. 생각지도 못한 말에 미나의 목에 뜨거운 커피가 걸렸다.

미나는 소녀를 뚫어져라 쳐다보며 물었다.

"왜?"

소녀는 주저하더니 다시 입을 열었다.

"음…… 제가 어릴 때 저희 엄마가 뺑소니 사고로 돌아가셨거든요. 아빠가 그러는데, 아마 음주 운전이었을 거래요. 범인은 끝내 잡지 못했죠. 이건 옳지 못해요. 전 그런 불공평한 일들에 정의를 찾아 주고 싶어요."

"안타까운 일을 겪었구나."

미나가 대꾸했다.

"음, 지금 당장 결정할 건 아니에요. 하지만 경찰도 제가 생각하고 있는 선택지 중 하나예요. 어쩌면 인플루언서가 될 수도 있고요. 여기 쿵스트레드고르덴 공원에서 완벽한 벚꽃을 담기 위해 몇 시간씩 사진을 찍는 그런 사람이요."

소녀는 오래전에 예쁜 분홍빛을 잃어버리고 지금은 사진에 담고 싶지 않게 생긴, 지극히 평범해 보이는 나무들을 가리키며 말했다. 그리고 배낭에서 휴대폰을 꺼내더니 화면을 확인하고 다시 집어넣었다.

"누가 걱정하시니?"

미나가 물었다.

"아뇨, 그냥. 저희 아빠요. 아빠는…… 조금 과잉보호를 하는 편이거든요. 아빠도 긴장을 좀 풀어야 할 텐데……."

"네가 경찰이 되면 부모님이 왜 그렇게 자식을 과잉보호하려고 드는지 이해하게 될 거야."

"네. 경찰로 일하면서 엄청 끔찍한 걸 많이 보시겠어요."

소녀가 카푸치노를 한 모금 더 마시며 대꾸했다.

소녀의 윗입술에 카푸치노 거품이 묻었다. 미나는 몸을 앞으로 기울여 소녀의 입술을 닦아 주고 싶은 충동을 간신히 참아 냈다.

소녀의 이름을 묻지는 않았다. 이미 알고 있으니까. 하지만 혹시나 괜한 의혹을 사는 일이 없게, 그녀는 항상 머릿속으로 소녀의 이름 대신 '소녀'라고 그녀를 불렀다.

"전 형사 사건을 수사하는 그런 경찰이 되고 싶어요. 경찰차 타고 거리를 순찰하면서 마약 중독자를 찾는 그런 경찰 말고요. 그런데 경찰이 되면 처음 몇 년은 꼭 그런 순찰 임무를 거쳐야 한다면서요. 그게 정말이에요? 솔직히 순찰 임무를 제가 견뎌 낼 수 있을지 잘 모르겠어요."

"응. 그건 맞아. 지금은 그렇지."

미나가 고개를 끄덕이며 말을 이었다.

"하지만 지금 경찰 내부에서도 그런 절차를 바꾸자는 이야기가 나오고 있어. 네가 말한 바로 그런 이유 때문에. 수사 능력은 출중한데 거리 순찰에는 관심이 없거나, 체질적으로 그게 안 맞는 사람들이 있거든. 그런 사람들을 놓치지 말자는 거지."

"그럼 그걸 잘 이겨 내셨어요?"

소녀가 호기심 가득한 눈빛으로 그녀에게 질문했다.

어떻게 답해야 할까, 미나는 잠시 생각에 잠겼다. 자신이 지난 시간들을 어떻게 이겨 냈는지 솔직히 말해 줘야 할까. 학교를 졸업하고 막 경찰이 된 사람이라면 누구나 겪는 혼란과 두려움의 시간이 아닌, 자신만이 겪었던 그 괴로움을 말해 줘야 할까. 스스로 통제할 수 없었던 온갖 지저분한 것들과 더러운 환경, 그리고 동료들에게 괴짜로 보이지 않도록 자신의 진짜 모습을 숨겨야 한다는 압박감까지. 조직 속에 융화되는 것은 중요했다. 빠른 의사 결정이 내려져야 하는 찰나의 순간에 자신의 생사를 가르는 건 바로 조직과 동료들이었으니까.

"잘 이겨 냈지."

고민 끝에 그녀는 짧게 답했다.

설명해야 할 것들이 너무 많아서, 그냥 아무 설명도 하지 않는 게 나을 것 같았다.

"아, 드리고 싶은 게 있어요."

소녀가 갑자기 목에 걸고 있던 여러 개의 목걸이 중 하나를 풀면서 말했다.

"감사 인사로요."

"이러지 않아도 되는데. 난 그냥 내 할 일을 했을 뿐이야."

미나는 사양했지만, 소녀는 블랙 펜던트가 달린 목걸이를 풀어 그녀에게 건넸다.

"저한테 친절하게 대해 주셨잖아요. 세상 모든 사람이 다 그러는 건 아니거든요. 그리고 이 펜던트는 자성을 띠고 있는 거예요."

"자성?"

"네. 듣자 하니 그게 몸에 좋다면서요. 적혈구랑 관련이 있다는 것 같던데, 저도 잘은 몰라요. 그래도 드리고 싶어요."

미나는 소녀가 건네는 목걸이를 너무나 받고 싶었다. 앞서 카페에서 규칙을 어기지만 않았어도 고민 않고 받았을 텐데. 그래도 도저히 사양할 수가 없었다. 적어도 목걸이는 그리 비싸 보이지 않으니까 괜찮을 것이다.

"자석처럼 자성을 띠고 있다 그랬지?"

미나가 목걸이를 받으며 말을 이었다.

"고마워. 이게 얼마나 큰 의미인지 넌 아마 모를 거야."

미나는 눈가에 차오르는 눈물을 보여 주지 않으려 애쓰며 목걸이를 목에 둘렀다. 그저 느낌일지는 몰라도, 목걸이를 차자마자 펜던트가 작은 태양처럼 그녀의 가슴을 따뜻하게 덥혀 주는 것 같았다. 그녀는 손을 모아 펜던트를 소중히 감쌌다.

"경찰이 되기 위한 훈련은 받을 수 있겠어?"

미나가 묻자, 소녀는 마지막 남은 카푸치노를 비우며 답했다.

"두고 봐야죠. 아까 말씀드린 것처럼 진로를 결정하기까지 아직은 시간이 좀 있거든요."

그때였다. 미나의 시야에 누군가 움직이는 것이 보였다. 곧 한 남자가 둘이 앉은 테이블로 성큼성큼 다가오더니 소녀의 팔을 세게 잡았다. 소녀는 저항하는 대신 순순히 자리에서 일어났다. 미나를 쳐다보는 소녀의 눈빛에는 체념이 담겨 있었다.

"안녕히 가세요. 만나서 반가웠어요."

소녀는 그 말을 끝으로 남자와 함께 카페를 나갔다.

미나도 따라 일어나려 했지만, 누군가 그녀의 어깨를 세게 눌러 다시 주저앉게 만들었다. 그녀의 뒤에서 다른 한 남자가 나타났다. 남자는 테이블을 빙 둘러 와, 그녀의 맞은편이자 소녀가 앉았던 그 자리에 앉았다. 특징 없는 외모를 한 남자였다. 키는 작았고, 티셔츠에 요즘 어디서나 볼 수 있는 나이키 스우시 운동화를 신고, 다니엘 웰링턴 손목시계를 차고 있었다. 하지만 미나는 이런 외모에 속아 넘어가선 안 된다는 것을 잘 알고 있었다.

남자는 아무 말 없이 아이폰을 꺼내 그녀에게 건넸다. 미나는 이 통화의 대상이 누구인지 정확히 알고 있었다. 몇 년 만에 처음 듣는 목소리. 그녀는 허락되지 않은 접촉에 어떠한 대가가 따르는지도 잘 알았다. 하지만 그녀가 뭘 어떻게 해야 했다는 말인가? 어쨌든 그녀는 경찰로서 해야 할 일을 했을 뿐이다.

미나는 묵묵히 수화기 저편에서 들리는 목소리에 귀를 기울였다.

아무런 대답도, 대꾸도 하지 않았다.

통화가 끝나고, 그녀는 심하게 덜덜 떨리는 손으로 남자에게 아이폰을 건넸다. 남자는 전화기를 받아 역시나 아무 말도 없이 자리를 떴다. 미나는 미동도 없이 그 자리에 가만히 앉아 있었다. 온몸이 너무 떨려, 일어나면 그대로 고꾸라질 것 같았다.

## *1982년 크비빌레*

소년이 위층에서 내려와 부엌으로 향하던 그때, 현관문을 두드리는 소리가 났다. 똑, 똑, 두 번. 소년은 발걸음을 멈추고 그 자리에 가만히 서서 현관문을 바라봤다. 처음에는 잘못 들은 줄로만 알았다. 이 집에 찾아와 문을 두드리는 사람은 아무도 없었는데. 하지만 곧 뿌연 현관문 유리를 통해 사람의 모습이 보였다.

엄마는 아니라는 걸 소년은 알고 있었다. 그리고 예인은 한참이 지나야 집으로 돌아올 텐데, 누굴까. 소년은 걱정이 되었다. 그냥 가 달라고, 아무 도움도 필요 없다고 말을 할까도 생각했다. 아니, 그가 꼼짝도 않는다면 문 앞에 선 게 누구든 포기하고 가 버릴 것이다.

그때 밖에 선 사람이 문을 또 두드렸다. 이번에는 똑, 똑, 똑 세 번이었다. 그리고 남자의 목소리도 들렸다.

"안에 누구 없어요?"

남자는 소년이 계단을 내려올 때 났던 삐걱거리는 소리를 들은 모양이었다. 더 이상은 선택의 여지가 없었다. 소년은 문을 막고 설 수 있을 정도로만 살짝 문을 열었다.

"안녕, 꼬마야."

현관 계단에 선 알란이 인사를 건넸다.

"내 목소리가 안 들리나 했네."

목재상 알란은 엄마의 친구였다. 한 시간 전쯤 소년과 통화를 했는데, 소년은 그 사실을 까맣게 잊어버리고 있었다. 아니, 2주 전이었던가. 요즘 시간은 평소처럼 흐르지 않았.

알란은 BP 로고가 박힌 초록색과 노란색이 섞인 모자를 벗고, 땀이 고인 이마를 닦았다. 그의 뒤로 보이는 계단에는 식료품이 가득 담긴 슈퍼마켓 봉지 두 개가 놓여 있었다.

"리스트가 꽤 길었는데 부탁한 건 다 사 온 것 같구나. 그래서, 엄마가 아프시다고?"

"네. 엄마는 지금 거의 말을 못 하세요. 그래서 제가 전화를 드린 거고요. 여기요. 이 정도면 될 거 같은데요."

소년이 100크로나짜리 지폐 두 장을 건네자 알란은 돈을 받아 바지 주머니에 집어넣었다.

"그럼 엄마는 지금 누가 돌보고 있는 거니?"

알란이 걱정스러운 표정으로 물었다.

"의사한테 와 달라고 전화는 했어? 내가 들어가서 어떤지 한번 볼까? 엄마를 본 다음에 내가 약국에서 뭘 사다 줄 수도 있고."

알란이 문손잡이를 잡자, 소년은 그가 들어오지 못하도록 문짝 아래로 발을 끼워 넣었다.

"지금 주무시고 계세요."

소년이 부러 기침을 하는 척하며 말했다.

"그리고…… 엄마를 보고 아저씨도 아프게 되면 어떻게 해요. 사실 저랑도 이렇게 가깝게 서 있으면 안 될걸요."

알란은 고개를 끄덕이며 손잡이에서 손을 뗐다. 그러고는 다시 한번 이마를 닦았다.

"그건 맞는 말이구나. 이번 주는 나 혼자 일해야 해서 할 일이 산더미거든. 이럴 때 아플 수는 없지. 그래도 이 봉지들은 안에다 들여놔 줄게. 네가 들기에는 너무 무거워."

"네. 감사합니다. 저기 놔 주시면 돼요."

소년은 길을 막지 않도록 문 한편으로 비켜선 후, 부엌 쪽을 가리키며 말했다.

알란은 끙끙거리며 식료품으로 가득 찬 비닐봉지를 번쩍 들어올렸다. 그때 봉지에서 풋사과 하나가 또르르 굴러 나와 복도에 떨어졌다. 소년은 사과를 뚫어져라 쳐다보며, 혹시나 배 속에서 나는 꼬르륵 소리가 밖으로 들릴까 배를 손으로 덮었다. 마지막으로 뭔가를 먹은 지 너무 오래됐다. 알란은 부엌에서 나와 복도에 떨어진 사과를 집어 들고 계단 끝에 서서 물었다.

"정말 엄마가 저 위에서 자고 있는 거 확실하니?"

소년은 계속 손으로 배를 부여잡은 채 고개를 끄덕였다.

"알겠어."

알란은 소년에게 사과를 건넨 뒤 덧붙였다.

"엄마한테 얼른 나으라고 꼭 전해 줘. 그리고 더 필요한 거 있으면 아저씨한테 전화하고."

소년은 현관문 밖에 서서 알란이 가는 모습을 지켜봤다. 그리고 알란이 더 이상은 되돌아오지 않을 게 확실해지자, 그제야 사과를 한 입 베어 물고 집으로 들어와 문을 잠갔다.

알란에게 사다 달라고 부탁한 것들 중에는 치약과 치실도 있었다. 소년은 봉지에서 치약과 치실을 꺼내 식탁 위에 나란히 올려 두었다. 엄마는 늘 2분을 꽉 채워 양치를 해야 한다고 강조했다. 소년은 시간을 잴 수 있도록 지난 크리스마스 때 선물로 받은 손목시계를 찼다.

2분, 2분을 넘게 양치하면 어떻게 되는 걸까. 소년은 몰랐다. 사실 알고 싶지도 않았다. 이번에 알란이 사다 준 치실은 지난번 썼던 치실보다 조금 더 두꺼웠다. 치실은 양치 전에 써야 하는 거였나? 아니면 양치 후에 써야 하는 거였나? 잘 기억이 나지 않았다. 엄마가 뭐라고 했더라?

양치 전에 치실을 하는 게 더 말이 되는 것 같은데.

아니, 양치 후에 하는 거라고 했나?

이런, 너무 헷갈렸다. 잘하려고 그렇게 조심했는데. 하지만 2분은 120초, 12+0=12. 그러니 자기 전에 12센티미터 길이로 치실을 잘라 사용하면 다 괜찮을 것이다.

엄마의 일상은 중요했다.

엄마는 늘 우리가 평소 하는 행동이 우리라는 사람을 만든다고 했다.

소년은 엄마가 평소 했던 행동들을 기억해야 했다.

## *8월*

아스톤이 빈센트의 휴대폰을 들고 그를 향해 전속력으로 뛰어왔다.

"아빠, 갑자기 전화가 와서 게임하다가 죽었어!"

아스톤이 징징거렸다.

빈센트는 마카로니를 익히던 냄비 안에 국자를 던져 넣고, 아스톤이 거실로 휴대폰을 던지기 전에 잽싸게 아들 손에서 휴대폰을 빼앗았다.

"껴!"

아스톤이 소리쳤다.

"나 지금 아스팔트 나인 플레이하고 있었단 말이야!"

"이제는 아니야."

빈센트가 아들에게 가서 엄마를 괴롭히라고 손짓하며 말했다.

휴대폰 화면에는 미나의 이름이 떠 있었다. 드디어 미나의 전화였다. 지난 주말 내내 미나에게 연락을 시도했지만 한 번도 닿지 않았다. 메시지도 여러 통 남겼지만 답장도 없었다. 순간 빈센트는 머릿속으로 심리적 조명 효과를 다시 한번 떠올렸다. 이 효과에 따르면, 사람들은 문제의 원인을 실제보다 더 크게 자신의 탓으로 돌리곤 한다. 요즘 빈센트가 느끼는 이 기분도 조명 효과에서 비롯된 것이리라. 하지만 아무리 생각해도 미나가 그를 일부러 피하는 것 같다는 생각을 떨칠 수가 없었다.

"여보세요, 미나 씨."

빈센트는 아스톤이 소리를 지르며 뛰어가 마리아를 덮치는 것을 보며 전화를 받았다.

아스톤은 곧장 바닥에 누워 엄마와 간지럽히기 대결을 펼쳤다. 언뜻 봐도 아스톤이 우위에 있는 것 같았다.

빈센트는 다시 인덕션 앞으로 가서 프라이팬 바닥에 눌어붙기 직전인 소시지를 뒤집고, 마카로니가 끓고 있는 냄비를 천천히 젓기 시작했다. 수화기 너머 미나는 아무 말이 없었다.

"미나 씨, 거기 있어요?"

그녀의 숨소리만 들렸는데, 그것도 규칙적인 게 아니라 들리다 말다 했다. 꼭 우는 것처럼…… 설마 울고 있는 걸까? 그는 환풍기 소리에 묻힐 정도로 목소리를 낮춰 조심스레 물었다.

"무슨 일이라도 있는 거예요?"

미나가 울고 있다는 건 의심의 여지가 없었다. 갑작스러운 흐느낌 소리로 그녀가 목소리를 내려 애쓰고 있는 걸 알 수 있었다. 빈센트는 그녀가 진정하고 다시 말을 할 수 있을 때까지 기다렸다. 그때, 마카로니를 끓이던 냄비의 물이 어찌해 볼 새도 없이 넘쳐흘렀다.

"나 여기 있어요. 급할 거 없으니까 천천히 말해요."

미나가 우는 소리를 듣고 있으려니 마음이 몹시도 불편했다. 강렬한 감정의 표현에 대처하는 건 그에게 언제나 어려운 일이었다. 상대가 그런 감정을 표현해 올 때 어떤 행동을 취해야 하는지 그는 아직도 몰랐다. 평소에도 어려운 일이었지만 지금은 더 어려웠다. 미나는 항상 침착하고, 정확하고, 집중력이 뛰어난 사람이었다. 그런 그녀가 완전히 무너져 우는 소리를 듣는 것은 누군가의 지극히 사적인 무언가를 몰래 들여다보는 거나 다름없이 느껴졌다. 절대 보아서는 안 되는 내밀한 것을 훔쳐보는 느낌. 게다가 이 전화는 그가 건 것이 아니라 그녀가 걸어온 것이었다. 그것만으로도 지금 상황이 얼마나 심각한지 쉽게 짐작할 수 있었다.

냄비의 물이 흘러넘쳐 인덕션 위로 흐르자, 안전장치가 작동되어 인덕션의 전원이 자동으로 꺼졌다. 프라이팬의 소시지가 타기 시작한 걸 감안하면 다행인 일이었다.

"컨디션이 별로 안 좋아요."

마침내 미나가 입을 열었다. 흐느끼는 숨소리에 맞춰 단어들이 나왔다.

"주말 내내 먹지도, 잠을 자지도 못했어요."

"말 그대로요? 아니면 비유로요?"

"말 그대로요. 지금 72시간째 깨어 있어요. 아니 그보다 더 오래됐을 수도 있고요. 너무 슬퍼요. 더 이상 뭘 해야 되는지 모르겠어요."

인덕션 앞에 서 있던 빈센트의 발 쪽으로 흘러넘친 물이 뚝뚝 떨어지기 시작했다. 뜨거운 물에 발가락이 데고 나서야, 그는 이제 곧 먹어야 할 가족의 저녁 식사가 엉망이 되었다는 것을 깨달았다. 소시지를 요리하던 프라이팬 쪽은 쳐다볼 엄두도 나지 않았다. 하지만 타 버린 저녁 식사는 더 이상 그의 걱정거리가 아니었다.

"지금 바로 갈게요. 집에 있는 거죠? 30분 내로 도착할 거예요. 내가 갈 때까지 아무것도 하지 말고 지금 앉은 데서 꼼짝 말고 기다려요."

미나는 아무 이유도 대지 않았다. 그리고 그가 도착하기 전에 그녀가 저지를까 두려운 일이 무엇인지도 말하지 않았다.

"알겠어요."

미나가 잘 들리지 않는 목소리로 대답했다.

그녀의 집으로 오겠다는 그를 말릴 생각은 없는 것 같았다. 그는 힘없는 그녀에게서 공동 현관 비밀번호를 간신히 알아냈다.

빈센트는 인덕션에서 떨어진 물로 엉망이 된 바닥을 내려다봤다. 당장 닦는 게 맞겠지만, 지금은 아무것도 할 수 없었다.

그때 레베카의 방문이 열리더니, 레베카가 머리를 쑥 내밀고 물었다.

"아빠, 대체 뭐 하는 거야? 내 방까지 탄내가 진동하는데!"

"레베카, 마침 잘 나왔어."

빈센트는 재빨리 행주로 물난리가 난 인덕션 위를 닦으며 말했다.

"나 대신 저녁 좀 만들어 줘야겠어. 내가 급한 일이 좀 생겨서."

"어? 뭐라고? 으으으!"

레베카는 어이없다는 듯 양손을 으쓱해 보였지만, 그래도 부엌으로 와 주었다.

"그냥 피자 시킬게."

레베카는 난리 난 부엌을 보더니 말했다.

"나한테 돈 보내 줘. 아빠, 지금 바닥도 다 젖은 거 알지?"

빈센트는 휴대폰을 꺼내 레베카에게 바로 돈을 보내고, 곧장 노트북을 열었다.

"지금 뭐 하는 건데?"

그때 아스톤과 바닥에서 뒹굴던 마리아가 다리에 아스톤을 매단 채 일어나서 물었다.

"누구 전화였는데 그래?"

그는 주저했다. 그리고 심호흡을 했다. 이건 마리아가 순순히 받아들일 리 없는 얘기였다.

"미나였어. 무슨 일이 있나 봐. 당장 가서 위로해 줘야 돼."

빈센트가 구글 검색창을 열더니 빠르게 검색어를 입력했다.

"뭐? 농담하는 거지? 나 놀리는 거야?"

마리아가 날카로운 목소리로 말을 이었다.

"위로? 걔는 전화할 사람이 당신밖에 없대? 빌어먹을! 지금은 일요일 저녁 시간이라고, 빈센트!"

빈센트는 컴퓨터 화면에서 눈을 떼지 못했다.

마리아는 미나의 목소리가 어땠는지 듣지 못했으니 저러는 것이다.

"하지만 미나가 나한테 전화를 걸었잖아. 그러니까 이젠 내 책임이지."

그는 비난하듯 팔짱을 낀 아내를 쳐다보며 말을 이었다.

"마리아, 정말 진심으로 걱정이 되어서 그래. 미나 목소리가 어땠는지 당신도 들었다면 내 말을 이해할 거야."

"그래? 그럼 그냥 가. 걔의 백마 탄 기사가 되고 싶은 거면 그냥 가라고!"

"백마? 백마가 아니라 토요타의 빨간……."

빈센트의 말에 마리아가 고개를 저으며 중얼거렸다.

"맙소사, 빈센트. 이럴 땐 당신 정말……."

"이건 기사도랑은 아무 관계 없는 일이야. 나하고 가까운 사람이 신체적, 정신적으로 위험한 상황에 처한 것 같고 또 그걸 아는 사람이 나뿐인 것 같으니까. 그건 도와줄 사람도 나뿐이란 거잖아. 그러니까 순수하게 이성적으로 생각해서 내가 나서야 돼. 내가 뭔가를 잘못해서 무슨 일이 일어난 게 아닌지 확인해야 한다고."

그가 노트북 화면을 마리아 쪽으로 돌려 보여 주며 말했다.

곧 그는 '친구를 위로하는 법'이란 제목의 위키피디아 페이지를 클릭했다.

"지금 장난해?"

마리아가 역겹다는 듯 말했다.

"대체 당신, 아스퍼거 증후군이 얼마나 심한 거야? 누군가를 위로하는 법을 구글에서 검색해야 안다고? 그런 건, 평범한 사람들은 검색 같은 거 안 하고도 그냥 다 아는 얘기야. '뭐 필요한 거 있으면 내가 여기 있다'라고 말하면 되는 거라고. 그게 제일 중요한 거야. 대체 당신한테 공감 능력이라는 게 있기는 해?"

마리아는 늘 그렇듯 오해를 하고 있었다. 빈센트는 있지도 않은 공감 능력을 있는 체하려고 구글에서 '친구를 위로하는 법'을 검색한 게 아니라, 정확히 미나의 아픔을 공감했기에 그걸 검색한 건데 말이다. 그는 평범한 사람들은 '그냥 다 아는' 얘기라는 말도 믿지 않았다. 사람들이 그냥 다 아는 얘기 중에는 말도 안 되는 것들이 너무 많았다. 아이들이 식사 후에 바로 수영을 하면 쥐가 날 수 있으니 한 시간은 수영을 피해야 한다고 사람들은 '알고' 있지만, 그건 누가 봐도 과식을 한 부모들이 식사 후 한 시간 정도는 쉬고 싶어서 만들어 낸 거짓말이었다. 또 사람들은 전자레인지에 돌린 음식은 영양가가 덜하다고 '그냥 알고' 있지만, 그 또한 말도 안 되는 말이었다. 물론 빈센트도 그런 잘못된 생각에 영향을 받곤 했다. 하지만 그렇게 '그냥 다 아는' 대로 행동했다가 실수를 범할 수도 있는 위험을 감수하기에는, 미나가 그에게 너무나도 중요한 사람이었다. 그런데 이걸 마리아에게 어떻게 설명한다는 말인가?

"난 어른을 위로하는 일은 잘 못해. 그리고 지금 상황을 더 악화시키고 싶지도 않고. 그래서 내가 피할 수 있는 실수가 있는지 확인해 본 거야. 지금 이것처럼."

그러더니 빈센트는 그가 띄워 놓은 페이지의 한 부분을 소리 내어 읽기 시작했다.

"*보통 많이 하는 실수는 '내가 여기 있으니, 필요한 거 있으면 언제든 말해'라는 말을 하는 것이다. 이 문장은 지나치게 일반적이다. 이렇게 말하면 당신이 위로해야 할 사람은 갑자기 당신이 자신을 어떻게 위로해 줘야 할지 스스로 방법을 생각하게 된다. 위로를 할 때는 구체적이어야 한다. 당신이 어떤 도움을 줄 수 있는지 말하라. 당신이 청소를 대신 해 주거나, 요리를 해 주거나, 자고 가 줄 수 있다고 말하라.*"

"자고 가 줄 수 있다라, 내 그럴 줄 알았지.'

빈센트는 깊은 한숨을 내쉬었다. 늘 그렇듯 마리아는 완전히 요점을 헛짚고 있었다.

마리아가 쓰디쓴 표정으로 말했다.

"진짜로 거길 갈 생각이면, 이제 집에는 들어올 생각도 하지 마."

빈센트는 얼굴을 찡그렸다. 마리아는 그에게 미나의 집에서 자고 오지 말라고 하면서, 집에도 오지 말라고 하고 있었다. 맙소사. 대체 여자들의 논리는 어떻게 이해해야 한다는 말인가?

\*

미나의 아파트 현관은 열려 있었다. 현관문 안쪽 바닥에 깔아 둔 도어 매트가 충분히 커서, 균형 감각이 좋고 동작이 날렵하다면 마루를 밟지 않고도 그 위에서 신발을 벗을 수 있었다. 하지만 빈센트는 만전을 기하기 위해 문밖에서 신발을 벗고 도어 매트 위에 조심스레 신발을 내려놓았다. 그리고 미나의 이름을 부르는 대신 곧장 아파트 안으로 들어갔다.

미나는 여전히 손에 휴대폰을 쥔 채 거실 소파에 앉아 있었다. 지금 미나의 모습으로 봐서는 주말 내내 자지도, 먹지도 못했다는 그녀의 말은 사실인 것 같았다. 그녀는 시체처럼 창백한 안색에 눈 밑까지 다크서클이 내려온 얼굴을 하고, 바람 빠진 풍선을 연상케 하는 자세로 앉아 있었다. 거의 남지 않은 에너지는 온몸이 떨릴 정도로 엉엉 우는 데 쓰고 있는 것 같았다.

그는 급히 사 온 것들이 담긴 종이봉투를 커피 테이블 위에 올려놓고, 부엌으로 들어가 유리잔 하나를 꺼내 왔다. 그러고는 종이봉투에서 주스를 꺼내 잔에 조금만 따랐다. 이 잔은 평소 미나가 쓰는 잔이니 빨대는 필요 없을 것이다.

"주스랑 요구르트, 샌드위치 좀 사 왔어요."

빈센트가 봉투 속에 든 것들을 꺼내며 덧붙였다.

"아보카도가 들어간 비싼 샌드위치예요."

샌드위치에서 약간의 빵 부스러기가 테이블 위로 떨어졌지만, 지금의 미나는 이를 신경 쓸 것 같지 않았다. 미나는 그저 고개만 저었다.

"알아요. 지금 먹을 수 없다는 거. 억지로 먹으라고 하지도 않을게요. 하지만 뭔가를 먹을 수 있을 것 같은 때가 오면, 이게 여기 있다는 걸 기억해요. 우선은 미나 씨가 뭔가를 좀 마셨으면 좋겠는데, 그것도 천천히 해도 돼요."

빈센트는 주스를 따른 잔을 최대한 미나 가까이에 놓았다가 음식은 전혀 중요한 게 아니라는 걸 보여 주기라도 하듯, 저 멀리로 치웠다. 그는 미나가 자신의 목소리를 듣고 지금 그가 미나의 상황을 얼마나 급박하게 생각하고 있는지 알아채지 못하길 바랐다. 미나는 당장이라도 쓰러질 것 같은 모습이었다.

빈센트는 소파로 가 미나의 옆에 앉았다. 그리고 잠시 주저하다가 그녀의 어깨에 팔을 둘렀다. 그녀도 순순히 그의 가슴 위에 기대며 몸을 웅크렸다. 빈센트의 셔츠에서는 여전히 탄 소시지와 너무 푹 익어 버린 마카로니 냄새가 나는데도 그녀는 그를 뿌리치지 않았다.

미나는 아무 말 없이 계속 울었고, 빈센트는 그런 그녀의 머리를 쓰다듬어 주었다. '친구를 위로하는 법' 페이지에 실려 있던 삽화가 알려 준 것처럼 말이다. 그러고 있으니 기분이 좋았다. 조금의 어색함도 없이 자연스럽기만 했다.

빈센트는 최악의 순간이 지나가길 기다리며 미나의 집을 둘러봤다. 그녀의 집 안은 그 어떤 더러움도 숨길 수 없게 온통 하얄 것이라고 생각했었다. 하지만 생각과는 달리 그녀의 집 벽은 옅은 회색으로 되어 있었고 가구는 밝은 나무색을 띠고 있었다. 지금 그가 앉은 자리에서 보이는 거실과 부엌은 그랬다. 그는 그녀의 세련된 취향에 놀랐다. 모든 가구는 대칭으로 배치되어 있었고, 방 안의 모든 것이 먼지 한 톨 없이 완벽하게 청소되어 있었다. 만약 이곳이 미나의 집인지 모르고 들어왔다면, 어디 인테리어 전문점에 들어온 것이라고 착각할 정도였다. 또 한 가지 그의 눈에 띈 게 있다면 집 안에 다른 사람과의 교감이나 소통을 보여 주는 물건은 아무것도 없다는 것이었다. 가족이나 친구의 사진이 없는 것은 물론, 달력에 저녁 식사 계획이나 커피 약속 같은 것도 적혀 있지 않았다.

그렇게 몇 분쯤 지나자 미나의 호흡도 조금씩 안정을 찾아갔다. 그는 유리잔에 손을 뻗어 다시 그녀에게 건넸다. 이번에는 그녀도 두 손으로 잔을 받아 주스를 몇 모금 마셨다. 그리고 그에게 잔을 돌려주려다가 생각을 바꿨는지 끝까지 다 마셨다. 그는 깊은 숨을 내쉬었다. 이제 그녀는 비타민과 당을 조금이나마 섭취했다. 그걸로 미나의 입맛이 약간이라도 돌아오길 바랄 뿐이었다.

"이제 무슨 일인지 물어봐도 돼요?"

빈센트가 물었다.

"꼭 그래야 된다면요."

미나가 낮은 목소리로 답했다.

"꼭 그래야 한다는 건 아니에요. 미나 씨가 필요하다면 난 여기에 얼마든지 계속 있을 거니까 걱정 말고, 우선 좀 먹고 자는 게 좋겠어요. 하지만 그것도 미나 씨가 내킬 때 하도록 해요. 지금도 굳이 나랑 이야기하지 않아도 돼요."

마지막에 한 말은 인터넷에서 배운 내용이 아니라 그가 즉석에서 생각해 낸 것이었다. 미나가 조용히 고개를 끄덕이는 걸 보니 괜찮은 말인 것 같았다. 미나는 다시 그의 가슴팍에 머리를 기댔다. 눈물은 계속 뺨을 타고 흐르고 있었지만, 아까처럼 펑펑 울지는 않았다.

"그건 그렇고, 여기 온다니까 마리아가 뭐라고 했어요? 질투하던가요?"

"그건 교황님이 가톨릭 신자냐고 묻는 거랑 다를 게 없는 질문인 것 같은데요? 뭐, 마리아는 내가 바보 멍청이에 병원에 가서 진료를 받아 봐야 된다고 생각하고 있죠."

미나는 웃음을 터트렸다.

"바보 멍청이에 병원에 가서 진료를 받아야 하는 건 우리 둘 다 마찬가지인 것 같네요. 그런데 지금 빈센트 씨한테 소시지 냄새 나는 거 알고 있어요?"

이번에는 빈센트가 웃음을 터트릴 차례였다. 한바탕 웃고 난 뒤, 둘은 다시 침묵했다. 미나는 몹시도 피곤해 보였다. 그가 그녀를 재워 줄 수 있다면 좋을 텐데. 그는 그녀와 들숨, 날숨의 박자를 맞춰 함께 호흡하기 시작했다. 이내 미나가 몸의 긴장을 풀었다. 그는 누군가와 함께하는 데서 오는 순수한 신체 감각을 즐기며, 한동안 그녀와 같이 호흡했다. 이런 건 빈센트에게 그리 자주 있는 일이 아니었다. 마지막으로 이런 느낌을 가져 본 건 아주 오래전이었다. 곧 그는 일부러 호흡 속도를 더 늦추고, 미나도 무의식적으로 자신을 따라 호흡 속도를 늦췄는지 확인했다. 그리고 그녀의 몸에 적응할 시간을 주도록 계속해서 속도를 조금씩, 조금씩 늦춰 가며 그녀와 함께 호흡했다. 그렇게 느린 호흡을 5분 정도 계속하자 미나는 깊은 잠에 빠져들었다.

그는 깊게 숨을 들이마시고 또 내쉬었다. 마리아나 울리카는 이런 식으로 위로해 본 적이 없었다. 아마 빈센트가 그러려고 했다면 둘은 그런 그를 보며 웃음을 터트렸을 것이다. 하지만 미나를 위로한 것은 꽤, 아니 아주 성공적이었다. 매우 당연하고 자연스러운 일처럼 느껴질 정도로 말이다.

빈센트는 조심스레 미나를 소파에 눕혔다. 그녀를 재웠으니 다음에는 무엇을 해야 하나. 아무것도 떠오르지 않았다. 그는 거실을 둘러봤다. 집은 언제나 그 집에 사는 사람에 대한 무언가를 드러내기 마련이다. 요즘에는 책장에 꽂힌 레코드판이나 책이 별로 없어 예전만큼 많은 걸 알아내긴 힘들지만 말이다. 스포티파이에 저장된 재생 목록과 킨들에 다운로드 받은 책을 보는 것, 그리고 그 집에 실재하는 레코드판과 책을 보는 것은 조금 다른 일이었다. 하지만 그가 하나 배운 것이 있다면 사람들이 가장 흔적을 남기지 않았다고 생각한 곳에서 가장 흥미로운 정보가 발견된다는 것이다. 여러 번 반복되는 약속을 잊지 않도록 남긴 포스트잇 메모, 냉장고 위 자석으로 만든 단어나 문장, 커피 테이블 맨 밑 서랍에 넣어두고 까먹은 물건들처럼 말이다.

그러나 미나의 거실과 부엌에서는 이런 흔적을 전혀 찾아

볼 수 없었다. 벽에 걸린 그림들도 이케아에서 사 온 그림이라는 정도만 알 수 있을 뿐, 그것 말고는 아무런 의미를 찾을 수 없었다. 그렇다고 그녀의 침실에 들어갈 생각은 없었다. 특히 그녀가 자고 있을 때는 더더욱 그러고 싶지 않았다. 그건 사생활을 너무 깊숙이 침범하는 것처럼 느껴졌다. 거실에 놓인 책상에는 루빅큐브가 놓여 있었다. 처음 그들이 만났던 날 그녀의 주머니에서 봤던 큐브와 같은 것인 듯했다.

빈센트는 큐브를 집어 들어, 집게손가락과 약손가락으로 큐브를 맞출 수 있게 엄지손가락과 가운뎃손가락 사이에 큐브를 끼워 넣었다. 큐브는 아무런 저항 없이 매끄럽게 회전했다. 역시 그의 생각대로 미나의 큐브는 한 손으로도 맞출 수 있도록 사전 윤활 처리까지 해 더 쉽게 회전하는 스피드 큐브가 맞았다. 그는 미나가 큐브를 맞추다 만 것을 보고 놀랐다. 구식이긴 하지만, 개인적으로 그는 언제나 크로스부터 맞췄다. 더 빠른 방법이 있다는 건 그도 알고 있었지만 손에 익은 게 그 방식이었다. 빈센트는 아무 생각 없이 한 손으로 큐브를 돌려 맞추며 주위를 둘러보았다.

책상 위에는 그도 알고 있는 사건 관련 서류들이 놓여 있었다. 그때 테이블 오른쪽 가장자리에 액자에 넣은 작은 사진 하나가 눈에 들어왔다. 그 액자 위로는 목걸이 하나가 걸려 있었다. 빈센트는 한눈에 그 목걸이가 자석의 자성을 띠고 있음을 알아봤다. 의외였다. 미나는 불명확하고 미신적인 뉴 에이지 물건을 믿을 사람으로 보이지는 않았는데. 하지만 생각해 보면 그도 잘 모르는 분야이기에 뭐라 판단하긴 힘들 것이다.

그때 미나가 소파 위에서 몸을 들썩이며 알아들을 수 없는 말을 중얼거렸다. 액자 속에는 사진관에서 찍은 어린 소녀의 사진이 들어 있었다. 소녀의 사진은 빈센트가 학창 시절에 찍었던 증명사진을 연상시켰다. 할머니, 할아버지, 그리고 그 밖의 친척들이 좋아할 거라며 부모님이 매년 넘치도록 뽑아다 돌렸던 사진 말이다. 조부모나 친척들이 내 자녀의 사진을 너무 갖고 싶어 할 거라고 생각하는 건 부모의 큰 착각일 뿐이지만.

"나이티."

미나가 웅얼거렸다. 이번에는 그도 분명히 그녀가 하는 말을 알아듣고 부드러운 목소리로 대꾸했다.

"나이티 나이트nighty-night\*, 이제 자요."

"나이티, 애기야. 나 여기 있어. 내가 안 보여?"

미나가 얼굴을 찡그리며 말했다.

내가 지금 나이티 나이트라고 했나? 빈센트는 자신의 얼굴이 붉어지는 것을 느꼈다. 둘은 아직 그 정도로 친한 사이가

---

\* 잘 자라는 저녁 인사 'good night'을 조금 더 친근하게 말하는 방식

아닌데. 미나는 여전히 잠들어 있는 상태인 것 같았지만, 아까보다 더 뒤척였다. 그는 사진 속 소녀를 다시 한번 쳐다봤다. 그리고 조심스레 액자를 돌려 뒷면을 봤다. 뒷면에는 '나탈리, 10세'라는 문구가 쓰여 있었다. 빈센트의 얼굴이 다시 한번 붉게 달아올랐다. 미나가 '나이티'라고 한 것은 그에게 인사를 한 게 아니라, 이 사진 속 소녀를 부른 듯했다. 그리고 그건 '나이티'가 아니라 '나티', 나탈리라는 소녀의 애칭이었다. 그는 있던 자리에 액자를 조심스레 돌려놓고 목걸이도 원래 모양으로 위치시켰다. 그리고 펜을 하나 찾아 앙네스와 관련된 보고서의 첫 장을 넘겨 그 뒷면에 이렇게 썼다.

*지금은 아무것도 묻지 않을게요. 말할 준비가 되면 얘기해 줘요. 그때 들어 줄 테니.*

그제야 빈센트는 자신이 손에 들고 있던 루빅큐브를 다 맞췄다는 것을 깨달았다.

*P.S. 미안해요. 큐브는 내가 맞췄어요.*

그는 메시지에 그 말을 덧붙인 뒤, 커피 테이블 위의 샌드위치 옆에 큐브를 놓았다.

소파 한구석에는 완벽한 모양으로 접힌 담요가 하나 놓여 있었다. 그는 담요를 펴서 미나를 덮어 준 다음, 현관 앞에 벗어 둔 신발을 들고 조용히 아파트를 빠져나왔다.

\*

 잠을 잘 수가 없었다. 평소 잘만 먹히던 자기 최면도 웬일인지 오늘은 아무 소용이 없었다. 예전에는 없던 일이었다. 머릿속이 여전히 혼란스러운 가운데, 새로 도착한 편지는 그를 깜짝 놀라게 만들었다. 빈센트는 팬레터를 받는 데는 익숙했다. 그에게는 자기 인생 문제를 상담하거나 취업 면접 준비를 도와 달라는 이메일도 많이 왔다. 봄부터 협박성 편지가 오긴 했지만 그 편지에 대해 까먹고 지낸 지도 꽤 되었다. 그런데 그의 스토커가 다시 한번 편지를 보내왔다.

 *결국은 나랑 당신이 함께하게 될 거예요. 하지만 당신이 아내한테 그 얘기를 못 한다는 것도 이해해요. 그 부분은 내가 책임질게요.*

 편지를 읽을 때마다 척추 끝에 보이지 않는 얼음 조각을 댄 듯 온몸이 서늘해졌다. 너무 밤이 늦어서 그런가, 제대로 생각을 할 수가 없었다. 일단 지금은 먼저 혼란에 빠진 그의 감정 중추를 통제할 필요가 있었다. 그의 머릿속에서 불안을 부추기는 연료를 차단하면 우선 불안은 잦아들 것이다. 이를 위한 가장 쉬운 방법은 추상적인 문제를 해결하거나, 복잡하고 어려운 책을 읽는 것이다. 하지만 그의 책은 아래층 서재에 있었고, 이 한밤중에 아래층까지 내려가긴 싫었다.

빈센트는 침대 위, 그의 옆에 누운 어두운 그림자를 쳐다봤다. 아내는 자면서 이불을 둘둘 말아 자는 버릇을 가지고 있었다. 지금도 그녀는 꼭 양배추에 고기와 쌀을 넣고 푹 끓인 그리스 요리 돌마처럼 이불을 휘감고 자고 있었다. 마리아의 침대 옆 협탁에 책이 있다는 건 그도 잘 알았다. 하나같이 덧없는 희망을 약속하는 책이었지만, 그래도 오늘만큼은 경멸을 잠시 접어 둬도 좋을 것이다. 어렸을 적 그도 마술이 실재하길 바랐었으니까. 심지어 그 마술을 찾겠다고 얼마나 최선을 다했던가. 지금은 낮 동안 세상을 지배한 법칙들이 제대로 작동하지 않는 밤 시간이었다. 그가 마리아의 책 중 흥미로운 걸 발견할 때가 있다면, 지금이 바로 그때였다.

빈센트는 침대를 빙 둘러서 마리아의 협탁 위에 놓인 작은 램프를 켰다. 조명은 달을 본뜬 모양을 하고 있었다. 갑자기 켠 램프에 마리아는 '끙' 하는 소리를 내며 빛을 피해 돌아누웠다.

역시나 그가 예상한 대로 협탁 위에는 네 권의 책이 놓여 있었다. 마리아는 자기 계발을 아주 중요하게 생각했다. 어쨌든 이론적으로는 그랬다. 쌓여 있는 책 중 제일 위에 있는 것은 《그릿: IQ, 재능, 환경을 뛰어넘는 열정적 끈기의 힘》이란 책이었다. 사실 그도 이 책은 이미 읽었다. 작가 앤절라 더크워스는 재치 넘치고 날카로운 통찰력을 가진 사람이었다. 하지만 오늘 빈센트의 기분에 맞는 책은 아니었다. 그에게는 좀 더 엉뚱하고 이상한 책이 필요했다. 책의 논리와 그가 씨름할 수 있도록 말이다.

다음 책은 《무조건적으로 사람을 사랑하는 법》이라는 제목의 책이었다. 표지에는 눈부신 햇살을 받으며 자라고 있는 초록 새싹이 있었고, 하트 모양을 한 그 씨앗 안에는 또 다른 태양이 그려져 있었다. 표지에는 웹 사이트 주소만 쓰여 있을 뿐 저자 이름은 없었다. 오늘 밤에는 이 책이 좋을 것 같다. 이 책이라면 곰곰이 되새기고 고민할 내용이 들어 있을 것이다. 잘하면 그 이상의 수확이 있을지도 모른다.

세 번째 책은 《내가 가진 것을 사랑하기》라는 제목의 책이었고, 마지막 책은 《그이는 나의 바보다》라는 제목을 달고 있었다. 그는 나머지 세 권의 책을 손에 들고 거기 가만히 서서 제목을 바라봤다.

사랑하기.

나의 바보.

무조건적으로 사람을 사랑하는 법.

그 제목이 무엇을 의미하는지 깨달았을 땐, 불안감과 현기증이 함께 몰려왔다. 빈센트는 마리아가 그렇게 자기 계발서를 읽어 대는 것이 그녀 자신을 더 잘 알고 그녀의 영적인 내면을 발견하기 위해서인 줄로만 알았다. 그동안 마리아가 그저 자기중심적인 이유로 그런 책을 읽는다고 생각해 셀 수 없이 많이 아내를 놀려 왔다.

하지만 이제 보니 그건 순전히 그의 오해였다. 이 책들은 빈센트를 이해하기 위해 그녀가 얼마나 노력하고 있는지를 보여 주었다. 마리아는 자기 배로 낳지 않은 두 명의 아이와 가족을 꾸리는 방법을 찾으려 애쓰고 있었다. 그는 모든 걸 오해했다. 아내가 맞았다. 그는 바보였다. 그것도 이루 말할 수 없이 멍청한 바보였다. 그녀는 완전히 다른 행성에서 온 남편과 살며 이렇게 노력하고 있는데, 그는 자신에게 그녀의 이런 사랑을 받을 자격이 있는지조차 알 수 없었다.

"빈센트. 뭐 하는 거야?"

그때 마리아가 잠에 취한 목소리로 말했다.

그는 책을 협탁 위에 내려놓고 깔끔하게 정리했다. 그러고는 아내가 그의 눈물을 보지 못했길 바라며 손으로 눈물을 닦아 냈다. 마리아는 반쯤 몸을 일으켜 눈을 가늘게 뜨고 그를 쳐다봤다.

"무슨 일이라도 있어?"

빈센트는 자신의 부끄러운 모습을 그녀가 볼 수 없도록, 달 모양의 램프를 껐다.

"우리가 처음 사랑에 빠졌을 때 기억나?"

그가 들릴락 말락, 작은 목소리로 말했다.

"음? 뭐라고?"

"내가 당신한테 나랑 살기 힘들 거라고 했었잖아. 그렇게 말해 놓고도 나는 그게 얼마나 힘든 일인지, 당신이 얼마나 노력해야 했는지 몰랐어."

"고행의 길이긴 하지."

그녀가 하품을 하며 말을 이었다.

"특히 이런 한밤중엔 말이야. 어서 침대로 돌아와."

"그런데 그게 그렇게 노력할 가치가 있는 일이야?"

마리아의 두 눈이 휘둥그레졌다.

"당신이랑 사는 거 말이야?"

그가 조용히 고개를 끄덕였다. 어둠 속 자신의 모습이 그녀에게 보이는지 알 수 없었다.

"그건 당신한테 달린 문제 같은데. 당신은 그게 그만한 가치가 있는 일이었으면 해?"

그가 순전히 그 자신을 위해 고개를 끄덕였다.

"미안해. 내가 바보였어."

"흠. 그건 내가 잘 알지."

마리아가 미소를 지으며 덧붙였다.

"가끔은 찻잎으로 당신 기도를 막아서 질식시켜 버리고 싶을 때도 있지만, 그래도 당신은 내 바보야. 다시 침대로 들어와. 원하면 안아 줄게."

"하지만 당신은 모르잖아. 내가······."

"지금이 새벽 2시 반이라는 건 알아."

그녀가 달 램프 밑의 디지털 시계를 보며 말했다.

"그리고 날 당신 옆에 붙잡아 두고 싶다면 지금 당장 침대로 들어오는 게 좋을 거야. 지금부터 네 시간 후에 울리게 알람을 맞춰 놓았으니까."

마리아는 다시 침대에 누워 가장 편한 자세를 찾아 몸을 뒤척였다. 잠시 후 그녀의 숨소리가 다시 느려지고 무거워진 것이 들렸다.

빈센트는 아내의 실루엣을 바라보며 그 자리에 가만히 서 있었다. 그녀는 그의 아내이자, 그의 막내아들을 낳은 엄마였다. 그런데 그는 둘의 관계를 포기했을 뿐 아니라, 그것을 무너뜨리려 발버둥 치기까지 했다. 하지만 그녀는 한 번도 이 관계를 포기한 적이 없었고 그보다 몇 배는 더 노력해 왔다. 이제부터는 달라질 것이다. 그가 그런 사랑을 받을 자격이 있어서가 아니었다. 그들 결혼에 살릴 수 있는 아주 작은 부분이라도 남아 있다면, 그는 이 관계를 살리기 위해 노력하고 싶었다. 그럴 수 있게 마리아가 허락해 준다면 말이다.

\*

갑자기 들린 똑똑 소리에 미나는 깜짝 놀랐다. 율리아가 그녀의 책상 가장자리를 조심스레 두드리기 전까진 율리아가 방에 들어왔는지도 모르고 있었다.

"몇 번이나 불렀는데, 생각에 푹 빠져 있었나 봐."

먼저 말문을 연 율리아가 이어서 물었다.

"페테르는 안나를 만났대?"

미나는 사무실 의자를 반 바퀴 돌려 앉았다. 그녀의 의자는 다른 사람들의 의자처럼 천으로 씌운 쿠션 없이 오직 강철과 크롬으로만 이뤄져 있었다. 천은 박테리아가 증식하기 아주 좋은 환경이었다. 특히 하루 종일 등을 대고 지내야 하는 천의 경우 더욱 그랬다. 하지만 철은 깨끗이 닦을 수 있고 필요하면 물로 헹굴 수도 있으니, 미나로서는 당연한 선택이었다.

"아니. 하지만 주소는 알아냈대."

미나가 자리에서 일어나며 말을 이었다.

"방금 전에 연락을 받았어."

페테르는 세쌍둥이를 돌보러 집으로 돌아갔지만, 아기들의 토사물이 널린 세상으로 들어가 사라지기 전에 그녀에게 짧은 메시지를 보내왔다.

"빈센트 씨랑 같이 가 볼 생각이야."

자신의 비밀이 발각되는 한이 있어도 빈센트와 함께 가야 한다고 미나 안의 무언가가 말하고 있었다. 그가 그녀의 비밀을 알게 되어도 상관없다는 생각에 그녀 자신도 놀랐다.

"빈센트 씨랑 같이 가는 게 정말로 좋은 생각일까? 그 책과 관련해서 이 일에 개인적으로 연루가 되어 있잖아. 크리스테르랑 가는 게 더 좋지 않겠어?"

"아냐. 빈센트 씨랑 가고 싶어. 그게 우리가 빈센트 씨에게 보일 최소한의 성의라고 생각해. 여기까지 수사를 이끌어 온 것도 사실 생각해 보면 다 빈센트 씨 덕분이잖아. 그리고 안나가 뭔가 위험한 행동을 시도한대도 나 혼자만으로 충분히 제압 가능하고."

율리아는 조금은 놀란 표정으로 미소를 지었다.

"그래, 그럼. 하지만 그렇게 초롱초롱한 눈을 하고 빈센트 씨를 만나러 가기 전에, 네 동료들도 그간 이 수사를 함께 했다는 걸 잊지는 마."

"초롱초롱한 눈이라니……."

미나는 반박하려 했지만, 짜증스럽게도 자신의 뺨이 붉어지는 것을 느꼈다.

"역량을 따져 봤을 때 빈센트 씨랑 같이 가는 게 좋을 거라고 생각했을 뿐이야. 그건……."

"네, 네. 알겠어요. 괜히 공들여 설명할 거 없어. 빈센트 씨랑 같이 다녀와. 조심하고."

율리아는 놀리듯 미소를 지으며 돌아서서 자리를 떴다. 미나는 떠나는 율리아를 붙잡고 설명을 더 늘어놓고 싶었지만, 결국 그러면 제 무덤을 더 깊게 파는 꼴밖에 되지 않을 것이다.

그녀는 율리아를 붙잡는 대신, 살균 소독 물티슈를 꺼내 율리아가 방금 짚었던 책상 표면을 조심스레 닦았다.

\*

"그래서 페데르 씨는 아직도 안나를 못 만났다고요?"

미나가 차를 주차하는 동안, 빈센트가 호기심 어린 표정으로 물었다.

"알코올 중독 방지 모임에는 왜 안 나오는 거래요?"

"페데르 말로는 아무도 모른대요. 그냥 갑자기 안 나오기 시작했다고요."

"원래는 주소도 못 주게 되어 있는 거 아닌가요? 익명 모임이잖아요."

미나가 고개를 끄덕이며 핸드 브레이크를 채우고 엔진을 껐다.

"모임에서 주소를 준 게 아니라 참석자 중 하나가 안나네 집 주소를 알고 있었대요. 이웃이라 종종 같이 다녔나 봐요."

둘은 차에서 나와 주변을 둘러봤다. 우중충한 날씨에 공기 중에는 당장이라도 비가 쏟아질 듯 습기가 어려 있었다. 내비게이션을 켜고 도착한 곳은 아파트 여러 채가 모여 있는 칙칙한 동네였다. 스톡홀름 인구가 기록적인 속도로 늘어나자 시민들에게 주택을 빠르게 공급하기 위해 콘크리트와 철근으로 지은 무미건조한 아파트들이 늘어서 있었다.

"몇 층이죠?"

빈센트가 눈을 가늘게 뜨고 아파트를 올려다보며 물었다.

"3층이요."

미나가 현관문에 붙어 있는 인터폰 옆 안나의 이름을 찾으며 대꾸했다.

몇 초 후 딸깍 하는 소리와 함께 문이 열렸고, 둘은 아파트 안으로 들어섰다. 미나는 코를 찡그렸다. 복도에서는 오래된 소변 냄새와 아마도 건물의 오래된 천에서 나는 듯한 냄새가 섞여 구린내가 나고 있었다.

"알아요, 알아. 엘리베이터 말고 계단으로 가죠."

빈센트가 계단으로 향하며 말했다.

벽에 발린 칙칙한 연녹색 페인트는 벗겨지는 중이었다. 수사 때문에 이 연녹색 페인트와 정확히 똑같은 색으로 칠해진 건물의 계단통을 수없이 방문했었다. 이 냄새 또한 얼마나 많이 맡았던가. 미나는 정말이지 그 수를 헤아릴 수 없었다.

"여기네요."

계단을 올라 3층에 다다르자, 빈센트가 안나의 이름과 함께 꽃무늬 장식이 걸린 문을 가리키며 말했다.

문밖에 놓인 도어 매트에는 '빌어먹을 모든 것의 여왕'이라는 문구가 적혀 있었다.

"그럼, 시작하시죠."

미나는 고개를 끄덕이면서 무미건조하게 말한 뒤, 빈센트에게 초인종을 누르라고 눈짓했다. 빈센트 덕분에 박테리아가 득실대는 초인종을 하나 덜 눌러도 되는 셈이니 고마운 일이었다. 곧 빈센트가 그녀의 비밀을 알게 될지도 모른다고 생각하니 배 속이 뒤틀리는 것 같았지만 그 문제는 나중에 생각하기로 했다.

문이 열리고, 돌고래 소녀가 나타나 둘을 뚫어져라 바라봤다. 그렇게 몇 초가 지났을까, 무표정했던 안나의 얼굴에 온갖 감정이 스치고 지나가더니, 갑자기 안나가 함성에 가까운 소리를 질렀다. 예상치 못한 그녀의 환성에 미나는 너무 놀라 그 자리에서 껑충 뛰어오를 뻔했다.

"빈센트!"

안나는 곧장 빈센트 앞으로 다가가 목에 팔을 둘렀다. 갑작스런 안나의 행동에 빈센트는 비틀거리며 뒤로 밀려났고 미나는 입을 떡 벌렸다. 안나는 가만히 선 빈센트의 목에 매달린 채 계속 소리를 질렀다. 미나는 대체 이게 무슨 상황인지 몰라 어안이 벙벙했다. 물론 미나도 안나가 빈센트를 잘 안다는 사실은 알고 있었다. 그 이유 때문에 빈센트와 미나가 여기 와 있는 것 아니겠는가. 하지만 이런 환영은 전혀 예상치 못한 것이었다. 빈센트도 마찬가지였다. 그는 머릿속 기억을 뒤지고 있는 듯, 혼란스러운 표정이었다.

"아, 안녕하세요……."

빈센트가 떨어지기 싫어하는 안나에게서 몸을 떼며, 당황한 표정으로 입을 열었다.

"들어가도 될까요? 뭐 좀 물어볼 게 있어서요."

미나는 자신이 듣기에도 차가운 말투로 안나에게 말했다. 해명을 하자면, 그녀는 안나가 말 그대로 빈센트에게 몸을 던지는 것을 보고 평정심을 유지하려 상당히 노력하고 있었다. 안나의 반응은 살인 용의자에게서 흔히 예상할 수 있는 그것이 아니었다.

"물론이죠. 어서 들어오세요! 죄송해요. 제 정신머리 좀 봐요. 청소도 안 해 놓은 거 있죠. 빈센트 당신이 오늘 올 줄 알았더라면 청소도 싹 해 놓고, 집도 좀 예쁘게 꾸며 놓는 건데요."

안나는 집 안 복도로 들어서며 초조한 표정으로 이야기를 늘어놓았다. 빈센트는 들어갈까 말까 조금 망설이다가, 곧 마음을 다잡고 안나를 따라 집 안에 들어섰다.

"저희 집 고양이, 잉고한테 줄 고기를 튀기던 중이었거든요. 고기가 타진 않았는지 확인만 좀 할게요. 잉고는 탄 고기를 싫어해서요. 사실 날고기를 제일 좋아하지만, 날고기 안에는 뭐가 들어 있을지 모르니 늘 이렇게 튀겨서 줘요……."

안나는 잠시 멈춰 서서, 그제야 빈센트가 혼자 온 게 아니란 것을 눈치챈 듯 미나를 쳐다봤다.

"미나 씨, 맞죠?"

안나가 물었다.

"우리 보통……."

"네. 쿵스홀멘에서 만나죠. 제가 서포터로 몇 번 그 모임에 참여했잖아요."

미나는 돌고래 소녀를 의미심장한 눈빛으로 바라보며 얼른 문장을 마무리했다.

미나가 보낸 텔레파시가 통한 건지 아니면 지금 안나의 머릿속에 빈센트 말고는 아무것도 없는 건지, 안나는 간단하게 고개를 끄덕이고서는 집 안으로 사라졌다. 미나는 앞으로 일어날 상황을 짐작조차 하지 못한 채 빈센트를 따라 복도에 들어섰다.

복도는 안나가 말한 것처럼 지저분하지는 않았지만 지나치게 요란하게 장식되어 있었다. 각종 명언이 적힌 태피스트리, 인용구가 적힌 그림, 카르페 디엠이라는 문구가 적힌 에나멜 사인, 현관에서 봤던 '빌어먹을 모든 것의 여왕'이 적힌 또 다른 사인, 거울, 조화와 작은 장식품들, '아무리 대물이라도 가난한 집에는 별 소용이 없다'라는 문구가 적힌 자수까지,

정신이 하나도 없었다. 안나는 부엌을 향해 급히 발걸음을 옮겼고, 둘은 그 뒤를 천천히 따라갔다.

"잉고한테 밥만 주고요. 그런 다음 커피를 내올게요. 집에 비스킷도 좀 있을 거예요. 빈센트, 당신이 정말, 마침내 우리 집에 와 주었다니 믿을 수가 없어요. 린지한테 얼른 전화해서 말하고 싶어 죽겠네요. 계속 저한테 그런 일은 절대 없을 거라고 내내 부정적인 얘기만 했거든요. 나더러 망상을 한다면서, 그 멍청한 편지들도 쓰지 말았어야 했다고, 그 모든 건 제 머릿속에서 꾸며 낸 상상이라고 했는데, 하! 말도 안 되는 건 린지였죠. 빈센트, 이렇게 말도 안 되는 이야기 들어 본 적 있어요? 당신이 우리 집에 이렇게 와서 여기 서 있는데 그게 다 망상이었다니!"

안나는 환한 햇살 같은 미소를 지으며 지글거리는 프라이팬 앞으로 걸어갔다. 그제야 미나는 가스레인지 옆에서 얌전히 기다리고 있는 랙돌 종 고양이를 발견했다. 고양이를 보기만 했는데도 눈이 가렵고 갑자기 숨 쉬기도 힘들어졌다. 고양이에 알레르기가 있어서 그런 것이 아니라 고양이 털만큼은 절대, 절대 그녀의 집으로 가지고 가고 싶지 않았기 때문이다. 고양이는 그녀와 빈센트를 흘끗 쳐다보더니, 가뿐히 둘을 무시했다. 그들보다 더 관심이 가는 쪽은 프라이팬에서 조리되고 있는 자기 밥인 것 같았다.

"자, 여기 있어. 우리 아가, 밥 먹을 시간이잖아. 엄마가 도와줄게. 진짜 맛있을 거야. 너무너무 맛있겠지. 그치? 아가?"

안나는 고양이를 향해 주절거리며, 가스레인지에서 프라이팬을 내려 식탁 위에 깔아 둔 매트 위에 올려놓고 숟가락 하나를 집어 들었다. 그리고 의자에 앉으니 고양이가 낡은 부엌 바닥을 꼬리로 정신없이 쓸며 그녀에게로 다가왔다. 미나는 빈센트도 그녀처럼 충격 받은 표정을 하고 있을까 궁금했지만, 빈센트 쪽은 감히 쳐다보지도 못했다. 돌고래 소녀는 고양이에게 사람이 쓰는 숟가락으로 밥을 주고 있었다. 이런 건 생전 처음 보는 광경이었다. 그녀가 아는 안나는, 알코올 중독 방지 모임에서 수없이 마주쳤지만 그중 몇 번 마지못해 한두 마디 대화를 주고받은 게 다인 사람이었다. 모임 중 그녀가 발표한 중독 이야기도 들었지만 그냥 정상적인 범주에 드는 사람이라고 생각했다. 조금 독특한 사람이구나 하는 정도였지, 이럴 줄은 상상도 하지 못했다.

미나는 저도 모르게 절레절레 고개를 저으며 앉을 곳을 찾았다. 이 대화에는 시간이 조금 걸릴 것이다. 다행히도 안나의 집은 아주 깨끗하고 말끔하게 정리 정돈되어 있었다. 부엌의 식탁에 앉을 수도 있을 것 같았다. 물론 물티슈를 꺼내 의자와 식탁을 먼저 닦으면 더 좋겠지만, 근무 중일 때는 그런 충동을 참는 데 익숙했다.

빈센트는 그녀 옆의 의자에 앉았다. 그제야 미나는 용기를 내어 그를 흘끗 쳐다봤다. 그는 숟가락으로 고양이 밥을 먹이고 있는 안나를 흥미롭다는 눈빛으로 관찰하고 있었다. 그리고 무언가를 골똘히 생각하는 표정이었다. 그때 빈센트가 고개를 돌려 그녀와 시선을 마주치자, 미나는 신호를 주듯 고개를 끄덕였다.

"안나 씨."

그가 말문을 열었다.

"뭘 좀 물어볼 게 있어서 이렇게 찾아왔습니다. 안나 씨가 여기 미나 씨에게 저에 대해 말씀을 하셨었죠, 기억하시나요?"

"맙소사. 물론이죠, 빈센트! 나는 만나는 모든 사람에게 당신 이야기를 하는걸요! 당신도 알잖아요!"

"제가요?"

빈센트는 목청을 가다듬었다. 안나를 만나러 오기 전에 빈센트와 미나는 혹시나 안나가 도망가려 시도할 것을 대비해 적어도 초반부터 책 이야기는 꺼내지 않기로 입을 맞췄다. 하지만 막상 안나를 만나 보니, 미나는 안나가 그 책이나 책 안에 쓰인 메시지와는 아무 상관도 없을 것임을 확신할 수 있었다. 그건 멘탈리스트가 아니라 평범한 사람도 알아챌 수 있을 만큼 자명해 보였다.

"그런데 왜요? 왜 특별히 미나 씨였나요? 어떻게 하다가 미나 씨한테 저를 추천한 거죠?"

안나는 계속해서 프라이팬의 튀긴 고기를 숟가락으로 떠다가 고양이 입에 넣어 주며 답했다.

"당연한 일이었죠. 모임의 몇몇 사람이 미나 씨 통화 내용을 들었거든요. 들어 보니 미나 씨에게 도움이 필요한 것 같더라고요. 전 당연히 당신을 추천했죠."

돌고래 소녀는 미나가 거기 없는 것처럼 이야기를 했다. 빈센트가 그녀의 집에 등장한 게 너무 믿을 수 없는 일이라, 다른 건 아무것도 눈에 들어오지 않는 것 같았다. 안나는 두 눈을 반짝이며 빈센트를 쳐다봤다. 뭔가 비정상적인 눈빛이었다. 안나는 프라이팬에서 마지막 한 숟가락을 떴다.

"왜 빈센트 씨를 추천한 게 당연한 거였죠?"

미나가 묻자 안나가 환하게 웃으며 답했다.

"그야 전 언제나 빈센트 생각뿐이니까요."

미나는 당황스러운 표정으로 멘탈리스트를 쳐다봤다. 이 모든 대화가 이상하게만 느껴졌다. 그녀가 이해하지 못하는 뭔가가 일어나고 있었다. 하지만 긍정적으로 생각하면 안나는 그녀와 미나가 어떻게 아는 사이인지 이야기할 생각은 전혀 없어 보였다.

"따라와요, 빈센트! 보여 줄 게 있어요."

안나는 자리에서 벌떡 일어나 프라이팬과 숟가락을 다시

가스레인지에 올려놓았다. 그러고는 복도 맞은편에 닫혀 있는 문 앞으로 재빨리 걸어가더니 빈센트에게 어서 오라고 손짓했다. 빈센트와 미나는 둘 다 주저하며 안나가 서 있는 방향으로 걸어갔다.

"봐요! 진짜 멋지죠!"

안나가 문을 활짝 열었다. 그리고 두 팔을 펼치며 신이 난 표정으로 방 안으로 뛰어 들어갔다. 미나는 호기심에 먼저 방 안에 들어섰고, 빈센트는 그녀의 뒤를 바짝 쫓아 들어왔다. 이윽고 방의 실체를 확인한 그녀는 얼어붙고 말았다.

그 방 전체가 빈센트의 사진으로 도배되어 있었다. 그리고 거의 모든 사진 속에서 빈센트는 혼자가 아니라 안나와 함께였다. 책 사인회나 강연 같은 곳에서 뒤에 보이는 빈센트를 배경으로 안나 혼자 행복한 미소를 지으며 찍은 셀카들도 있었고, 안나가 빈센트 사진에 자기 사진을 포토샵으로 합성한 사진들도 있었다. 그중 몇몇 사진들은 '셀럽은 꽃을 좋아해', '한여름의 웨딩' 등 뉴스 헤드라인을 오려 붙이거나, 손으로 그린 하트로 장식해 놓았다. 벽은 조금의 빈틈도 없이 빈센트의 사진으로 꽉 차 있었다.

방 안을 둘러보던 미나는 머리털이 쭈뼛 서는 것을 느꼈다. 이 방의 광기는 도가 지나쳤다. 이건 상담과 약물 치료가 필요한 수준의 집착이었다.

방 뒤편으로는 작은 테이블이 하나 놓여 있는데, 그 위에는 가장 최근에 있었던 빈센트의 공연 중 한 장면을 찍은 사진이 액자에 들어가 있었다. 액자 앞에는 '독심술 금지'라고 쓰인 작은 금속 사인을 붙여 놓았다. 어디선가 억지로 떼어 왔는지 사인의 가장자리는 찌그러져 있었다.

그 테이블은 분명 제단이었다.

미나는 빈센트를 쳐다봤다. 빈센트는 너무 놀라 입을 다물지 못했다.

"당신이었군. 공연이 끝나면 무대로 올라왔던 사람이……."

"물론 나였죠! 빈센트, 당신도 알잖아요!"

안나는 명랑하게 웃으며 빈센트를 방 안으로 더 깊숙이 끌어당겼다. 그는 저항하려 했지만 그의 팔을 잡은 안나의 손힘이 너무 셌다.

"언제나 빈센트 생각뿐이라는 안나 씨 말은 농담이 아니었군요."

미나가 완곡하게 말했다.

이 방 안에는 빈센트가 너무도 많았다. 셀 수 없이 많은 사진이 네 벽면을 모두 채우고 있었다.

그때 빈센트가 입을 열었다.

"안나 씨, 꼭 알아야 하는 게 있습니다. 안나 씨가 나한테 책을 보냈나요? 표지에 표범 사진이 있는 책이요. 아니면 누군가가 그걸 나한테 보내라고 부탁했나요?"

이번에는 안나가 혼란스러운 표정을 지었다. 그녀의 어리둥절한 표정은 결코 꾸며 낸 것이 아니었다. 그건 미나도 알 수 있었다. 안나는 그 책과 상관이 없으리라는 그녀의 직감은 맞았다.

"책이요? 표범이요? 아뇨. 전 고양이를 좋아하는데. 그리고 전 책은 안 보냈어요. 편지만 썼지. 그 편지들은 모두 받으신 거 맞죠?"

"네. 고맙습니다. 나와 내 가족을 협박한 그 편지들, 다 잘 받았으니까요."

안나가 책에 대해 전혀 모르고 있다는 것은 분명해 보였지만 빈센트의 안색은 하얗게 질려 있었다. 미나는 지금 당장 그를 데리고 여기서 나가야겠다고 생각했다. 특히 고양이가 갑자기 그들에게 다가오기 전에 나가는 게 좋을 것 같았다. 올해 그녀가 감당할 수 있는 동물 할당량은 이미 보세가 다 채웠다.

"실수를 한 것 같네요."

빈센트가 미나에게 말을 건넸다.

그러자 미나는 안나에게 친절하지만 단호한 목소리로 말했다.

"오늘 반가웠어요. 빈센트 씨가 안나 씨에게 더 질문이 없다고 하니, 저희는 이만 가 봐야겠네요."

안나가 깜짝 놀라 미나를 쳐다보더니, 다시 빈센트에게 시선을 돌렸다.

"뭐라고요? 여기에 안 있을 거라고요? 마침내 여기까지 찾아와 놓고 어떻게 그럴 수 있어요? 내 편지들을 읽고 여기 온 거잖아요. 그리고 여기서 이제 나랑 살 거잖아요! 저 여자가 아니라요."

안나가 미나를 가리키더니 다시 말을 이었다.

"튀레쇠에 있는 당신 집도 근사하지만, 그래도 우리한테 그렇게 크고 텅 빈 집은 필요 없잖아요."

"내가 어디 사는지 대체 어떻게 알았……."

갑자기 말을 멈춘 빈센트의 두 눈이 휘둥그레졌다.

"그 사인, 그거 우리 집 우편함에서 당신이 떼어 간 거죠. 맞죠?"

안나는 갑자기 입을 꾹 다물고 손가락으로 '독심술 금지'라고 쓰인 사인을 가리키더니 고개를 끄덕였다.

"난 당신을 지켜보는 게 좋아요. 저 여자가 나타났을 때……."

안나가 미나를 흘끗 쳐다보며 계속 말을 이어 나갔다.

"그땐 숨어야 했지만요. 두 사람 같이 있는 걸 봤어요. 항상 같이 있더군요."

"빈센트 씨, 이게 다 무슨 소리예요?"

미나가 다시 한번 머리카락이 쭈뼛 서는 것을 느끼며 물었다.

빈센트는 아무 대답도 하지 않았다. 그 대신 벽에 붙은 사진들을 찬찬히 살펴봤다. 그러고는 그를 배경으로 안나가 찍은 셀카들을 유심히 쳐다봤다. 모든 사진 속에서 그는 안나가 거기 있는지도 모른 채 눈길조차 주지 않고 있었고, 안나는 그런 그에게 가까이 다가와 서 있었다. 그녀가 마음만 먹으면 무슨 짓이든 할 수 있었을 순간들이었다.

사진을 둘러보던 미나의 눈길이 한 사진에 멈춰 섰다. 그 사진 속에서 안나는 상의를 벗은 채 소파에 엎드려 누워 있고, 누군가가 그녀의 등에 무언가를 하고 있었다. 맙소사. 사진은 흐릿했지만, 미나는 그 사진이 무엇을 의미하는지 눈치챌 정도로 돌고래 소녀를 너무 잘 알았다.

안나는 미나의 시선이 머물고 있는 사진을 보더니, 신이 나서 꺅 소리를 질렀다. 그리고 제자리에서 빙그르르 돈 뒤 상의를 들어 올려 그녀의 맨등을 보여 줬다. 드러난 그녀의 꼬리뼈에는 커다란 핑크색 하트 타투가, 그 하트 옆에는 그녀의 얼굴과 빈센트의 얼굴이 나란히 새겨져 있었다. 그녀의 등 뒤에 새겨진 안나와 빈센트는 아주 행복한 얼굴이었다.

"드디어 우리 차례가 왔어요, 빈센트!"

안나가 소리쳤다.

미나가 타투를 뚫어져라 쳐다보던 그때, 빈센트가 천천히 뒷걸음질 치기 시작했다. 그리고 이내 뒤돌아서 안나의 집을 뛰쳐나가 계단을 뛰어 내려갔다.

*

숲은 남자가 예상했던 것과는 꽤나 달랐다. 숲에 한 번도 들어온 적이 없는 그는 숲 바닥이 이렇게 축축할 줄은, 아니 이렇게 물기로 철벅거릴 줄은 전혀 생각도 하지 못했다. 여기선 절대 누워서 떡을 칠 수 없을 것이다.

"좀 더 들어가죠."

남자가 여자를 향해 돌아서며 말했다. 그런데 여자 쪽으로 몸을 돌리던 그때, 옆에 있던 나무의 나뭇가지가 그의 얼굴을 때렸다. 순간 남자는 저도 모르게 손을 들어 뺨에 갖다 댔다.

여자는 따분한 표정으로 남자를 쳐다보며 마지못해 고개를 끄덕였다.

"그래. 근데 너무 멀리 가는 건 싫어. 이 리복 운동화 새로 산 거야. 더럽히긴 싫다고."

여자가 진흙탕으로 질퍽질퍽한 땅바닥을 가리키며 말했다. 새로 산 하얀 운동화를 신고 들어가고 싶은 곳은 분명 아닐 것이다.

"돈 냈잖아요."

그는 여자에게 자신이 돈을 지불한 사실을 상기시켰다. 그 말이면 여자도 꼼짝없이 따라올 수밖에 없을 것이다.

여자의 운동화 따위는 그의 안중에 없었다. 그는 어서 자기 물건을 저 여자 안에 넣고, 빨리 끝내 버리고 싶을 뿐이었다. 서둘러 마르고 단단한 어딘가를 찾아야 했다. 그의 친구들은 근처 편의점 앞에서 전기 자전거를 타고 그를 기다리고 있었다. 그러니 떡을 안 치고 그냥 돌아갈 수는 없었다. 그건 절대로 안 될 말이었다. 이제 무리 중 여자 경험이 없는 숫총각은 그뿐이었고, 친구들은 기회가 있을 때마다 그걸로 그를 놀려 댔다.

"저쪽에 빈터가 있는 거 같은데, 저긴 이렇게 질퍽거리지 않을 거예요."

그가 저만치를 가리킨 뒤 걷기 시작했다.

여자는 소리 내어 한숨을 쉬고, 마지못해 그의 뒤를 따라갔다.

"혹시나 해서 말하는데 그 돈으로는 정상위 체위만 가능해. 오럴이나 다른 서비스는 일절 포함되어 있지 않다는 얘기야."

여자가 날씨 이야기를 하듯 심드렁한 목소리로 말했다.

이 여자는 이제껏 몇 명이랑 자 봤을까. 문득 궁금해졌다. 그 생각에 혐오감이 일어났지만, 동시에 흥분도 되었다.

그의 물건은 이미 불편할 정도로 딱딱하게 부풀어 올라서 청바지에 쓸리고 있었다. 그는 조금 덜 쓸리도록 물건의 위치를 살짝 조정했다.

여자는 그의 뒤에서 걸어오면서, 살짝 서늘한지 입고 있는 청재킷을 꼭 여미며 몸을 떨었다.

그는 여자를 인터넷에서 찾았다. 친구들이 고르는 것을 도와줬다. 그와 친구들은 아데의 집에서 그와 자 줄 여자를 찾느라 오후 시간을 다 썼다. 그가 가진 돈이라곤 크리스마스 때 할머니한테 받은 500크로나가 전부였다. 그 돈이면 이름이 리제트라는 이 여자와 정상위 섹스를 할 수 있었다. 사실 웹 사이트에는 1천 크로나라고 쓰여 있었지만, 흥정에 강한 메흐메트가 그를 대신해서 500크로나까지 깎아 주었다.

"엇, 저기 캠핑카가 있어요!"

그가 공터 건너편에 주차된 낡은 캠핑카를 가리키며 안도감이 역력한 목소리로 외쳤다.

공터에 가깝게 갈수록 빽빽했던 나무들도 성겨졌고, 바닥도 그가 바라던 대로 덜 축축하게 말라 있었다.

이제 그의 물건은 통증이 느껴질 정도로 단단해졌고, 흥분에 호흡도 가빠 왔다. 과연 그건 어떤 느낌일까. 포르노에서 수없이 많이 봤고 그 과정에서 무슨 일이 일어나는지, 어떤 소리가 나는지도 다 알고 있지만 그의 물건이 여자의 성기에 들어가는 건 어떤 느낌일지 상상이 잘 되지 않았다. 하지만 이제 곧…… 조금만 있으면 그도 알게 될 것이다.

"그런데 저기 누가 살고 있는 거 아닌가?"

나뭇가지에 걸려 넘어질 뻔한 여자가 들릴 듯 말 듯 욕을 하더니 그에게 말했다.

"조용한 것 같은데, 가서 확인해 볼게요."

남자는 행운을 비는 의미로 손가락을 꼬았다. 손에 얼마나 힘을 줬는지 손가락 관절이 하얗게 드러날 정도였다.

이제 곧…… 조금만 있으면 그도 여자랑 자게 될 것이다.

캠핑카 근처에 도착한 그는 허공에 손을 들어 휘휘 내저었다. 캠핑카에서 이상한 냄새가 났다. 곰팡이가 피었거나 파이프가 부러진 것 같았지만 지금은 그게 중요한 게 아니었다. 청바지 속 그의 물건은 돌처럼 단단해져 있었으니, 좀 이상한 냄새쯤은 견딜 수 있었다. 이제 조금만 더 있으면 여자 위에 올라타 일을 치를 수 있을 것이다.

남자는 캠핑카의 문을 열고 안으로 들어갔다. 그러나 곧장 허겁지겁 뛰쳐나와 위 속에 든 것을 모두 게워 냈다. 그의 시야 한구석으로 리제트가 경찰 어쩌고 소리를 지르며 숲속으로 도망가는 게 보였다. 나무들 사이로 그녀의 새 리복 운동화가 번쩍였다.

제기랄. 오늘도 떡치긴 글렀다.

\*

"제발요, 크리스테르!"

크리스테르가 땅에 침을 뱉자, 과학수사대의 대원 하나가 굳은 표정으로 그를 쳐다봤다. 크리스테르는 미안한 표정으로 양팔을 들어 으쓱했다.

"음. 사망한 지 좀 된 것 같네요······."

루벤이 침울한 표정으로 말했다.

"맞아. 라스크가 사람들을 죽이며 돌아다니긴 힘들었겠어."

크리스테르가 트림을 삼키며 말했다.

캠핑카 문은 활짝 열려 있어서, 숲속 작은 공터에는 시신이 부패한 악취가 가득했다.

"라스크를 못 찾은 것도 당연하네요. 그런데······."

루벤이 고개를 저으며 말을 잠시 멈추었다가, 기대 어린 표정으로 다시 입을 뗐다.

"그런데 누군가에게 살해당한 걸 수도 있지 않을까요?"

"같은 현상을 설명하는 주장이 여럿 있다면, 가장 간단한 쪽을 선택해야 한다고 매일 말했던 사람은 자네 아니었나?"

크리스테르는 루벤에게 그렇게 묻고선 자리에서 몇 걸음을 떼다 진흙탕에 발이 빠졌다. 바스락거리는 방호복을 입은 현장 조사반의 앞길을 막지 않으려고 비켜서던 거였는데. 그는 낭패라는 표정으로 젖은 그의 신발을 들여다보았다. 그가 신고 있는 신발은 어머니가 그에게 준 선물이었다. 거의 20년 전에 받은 신발이었지만 이제껏 깨끗하게 잘 관리하며 신어서 그리 낡아 보이지 않았다. 어머니는 항상 최고 품질의 물건만 그에게 사 주었는데, 이 빌어먹을 숲에서 다 버리게 생겼다.

"어쨌든 사망 이유를 알아봐야죠."

루벤이 여전히 기대를 버리지 못한 표정으로 말했다.

그러자 과학수사대 소속의, 머리를 파란색으로 염색한 젊고 예쁜 여자 대원이 지나가다 멈춰 서서 말했다.

"부검 결과가 나오기 전까진 확실하게 알 수 없지만 약물 과다 복용으로 사망한 것 같아요. 그리고 시신의 부패 상태로 봤을 때 사망한 지는 두어 달 정도 됐을 거고요."

"적어도 로베르트의 살인 용의선상에서는 벗어나겠군."

크리스테르가 중얼거렸다.

루벤은 목청을 가다듬고 다시 그 과학수사대 대원에게 물었다.

"약물 과다 복용이 사망 원인인지는 어떻게 아는 거죠?"

"팔에 삽입관이 꽂힌 채로 사망해 있었거든요."

파란 머리 여자 대원이 답했다.

"아마도 수감 시절에 약물에 중독되었나 보네."

크리스테르가 여전히 망가진 신발 때문에 속상해하며 말했다. 이제 물기는 신발을 뚫고 들어와 양말까지 적시고 있었다. 그는 평소 자연과는 거리가 먼 사람이었고, 이렇게 숲속 깊이 들어온 것도 생전 처음이었다. 그리고 다시는 이곳에 돌아올 것 같지 않았다.

"교도소에선 약물에 중독되지 않는 사람을 찾기가 더 힘들죠. 게다가 라스크는 20년이나 수감 생활을 했고요."

루벤이 이를 딱딱 맞부딪치며 말했다.

따뜻한 날이었지만 숲속은 그 안의 습기와 음침함 때문에 바깥보다 춥게 느껴졌다. 하지만 맹렬한 여름 햇볕 때문에 캠핑카 안은 무척이나 더웠고, 그 열기 때문에 그들이 수습해야 할 현장은 한층 더 참혹해져 있었다.

대원들은 라스크의 시신을 지퍼 달린 검정 운구 가방에 넣어 수습했다. 지퍼를 따라 시신에서 나온 체액이 줄줄 샜고, 그 고약한 냄새가 그들을 강타했다. 크리스테르는 곧장 코를 막았지만 메스꺼움은 참을 수 없었다. 그나마 루벤의 얼굴도 창백하게 질려 있다는 것이 작은 위안이 됐다. 이곳 숲속 공터까지 수레를 가지고 들어올 수는 없어서, 대원들은 시신을 들것에 싣고 나가야 했다. 이번 부검은 밀다에게도 그리 유쾌한 기억은 되지 못할 것이다. 시신을 내보낸 뒤에도 이 캠핑카를 구석구석 뒤지며 증거를 채취하고 검사해야 하니 과학수사대가 할 일 또한 많았다.

"아, 저기네요."

루벤이 경찰차가 주차된 도로 쪽으로 성큼성큼 걸어가며

말했다.

경찰차 안에 두고 온 보세가 그곳에서 크리스테르와 루벤을 기다리고 있었다. 혹시나 해서 창문을 내리고 물을 마실 수 있게 커다란 물그릇도 놔두었다.

크리스테르의 입에서 절로 한숨이 나왔다. 적어도 보세는 돌아온 그들을 반겨 주겠지만 망가진 신발과 젖은 양말, 거기에 더해 또다시 막다른 벽에 부딪힌 단서까지. 상황이 좋지 않았다.

*

미나는 휴가가 정말 싫었다. 스웨덴어로 된 단어 중에 그녀가 이 정도로 싫어하는 단어는 아마 없을 것이다.

"다른 사람들처럼 좀 쉬어야 해요."

인사과 담당자가 그녀에게 말했다.

"8월이잖아요. 좀 쉬세요. 1, 2주 정도는 수사를 도와줄 다른 사람들도 있으니까요."

하지만 미나는 그렇게 생각하지 않았다. 그들의 팀이 만들어진 데는 이유가 있었고, 사실 지금은 연차를 쓸 수 있는 상황이 아니었다. 위에서 휴가를 가라고 이렇게 등을 떠미는 건 단계적으로 팀을 없애기 위한 수작일 거라는 의심이 자꾸 들었다. 그렇게 되도록 내버려 두지는 않을 것이다.

수사에 최선을 다했지만, 그들은 요나스 라스크의 위치를 끝내 찾아내지 못했다. 사실 간단히 해결했어야 할 일이었다. 수감 생활을 그렇게 오래 한 사람이라면 쉽게 찾아내는 게 맞았다. 게다가 사람은 습관의 동물이라는 것도 경찰에게 유리하게 작용하는 요소였다. 하지만 라스크의 단골 술집에서도 아무것도 알아내지 못했고, 그의 캠핑카도 끝끝내 찾지 못했다. 결국 요나스 라스크의 캠핑카는 경찰이 아닌, 흥분한 열다섯 살짜리 남자애가 찾아냈다.

처참한 실패였다.

이제까지 그녀가 기울인 노력을 보여 줄 수 있는 한 방이, 구체적인 뭔가가 절실했다. 미나는 한 걸음 물러나 그녀가 만들어 놓은 벽을 다시 한번 면밀히 살펴보았다. 억지로 휴가를 떠나게 되어 유일하게 좋은 점은 동료들의 방해 없이 평화롭고 조용하게 사건에 대한 모든 것을 낱낱이 복기해 볼 수 있다는 것이었다. 빈센트를 만나지 못해 답답하긴 했지만 말이다. 지난 2주 동안 빈센트는 연이은 해외 강연 때문에 바빴다. 돌고래 소녀, 그러니까 안나의 집을 방문한 이후 그는 줄곧 스웨덴 밖에 머물렀다. 어쩌면 그게 최선일지도 모른다. 안나는 돈을 버는 족족 타투를 하는 데 쓰는 사람이니까, 해외까지 쫓아가서 빈센트를 스토킹하긴 힘들 것이다. 그리고 미나는 빈센트가 집으로 찾아와 자신을 위로해 주었던 그날 무슨 일이 있었던 건지 그에게 말할 준비가 아직 되어 있지 않았다. 곧, 어쩌면 곧 준비가 되겠지만 아직은 아니었다.

지금 미나의 집 거실 한쪽에는 긴 벽면을 따라 각종 서류와 사진들이 붙어 있었다. 그리고 벽 위에는 마커로 마음껏 글씨도 쓰고 그림도 그려 놓았다. 글과 그림은 나중에 새로 페인트를 칠해 덮어 버리면 될 것이다. 마커를 지우려면 페인트를 세 번 덧칠해야 한다는 이야기를 듣기는 했지만…… 괜찮았다. 어차피 매년 가을이면 연회색 페인트로 벽을 다시 칠하니까. 페인트를 칠하고 1년이 지나면 어김없이 벽이 조금씩 어두워지기 시작했다. 아무리 열심히 닦아도 색이 변한다는 것은 벽에 지저분한 것들이 달라붙고 있음을 보여 주는 증거였다.

벽 색깔이 어두워지는 것을 오직 그녀만 볼 수 있는 거라고 해도 상관없었다. 솔직히 말하면, 어쩌면 색에는 아무 변화가 없는지도 모른다. 하지만 그녀는 벽에 온갖 지저분한 것들이 달라붙는다는 것을 알았다. 게다가 페인트칠을 하는 행위 그 자체도 불안을 낮추고 긴장을 푸는 데 도움이 되었다. 물론 페인트칠은 그녀가 직접 했다. 더러운 신발을 신은 인부를 집 안에 들일 수는 없는 일이니.

투바. 앙네스. 로베르트.

세 사람은 그녀의 방 한가운데를 응시하고 있었다. 사진은 경찰서 회의실에 붙여 놓았던 사진과 똑같은 것이었다. 그녀는 화이트보드에 붙였던 모든 걸 떼어 복사하고 원본을 다시 제자리에 돌려놓은 뒤, 사본을 집에 챙겨 왔다. 지금 그녀의 거실 벽에는 경찰서 회의실의 화이트보드보다 더 많은 기록과 사진이 붙어 있었다. 그리고 특별히 중요하다고 생각되는 것들에는 줄을 긋고, 원을 그려 표시도 해 놓았다.

한쪽 구석에는 피해자들 간에 있을 수 있는, 혹은 있을 수 없는 모든 연결 고리를 적어 보았다. 피해자들이 다니던 치과, 학교, 슈퍼마켓, 그들의 친척, 그 외에도 무작위로 떠올린 열 개 남짓의 단어와 문장들도 벽에 쓰여 있었다. 한 사람의 일상을 파악하는 게 얼마나 쉬운 일인지 사람들은 알까. 페이스북과 인스타그램을 뒤지고, 거기에 추측을 좀 더하고, 가설을 확인할 전화 몇 통을 걸면 한 사람의 일상 정도는 쉽게 파악할 수 있다. 이 세 피해자의 공통점은 무엇일까. 그것만 알아낸다면 진실에 한 발자국 더 가까이 다가갈 수 있을 텐데.

하지만 이제까지 아무리 머리를 쥐어 짜내도 아무 성과가 없었다. 세 피해자 사이에는 그 어떤 연결 고리도 없는 듯했다.

미나는 좌절감에 하나로 묶은 머리카락을 세게 잡아당겼지만, 곧바로 방금 한 행동을 후회하고 손 소독제를 꺼냈다. 그리고 소독제를 크게 짜서 양손으로 빠르게 비비며 벽에서 한 걸음 물러났다. 벽 위의 콜라주를 전체적으로 훑어본 뒤 시선을 오른쪽으로 옮겼다. 그곳에는 빈센트에 관련된 정보가 모여 있었다. 그녀는 빈센트에 대해 알아낼 수 있는 모든 것을 찾아봤다. 특히 그가 이 수사에 개인적으로 연루되어 있다는 것을 안 이후로는 더 집요하게 조사했다. 지난 3월, 위키피디아에 나온 정보 외에는 빈센트에 대해 아는 것도 별로 없으면서 미나는 그에게 이 어려운 살인 사건의 수사를 도와 달라고 부탁했다. 지금 돌아보면 빈센트에게 협조를 요청한 것도, 그간 그의 판단을 믿고 따른 것도 모두 사실 조금 무책임한 일이었다. 물론 그때의 결정을 후회하는 건 아니었다. 아니, 오히려 그녀는 그 결정을 다행이라고 생각했다. 지난 몇 주 동안 빈센트와 함께 일하며 이전에는 몰랐던 빈센트 발데르라는 사람에 대해 많은 것을 알 수 있었으니까. 그녀의 벽 위에 붙은 피해자들에 비하면 아는 것이 많지 않았지만, 생각해 보면 그는 살인 사건의 피해자도, 용의자도 아니니 당연한 일이었다.

아직까지는.

미나는 공연 포스터 속 빈센트의 얼굴을 쳐다봤다. 그를 안 지는 고작 6개월밖에 되지 않았지만, 그보다 훨씬 오래 알고 지낸 것처럼 느껴졌다. 타인과 이렇게 교감하는 것은 그녀에게 흔치 않은 일이었다. 마지막으로 그랬던 게……

그녀는 재빨리 머릿속에 떠오른 생각을 밀어 내고 다시 빈센트에 대한 생각에 집중했다. 사진 속 그는 정면으로 그녀를 응시하고 있었다. 때로는 그의 눈이 방 안의 그녀를 따라다니는 것처럼 느껴졌다.

최근 미나는 다른 피해자들을 조사하는 것과 마찬가지로, 빈센트의 일상을 파고들어 조사했다. 그리고 다른 피해자들의 일상에 관련된 단어들을 벽에 적었듯 빈센트의 일상에 관련된 단어들도 벽에 공들여 적고, 그 단어들의 의미를 곰곰이 생각했다. 덕분에 그녀는 그에 대해 전보다 많은 것을 알게 되었다. 그가 어떤 치과를 다니는지, 어디서 장을 보는지, 어디서 자랐는지 등등. 심지어 옛 졸업 사진을 디지털화해 주는 업체를 찾아 빈센트의 초등학교 학급 사진도 인화했다. 그렇게 얻은 사진은 지금 그녀의 책상 위에 놓여 있었다. 사진 속의 귀여운 어린 빈센트는 벌어진 앞니가 다 보일 정도로 활짝 웃고 있었다.

그녀는 개인적으로 학급 사진이 싫었다. 그리고 그녀의 가장 친한 친구였던 피아를 빼고는 반 아이들도 다 싫었다. 끔찍했던 고등학교 시절, 그녀는 학급 사진 속 다른 아이들의 얼굴과 이름 위에 줄을 그었었다.

빈센트의 학급 사진 속 아이들은 여러 줄로 나누어 서 있었고, 사진 아래로는 그 줄에 선 아이들의 이름이 죽 적혀 있었다. 거기에는 항상 빠진 이름도 있기 마련이다. 미나와 빈센트는 전혀 다른 지역 출신이었고 둘의 나이 차이 또한 열 살 이상 났지만, 그들의 학급 사진은 너무나도 비슷했다. 그녀는 잠시 지금쯤 피아는 무엇을 하며 살고 있을까 생각했다. 둘의 우정은 그녀가 성인이 된 후까지 꽤 오래 지속되었지만 피아는 미나가 내린 인생의 결정을 이해하지 못했고, 결국에는 서로 연락을 하지 않는 사이가 됐다. 피아 이후에 새롭게 사귄 친구는 많지 않았다. 친구들은 늘 그녀에게 무언가를 강요했고, 원하는 것도 질문도 지나치게 많았다. 친구들은 그녀가 자신들에게 신경을 쓰고 관심을 기울여 주길 바랐다. 하지만 그녀에게는 타인에게 쓸 에너지가 없었다. 적어도 빈센트를 만나기 전까진 그랬다. 이제 문제는 그녀가 자신의 인생에 빈센트가 계속 있어 주길 정말로 바라느냐 하는 것이었다. 지금까지 그녀는 자신만의 생활과 일상을 만들어 왔고, 그 안에서 무너지지 않고 살아왔다. 그런데 빈센트는 그녀의 세계에 들어와 그 질서를 무너뜨리고 있었다. 다 맞춰진 채 테이블에 올려져 있던 루빅큐브가 그 증거였다.

미나가 한숨을 내쉬며 커피를 가지러 거실을 막 나서려던 찰나, 그녀의 휴대폰이 울렸다. 화면에 표시된 발신자는 크리스테르였다.

"여보세요. 안녕! 보세랑 나는 미나가 그…… 휴가를 어떻게 보내고 있는지 궁금해서 안부 인사차 전화했어."

크리스테르는 '휴가'를 살짝 강조하며 말을 이었다.

"보세가 오늘 기분이 별로라, 우린 그냥 집에 있는 중이야."

크리스테르도 억지로 갖게 된 휴가가 불만스럽기는 마찬가지인 것 같았다. 미나는 전과는 전혀 다른, 행복한 크리스테르에 적응하려 여전히 노력 중이었다. 그가 동물을 사랑할 거라고는 상상도 못 했지만, 확실히 그는 동물을 사랑하는 것 같았다. 경찰서에 온 직후부터 크리스테르를 알았어도 그가 이렇게 미소 짓는 건 한 번도 본 적이 없었기에 그의 이런 모습이 생경하게 느껴졌다.

"그 개랑 모든 걸 함께하는 거예요?"

미나가 물었다.

"재미있네. 루벤도 똑같은 말을 했는데. 보세는 혼자 있는 걸 별로 안 좋아하거든. 나랑 같이 있어야 안정감을 느껴. 뭐, 유카 이상의 생명체를 키워 본 적 없는 사람이 이해하기 힘든 얘기이긴 하겠지."

"네?"

"아, 자네 이야기가 아니고 루벤 말이야. 유카 화초를 키웠거든."

크리스테르가 재빨리 덧붙였다.

미나는 다시 한번 거실 벽면에 가득 찬 사진과 기록을 들여다봤다. 휴가라. 크리스테르에게 지금 이탈리아 토스카나 지

방에서 여행 중이라고, 아님 뉴욕에서 신나게 쇼핑을 하고 있다고, 그것도 아니면 라스팔마스 해변에 와 있다고 거짓말을 해야 할까?

"사실…… 아까 휴가를 잘 보내고 있는지 인사차 연락했다고 했지만, 진짜 물어보고 싶은 건 자네가 어떻게 혼자 수사를 진행하고 있는지였어."

크리스테르의 말에 미나는 현행범으로 현장에서 붙잡힌 기분이 들었다.

"제 속이 그렇게 뻔히 들여다보이나요?"

"보려는 사람에게는 그렇지. 뭐, 이쪽도 마찬가지야. 나도 섬에 나와서 배를 타고 휴가를 즐기고 있지는 않으니까."

미나가 한숨을 쉬며 대꾸했다.

"솔직히 아무런 진전도 없어요. 심지어 피해자들의 부모도 조사하기 시작했는데, 거기서도 알아낸 게 없고요. 피해자들의 부모는 모두 다른 곳 출신에, 서로 다른 직업을 가지고 있었어요. 혈연관계도 아니고요. 크든 작든 그 어떤 거라도 찾아내려고 보고 또 보고 있는데, 세 피해자의 공통분모를 전혀 찾지 못하고 있어요. 지금으로선 그냥 범인이 다음 살인을 포기해 주길 바라는 수밖에 없는 것 같아요."

미나는 책상에 앉아, 빈센트의 학급 사진이 구겨지지 않게 사진을 옮겼다.

"할란드주 지역과 관련이 있다는 연결 고리가 있잖아. 거기서 뭐 알아낸 건 없어?"

보세의 컹컹 짖는 소리를 배경으로 크리스테르가 물었다.

"미안해. 보세 밥 좀 줄게."

개 사료가 스테인리스 그릇에 떨어지는 요란한 소리에 그녀는 휴대폰을 귀에서 멀찌감치 뗐다. 곧 행복한 골든 레트리버가 신나게 밥을 먹는 소리가 들렸다. 아직 밥을 다 먹기도 전인 지금도 저렇게 행복한데, 배부르게 밥을 먹은 다음에는 얼마나 더 행복할까. 미나는 잘 상상이 되지 않았다.

"할란드주 연결 고리요? 그게 뭔데요?"

보세의 먹는 소리가 잦아들었을 때, 미나가 물었다.

"연결 고리라는 건 조금 지나친 표현일 수도 있겠지만, 재미있는 우연의 일치라는 건 자네도 동의할 거야."

"대체 무슨 말을 하는 건지 전혀 모르겠는데요."

크리스테르의 한숨 소리가 수화기 너머에서 생생하게 전해졌다.

"아, 그러니까…… 나도 이 연결 고리를 찾는 데 시간이 좀 걸렸는데. 이걸 한번 포착하고 나면…… 그러니까…… 이전에 말을 한 적이 있겠지만…… 아니, 어쩌면 안 했을지도 모르겠는데……."

"크리스테르."

미나가 조바심이 나는지 재촉했다.

"그냥 말해요. 대체 무슨 말을 하는 거예요?"

"그러니까 먼저, 앙네스의 아버지가 할란드주 출신이야. 사투리 억양에서 바로 알 수 있지. 로베르트의 아버지는 치즈 사업을 하는 사람이고, 할란드주가 크비빌레 치즈로 유명하잖아. 그리고 투바는…… 투바의 할아버지는 들새 관찰을 취미로 하고 있는데, 자택 벽에 할란드주를 대표하는 새인 송골매 그림이 걸려 있었어. 다 내가 쓴 보고서에 있는 내용이야. 너무 명백한 연결 고리라 당연히 모두 알아볼 수 있을 거라고 생각했는데."

지금 크리스테르가 얼마나 흡족한 표정을 짓고 있을지 상상이 되었다. 그의 콧대를 꺾어야 한다니 유감이었지만 어쩔 수 없었다.

"투바의 할아버지 집에 다른 새 그림은 없었나요?"

"아마 있었을 거야."

크리스테르가 마지못해 대답했다.

"그리고 스웨덴에 치즈 공장은 모두 몇 개나 될까요? 치즈 산업으로 유명한 곳이 크비빌레 하나뿐인 건 아니죠."

"알아. 그 연결 고리가 아주 선명해 보이진 않을 수도 있을 거야. 하지만 느낌이 와. 다들 할란드주 출신일 거라는 느낌. 그게 뭔가를 의미할 수도 있지. 아닐 수도 있지만. 어쨌든 난 이만 가 봐야겠어. 보세가 TV를 보자고 해서."

미나는 크리스테르에게 대체 보세가 TV를 보고 싶어 하는지 아닌지, 그걸 어떻게 아느냐고 물을 생각도 들지 않았다. 대체 개들이 어떤 프로그램을 보고 싶어 한다는 말인가? 〈동물 병원〉? 자연 다큐멘터리? 그것도 아니면 리처드 기어가 나오는 동물 영화 〈하치〉? 리처드 기어와 크리스테르는 달라도 너무 다른데 말이다.

크리스테르의 전화를 받았을 때 뭘 하려던 참이었더라…… 맞다. 커피를 마시려고 했지. 그녀는 앉아 있던 책상에서 내려와 부엌으로 가려다, 갑자기 뒤를 돌아 거실 벽 위의 콜라주를 응시했다. 그리고 아직 아무에게도 보여 주지 않은, 새로 붙인 사진을 훑어보다가 책상 위의 학급 사진을 집어 들어 사진 밑에 쭉 쓰인 이름들을 자세히 살펴봤다. 그러고는 사진을 뒤집어 뒷장도 읽었다.

거기, 연결 고리가 있었다. 크리스테르에게 키스라도 해 주고 싶은 심정이었다. 크리스테르의 말이 맞았다. 연결 고리는 할란드주였다. 하지만 크리스테르는 남자들에만 초점을 맞추는 전형적인 실수를 저질렀다. 그러나 해결의 열쇠는 전혀 다른 데 있었다.

그녀는 이제 그들을 연결하는 고리가 무엇인지 알았다.

마침내 알아내고야 말았다.

  미나의 집 현관에는 지난번 방문했을 때와 똑같은 도어 매트가 깔려 있었다. 빈센트는 신발 한 짝을 먼저 벗고, 한 다리로 서서 균형을 잡으며 나머지 신발을 벗으려 끙끙댔다. 미나의 집 벽돌 바닥에 발자국을 남기는 최초의 사람이 되고 싶지는 않았다. 그러다 균형을 잃고 휘청한 그가 넘어지지 않으려 손으로 문을 짚었다.

  미나는 문 위를 짚고 있는 그의 손을 뚫어지게 쳐다보다가, 그가 그녀를 쳐다보자 시선을 재빨리 돌렸다. 그는 미나가 문에 찍힌 그의 손가락 자국을 없애고 싶어 벌써부터 조바심을 느낄 거라는 걸 잘 알았다. 그녀가 언제까지 그 충동을 참아낼 수 있을지 궁금했지만, 빈센트는 선수를 치기로 했다. 곧 그는 주머니에서 개별 포장된 물티슈를 꺼내 문을 닦고는, 물티슈 포장지를 바라보며 걱정스러운 표정으로 말했다.

  "가만있어 보자. 아, 이거 사용한 물티슈였는데. 제가 실수를 했네요. 아까 지하철에서 손잡이를 이걸로 닦았거든요."

  순간 미나의 얼굴에 순수한 공포가 어렸다.

  "하, 하."

  그녀가 빈센트의 어깨를 치며 웃는 시늉을 했다. 하지만 주먹의 강도로 보아 그의 농담이 전혀 웃기지 않았다는 것쯤은 쉽게 알 수 있었다.

"스웨텐에 돌아온 걸 환영해요. 지난번에 스토커 안나를 만난 충격에서는 좀 회복이 되었나요? 그날 보니까 안나에게 최면을 걸지는 않으시던데요. 그냥 그 여자한테 최면을 걸어서 애초에 빈센트 씨는 그 여자 인생에 존재하지 않았으니 그런 사람이 있었다는 걸 잊어버리라고 하면 좋았을 텐데. 아니면 그런 스토커의 존재가 빈센트 씨 자존감을 높이는 데 도움이라도 되는 건가요?"

빈센트는 미나를 지그시 응시했다. 아무래도 그녀는 스토커 안나의 이야기를 재미있는 에피소드 정도로 생각하는 것 같았다. 하지만 빈센트는 아니었다. 그는 안나의 등에 있던 하트 타투와 그의 얼굴 타투를 잊으려 필사적으로 노력했지만, 그건 그가 가장 원하지 않을 때 머릿속에 불쑥불쑥 떠올라 그를 괴롭혔다.

빈센트는 마른세수를 하며 미나를 따라 거실로 들어갔다. 그녀의 아파트는 지난번에 왔을 때와 똑같이, 아주 깨끗이 청소되어 있었다. 그 질서를 방해하는 것이 하나 있다면 몰라보게 어지러워진 거실 벽이었다. 지금 벽에 붙여 놓은 것들 때문에 공간을 마련하기 위해서였는지 원래 벽에 걸려 있던 그림들은 바닥에 내려놓은 상태였다. 벽에는 수사와 관련해 미나에게 허용된 모든 서류와 사진이 붙어 있었다. 이전에는 보지 못했던 자료와 사진들도 있었는데, 모든 자료는 코팅이 되어 있었다.

"이전에도 스토커는 있었어요. 이렇게 극단적인 경우는 없었지만요. 보통은 삶이 지루한 주부들이나 정체성에 혼란이 온 젊은 남자들이었죠. 무슨 이유에선지 그 사람들은 나랑 함께 있으면 인생의 모든 문제가 해결될 거라고 믿었어요."

"멋지네요, 카사노바 씨."

"그런 건 전혀 아니에요. 아마 내가 아니었더라도 그 사람들은 그 감정을 다른 누군가나 물건에 투영했을 거예요. 하지만 안나는 조금 달라요. 다른 스토커들과는 달리 안나는 판타지에 만족하지 않았죠. 지금으로서는 경찰의 도움을 받더라도 안나라는 여자와 최대한의 거리를 두는 것 말고는 별다른 방법이 없어 보여요."

"지금 저한테 빈센트 씨의 신변을 보호해 달라고 요청하는 건가요?"

미나가 미소를 지으며 대꾸했다.

"미나 씨는 벌써 그렇게 해 주고 있어요."

"안나에 대한 얘기를 들으면 루벤이 엄청 좋아할 텐데요."

그녀가 웃으며 덧붙였다.

빈센트는 다시 벽 위 콜라주를 바라봤다. 범죄 드라마에서 형사들이 벽에 모든 것을 붙여 놓는 걸 보면서, 저게 카메라 렌즈 안에서야 그럴듯하게 보이지 대체 무슨 의미가 있을까

하고 생각했었다. 하지만 지금 이렇게 미나의 벽을 보고 있으려니 왜 그러는지 그 이유를 알 것 같았다. 반대 방향에서 접근해 마인드맵을 만들려는 것이다. 핵심 아이디어에서 곁가지를 뻗어 가는 대신, 곁가지들을 늘어놓고 그것들을 한데 묶는 요소를 찾으면서 말이다. 콜라주 한가운데에는 사진이 한 장 붙어 있었다. 가까이 다가가 사진을 쳐다보던 빈센트는 턱짓으로 사진을 가리키며 말했다.

"이거 설마……?"
"네, 이것 때문에 전화를 드린 거예요."
미나가 답했다.

미나의 목소리가 떨렸다. 앞으로 꺼낼 말에 그가 어떻게 반응할지 몰라 두려웠다. 빈센트는 그 사진을 단번에 알아봤다. 자세히 볼 필요도 없었다. 과거에 수도 없이 봤던 사진이니까. 아주 오래전이긴 하지만 말이다. 정말로 오래전. 그는 코팅된 채 벽에 붙어 있는 사진을 떼려고 손을 뻗었다가 미나가 흡, 숨을 들이마시는 소리를 듣고 손을 멈췄다. 미나를 좀 더 배려했어야 했는데 그의 생각이 짧았다. 책상 뒤로는 일회용 면장갑이 잔뜩 든 상자가 놓여 있었다. 그는 장갑 한 켤레를 꺼내 손에 끼고 사진으로 손을 뻗었다. 이번에는 미나도 잠자코 있었다.

학급 사진이었다. 빈센트는 사진을 돌려 뒷면을 봤다.

*크비빌레 초등학교, 1B*

사진 뒷면에 쓰인 문구를 본 그는 다시 사진을 앞으로 돌렸다. 아이들의 옷차림에서 이 사진의 배경이 1980년대 초반이라는 걸 알 수 있었다.

"맨 뒷줄에 서 있는 이 아이가 빈센트 씨 맞죠?"

미나가 통통한 친구들에게 반은 가려진 채, 벌어진 앞니를 드러내고 웃고 있는 남자아이를 가리키며 물었다.

빈센트는 고개를 끄덕이고선 침을 꿀꺽 삼켰다. 이건 그가 이사 때문에 전학을 가기 전에 다녔던 크비빌레 초등학교에서 찍은 단 한 장의 사진이었다. 하지만 사진 속 소년과 지금의 그는 너무나도 달라 보였다. 어떻게 이 아이가 지금의 빈센트로 클 수 있었을까? 그가 어렸을 적 자신을 알아보지 못하는 건 좋은 일일까, 나쁜 일일까? 그는 자기 모습을 알아보고 싶지 않은 걸까?

"빈센트 씨 성이 보만이었던 건 처음 알았어요."

사진 아래에 쭉 쓰인 이름들을 읽던 그에게 미나가 말했다.

*빈센트 아드리안 보만.*

보만, 그건 그조차 아주 오랫동안 들어 본 적 없는 이름이었다.

"발데르는 내 수양 가족에게서 받은 성이에요."

빈센트가 고개를 끄덕이며 말을 이었다.

"날 맡아 키워 준 분들의 성이 발데르였죠. 그 이름을 받았어요. 그 전의 성은 보만이었고요. 그런데 이 옛날 사진은 어떻게 찾은 거예요?"

"경찰의 힘을 좀 썼죠. 발데르라는 성은 선거인 명부에서 쉽게 찾을 수 있었어요. 전국에 몇 명 안 되더라고요. 그리고 그중 한 명이 빈센트라는 이름의 고아를 입양했고요. 사회 복지 쪽 서류에 따르면 아이의 원래 성은 보만이었고, 크비빌레에서 살았다고 하더군요. 나머지는 어렵지 않게 찾았어요. 그런데 지금 빈센트 씨에게 이 사진을 보여 주는 이유는 따로 있어요."

미나가 그의 학급 친구들 중 한 명을 가리키며 말을 이었다.

"이 여자아이 이름은 예시카 비데르고드죠. 바로 로베르트의 어머니 되는 분이에요. 어렸을 때랑 지금이랑 외모가 똑같아서 로베르트의 신문 기사에서 이분 사진을 봤던 걸 바로 떠올릴 수 있었어요."

빈센트의 얼굴이 창백해졌다. 그는 한참 동안이나 사진을 들여다보았다. 그리고 예시카 옆에 앉은 두 명의 소녀를 가리키며 입을 열었다.

"이 세 명은 예시카, 말린, 샬로테예요. 별명으론 시칸, 말라, 로타라고 불렀고요."

"셋이 친했나요?"

미나가 커진 눈으로 물었다.

"네. 그렇게 말할 수 있겠죠. 셋은 친자매라도 되는 것처럼 늘 함께 붙어 다녔어요. 그런데 그건 왜요?"

"말린 벵트손과 샬로테 함베리가 각각 투바와 앙네스의 어머니거든요."

무거운 침묵이 뒤따랐다. 얼마나 시간이 흘렀을까, 이윽고 미나가 입을 열었다.

"아는 분들이었나요?"

"시칸하고 말라, 로타요?"

그가 단조로운 목소리로 답했다.

"물론이죠. 우리 넷은 이 사진을 찍었던 여름에, 함께 많은 시간을 보냈어요. 그 여름이 지나고 내가 전학을 가기 전까지요."

그가 평생 눌러 왔던 기억들이 갑자기 특급 열차의 속도로 그를 향해 몰아치기 시작했다. 헛간에 있던 그의 마술 작업장, 어린 그가 직접 만들었던 별이 그려진 마술 상자.

*누나가 깜짝 놀랄 거야.*

*엄마는 그날 참 행복했지.*

학급 사진에는 각 일곱 명의 아이들이 3열로 서 있었다. 7+3=10. 이 사진은 1982년 봄에 찍혔으니까, 1+9=10, 8+2=10, 10+10+10, 정삼각형의 세 변, 엄마가 만들어 줬던 세모 모양의 샌드위치. 늘 정확한 길이를 맞추는 게 중요했지. 그가 아무리 애를 써도 그의 생각은 다시 엄마를 향했다.

*최대 30초 안에 해내야 해.*

*자전거를 타고 수영하러 가던 길.*

"이해가 안 됩니다. 보고서에 이 사람들 이름이 있었다면 내가 바로 알아봤을 텐데, 하지만 내가 기억하는 바로는 보고서 그 어디에도 이 이름들은 없었어요. 이게 어떻게 된 일인지……."

"이 사람들은 수사 대상이 아니었으니까요. 게다가 샬로테는 앙네스를 낳고 얼마 되지 않아 사망했고, 투바의 어머니인 말린은 투바가 열여섯 살이 되던 해에 남편하고 프랑스로 떠났죠. 그 뒤로 스웨덴에 돌아온 적도 없고요. 로베르트의 어머니인 예시카는 보고서에 이름이 올라가 있긴 했지만, 다른 사람들처럼 결혼하면서 이름이 바뀌었으니까 빈센트 씨가 못 알아본 것도 당연해요. 그러니까 제 말은 빈센트 씨처럼 성이 바뀌었다고요."

빈센트는 뚫어져라 사진을 응시했다. 옛 친구들, 넷이 수영을 하러 갔던 그해 여름. 수영은 그를 빼고 나머지 세 명만 했고, 그는 호숫가에서 가만히 호수를 들여다보았었다. 그날 어린 그가 호수에 드리워져 있다고 느꼈던 크고 어둡고 깊은 그림자가 지금 이 순간에도 마수를 뻗쳐 그를 삼켜 버릴 것 같았다.

"어쨌든……."

미나가 말을 이었다.

"이 사진은 희생자들의 모친들이 서로 아는 사이라는 걸 보여 주고 있어요. 그리고 방금 전, 빈센트 씨가 본인도 이 세 명을 알고 있다고 말해 줬고요. 이게 우연일 리는 없겠죠."

미나는 믿기 어렵다는 얼굴로 빈센트의 손 위에 그녀의 손을 얹었다. 지금 그녀는 더없이 진지했다.

"빈센트 씨, 대체 이 사건과 어떻게 연관되어 있는 거예요?"

"내가요? 내가 꼭 이 사건과 관련이 있으리라는 법이 있나요? 이 셋을 다 알고 있는 다른 사람들도 있을 텐데요. 나한테 10분만 주면 말린, 예시카, 샬로테가 같은 사탕 가게에 다녔다는 걸 증명해 보일 수 있어요. 아니면 10대 시절에 이 셋이 돌아가며 키스한 남자애가 있을 수도 있고요. 그것도 아니면 성인이 되어 세 명이 같은 직장에서 일했을 수도 있죠. 이 셋을 다 알고 있는 사람들을 전부 조사할 겁니까?"

공격적인 빈센트의 말에 미나가 놀란 표정으로 그의 손 위에 얹고 있던 자신의 손을 뗐다. 그녀에게 상처를 주려고 한 말은 아니었다. 그저 그 역시 그녀가 한 말 그리고 앞으로 할 말을 들을 마음의 준비가 안 되어 있었을 뿐이다.

"미안해요."

빈센트가 미나를 향해 손을 뻗으며 말했지만 그녀는 그의 손을 다시 잡지 않았다.

"미나 씨 말이 맞아요. 이게 우연일 순 없죠. 내가 이 수사를 돕고 있는 걸 생각하면 더더욱요. 이 셋을 다 알고 있는 다른 사람이 이런 짓을 저질렀을 리는 없을 겁니다. 그냥 미나 씨가 내가 이 일에 어떻게든 개입돼 있다고, 또 내가 미나 씨에게 말하지 않은 비밀이 있다고 생각하지 않았으면 해서 한 말이에요. 설상가상으로 나는 누군가 나한테 보내는 메시지를 써 놓은 책도 받았잖아요. 그런데 정말로 나는 이게 다 무슨 의미인지 몰라요."

빈센트가 학급 사진을 가리키며 말을 이었다.

"아니면…… 혹시 미나 씨는 내가 네 번째 피해자가 될 거라고 생각하는 건가요? 아니면 목표는 내가 아니라 내 아들 베냐민일까요? 이마에 숫자가 새겨진 채 오리가미 상자에 구겨져 들어간 내 아들을 찾아낼 건가요?"

마치 유체 이탈을 한 것처럼, 빈센트는 자신의 영혼이 몸 바깥에서 자신이 말하는 것을 쳐다보고 있는 듯한 기분이 들었다. 영화에서처럼 말이다. 그런 그의 말에 미나는 고개를 저었다.

"아니요. 전 여기서 빈센트 씨의 역할은 피해자가 아닐 거라고 생각해요."

말을 마친 그녀는 자리에서 일어나 책상으로 걸어가더니, 책상 위에서 코팅된 종이 한 장을 들어 그에게 건넸다. 할란드주의 일간지인 《할란드스포스텐》의 아주 오래전 기사였다. 일간지의 두 면에 걸친 기사는 느낌표를 붙인 선정적인 제목을 달고 있었다. 두 페이지나 되는 기사 분량의 대부분은 사진 한 장이 차지하고 있었다. 빈센트도 딱 한 번 본 적이 있는 사진이었다. 그의 수양부모가 당장 신문을 가져다 버렸지만 그의 평생 단 한 번도 잊은 적이 없고, 앞으로도 잊을 수 없는 바로 그 사진. 사진 속 어린 소년은 농장 앞에 서 있었다. 보통 사람이라면 사진만 봐서는 어떤 농장인지 알 수 없겠지만 빈센트는 알았다. 아마 당시의 유력 신문들은 기사에 다른 사진을 싣거나 아예 사진 자체를 싣지 않았을 것이다. 하지만 《할란드스포스텐》의 편집자는 이 어린아이의 사진을 기사에 싣는 것에 그 어떤 반기도 들지 않았다. 80년대는 지금과는 완전히 다른 세상이었다.

소년의 뒤로는 경찰의 폴리스 라인이 쳐져 있었고, 그 선 너머 헛간 앞에는 별이 그려진 상자가 서 있었다.

소년은 카메라를 정면으로 쳐다보고 있었다. 소년의 눈빛에는 세상의 슬픔과 고통이 가득했다. 빈센트는 어렵지 않게 그 눈빛을 알아봤다. 요즘도 매일 아침 욕실 거울을 볼 때마다 보는 그 눈빛이니까.

"팀원들도 다 알아요?"

그가 속삭이듯 묻자 미나가 답했다.

"아니요. 아직은 아무도 몰라요."

그는 한참 동안 침묵했다.

"왜 나한테 아무 말도 안 했어요?……이건 아니지, 개자식."

미나는 고개를 뒤로 젖혀 천장을 보며 눈을 깜빡였다. 그녀의 목소리에 실린 분노가 생생히 전해져 왔다.

"지금 이걸 내가 어떻게 받아들여야 하는 거예요? 빈센트 씨. 난 당신을 믿었어요."

"미나 씨, 난 어린애였어요."

미나의 뺨을 타고 눈물이 흘러내리자 그녀는 손을 들어 소매로 눈물을 닦아 냈다.

"나는 아무도 믿지 말자는 인생의 철칙을 세우고 그걸 잘 지키면서 살고 있었어요. 그러다가 딱 한 번 그 철칙을 저버리고 믿은 사람이 바로 당신이었고요. 나만 믿은 것도 아니고, 다른 사람들도 당신을 믿게 설득했어요. 그런데 제 생각이 맞았네요. 그 철칙이 맞았다는 걸 당신이 확인시켜 줬어요. 이걸 밝히는 순간, 당신이 제일 유력한 용의자가 될 거란 건 알고 있겠죠?"

빈센트는 고개를 숙이고 바닥만 쳐다봤다.

"그래서 지금 뭘 의심하는 건데요? 내가 그 사람들을 죽였다고 생각하는 겁니까?"

미나는 코를 훌쩍이다가 마음을 다잡고는, 조금의 감정도 섞이지 않은 사무적인 태도로 그를 쳐다보며 입을 열었다.

"아주 좋은 질문이네요. 당신이 죽인 건가요?"

\*

여름 저녁이었지만 평소보다 사위는 어두웠다. 그가 미나의 집으로 갈 때는 없었던 구름들이 하늘을 가득 메우고 있었다. 당장이라도 비가 쏟아질 것 같았다. 빈센트는 운전에 집중하려 노력했지만 잘되지는 않았다. 그나마 길가에 차들이 얼마 없어 다행이었다. 아직 사람들이 여름휴가에서 돌아오지 않은 것일 테다. 지금 그가 얼마나 난폭하게 운전하고 있는지를 감안하면, 사고가 나지 않은 건 정말 천운이었다.

사실 서둘러 집에 가고 싶지는 않았다. 집에 도착하면 미나가 말해 준 것들을 이해하는 데 필요한 혼자만의 시간을 가질 수 없을 것이다. 아까 마리아는 오늘 아스톤이 '거대한 레고 우주선'을 만들고 싶어 한다며, 그 재미있는 시간을 빈센트에게 양보하겠다는 내용의 메시지를 보내왔다. 더 정확하게는 '우리 집 남자들에게' 그걸 양보하겠다고 했다. 마리아는 종종 빈센트와 동등한 인격체로 대우받길 원한다는 바람을 피력했지만, 아들과 레고를 만드는 데 있어선 완전히 다른 태도를 취했다. 그게 짜증이 나거나 하는 건 아니었다. 마리아는 그녀가 무엇을 놓치고 있는지 모르고 있으니.

오늘은 그의 머릿속을 꽉 채운 복잡한 생각들을 정리하기 위해 길을 멀리 돌아가야 했다. 아니면 로베르트의 시신이 발견된 파티할라르나 주차장에 가서 차를 세우고 잠시 생각을 하다 갈 수도 있겠고. 하지만 그래도 될까? 이제 곧 이 연쇄살인의 유력 용의자가 될 그가 범죄 현장을 다시 방문한다는 게 수상쩍어 보일 수도 있을 텐데. 지금쯤이면 미나는 율리아에게 전화를 걸어 모든 걸 다 말했을 것이다. 만약 그랬다면, 누가 그를 체포하러 올까 궁금해졌다. 크리스테르? 아니, 크리스테르는 아닐 것이다. 루벤. 그렇다, 역시 루벤이 오겠지. 그때 하늘에서 흩뿌리듯 빗방울이 떨어지기 시작했다. 빈센트는 와이퍼를 켰다.

미나가 말한 이야기를 순서에 맞춰 차례대로, 하나씩 펼쳐 봐야 했다. 처음부터 따져 보자면, 어린 시절 그의 친구였던 말린, 예시카, 샬로테, 아니 말라, 시칸, 로타라고 해야 하나. 어쨌든 그 친구들은 커서 투바, 로베르트, 앙네스의 엄마가 되었다. 하지만 그렇다고 해서 그게 자신이 이 사건에 연루되어 있다는 것을 의미하지는 않는다. 그렇지 않은가?

비가 거세게 퍼붓기 시작하자 빈센트는 와이퍼의 속도를 높였다. 차 지붕에 후두둑 떨어지는 빗소리가 최면을 걸어오는 듯했다. 머릿속의 생각들이 제멋대로 날아가려 하는 가운데, 그는 의식적으로 그 생각들을 논리적인 순서에 맞춰 줄을 세웠다.

미나가 알아낸 것이 자신에 대한 것이 아니라면 그건 무엇을 의미하는 걸까? 누군가 자신의 옛 학교 친구들의 아이들을 살해하고 있다는 말인가? 그럼 왜 콕 찍어 말라, 시칸, 로타의 아이인가? 그해 같은 학교를 다닌 다른 학생의 자녀들은 왜 아니란 말인가?

다른 학생의 자녀가 목표물이 아닌 것은 분명했다. 시신에 새겨진 카운트다운 숫자가 그것을 말해 주고 있었다. 카운트다운에 따르면 살인은 네 번 일어날 것이고, 범인은 카운트다운이 0에 이르렀을 때 보여 줄 무언가를 숨겨 놓고 있을 거라고 빈센트는 확신하고 있었다. 그리고 말린과 예시카, 샬로테에게는 그 셋을 묶는 무언가가 있었다. 그들에게 공동의 적이 있었던 걸까? 하지만 그들에게 공동의 적이 있었다면 살해를 당한 사람은 서로를 알지도 못하는 그들의 자녀가 아니라 그들 자신이어야 했다.

또한 만약 자신이 아니라면, 과연 누가 네 번째 피해자가 된다는 말인가? 범인이 책 안에 써서 보내온 메시지에도 불구하고, 빈센트는 아직도 자신이 그 네 번째 피해자가 될 수도 있다는 사실을 받아들일 수 없었다. 물론 피해자들은 모두 빈센트라는 공통분모를 가지고 있었고, 말라와 시칸, 로타, 빈센트, 이렇게 넷이 한 해 여름 동안 붙어 다녔던 것도 사실이다. 하지만 빈센트가 떠난 후 그 아이들은 그의 빈자리를 대체할 누군가를 찾았을 것이고 어쩌면 네 번째 피해자는 그 사람일 수도 있을 것이다. 또 다른 친구일 수도 있을 것이고 …… 확실한 건 아무것도 없었다. 어쨌든 그 셋이 빈센트와 함께한 시간은 짧은 여름 한 철이었고, 그가 떠난 후에도 셋은 오랜 시간을 더 함께했다. 빈센트와 그들은 서로에게 그리 중요한 존재가 아니었다. 아무리 생각해도 이해를 할 수가 없었다.

무엇보다 그의 과거에 대해 아는 사람은 이제 아무도 없었다. 빈센트의 수양부모는 그 뉴스 기사가 나온 뒤 빈센트에게 일어났던 일을 덮기 위해 그들이 할 수 있는 모든 것을 다 했고, 결과는 꽤나 성공적이었다. 그렇게 다 덮여 없어진 줄 알았던 그 옛날 일을 미나가 다시 수면 위로 끌어냈다니, 솔직히 놀라울 뿐이었다. 그 당시 크비빌레에 빈센트 발데르는 없었다. 빈센트 보만이라는 그저 평범한 아이만 있었을 뿐.

보만.

보—만.

잠깐만.

잠깐만.

잠깐만.

그는 갑자기 액셀을 밟아 무섭게 속도를 내어 로터리에 진입했다. 난폭한 그의 운전에 누군가가 경적을 울렸다. 때마침 하늘이 열리고 비가 퍼붓기 시작했다. 하지만 중요하지 않았다. 지금 중요한 건 날짜였고, 그것보다 중요한 것은 아무것도 없었다. 이제 그는 그 날짜들이 무엇을 의미하는지 알았다. 베냐민과 다시 확인해 봐야겠지만, 방금 전 그는 암호를 혼자서 푸는 데 성공했다. 그의 눈앞에서 자동차 보닛 위로 숫자들이 반짝이며 허공에 둥둥 떠다니더니 이내 하나씩 글자로 바뀌었다. 그리고 완성된 문장을 본 빈센트는 공포에 질렸다.

\*

미나는 벽을 뚫어져라 바라보며 차가운 바닥에 앉아 있었다. 사진 속 빈센트가 그녀를 쳐다봤다. 벽에 만들어 놓은 거미줄같이 복잡한 콜라주의 한가운데에 빈센트의 학급 사진을 붙이고, 그 위로는 문제의 신문 기사를 고정해 놨다. 미나의 손에는 빈센트가 그녀 대신 맞춰 준 루빅큐브가 들려 있었다. 그녀는 양손 사이에서 큐브가 왔다 갔다 하도록, 큐브를 가볍게 던지며 주고받았다. 다 맞춰진 큐브를 다시 돌려 처음부터 맞추고 싶은 생각도 들었지만 차마 그러지는 못했다. 대열을 망가뜨리면 그녀 혼자서 이렇게 맞출 수 있을지 확신이 들지 않았다. 큐브를 살짝만 뒤틀어도 혼자 힘으로는 도저히 멈출 수 없는 연쇄 반응이 일어날까 봐 무서웠다. 그걸 맞추려 노력할수록 더 엉망이 될 것 같아서, 그녀의 지나온 인생처럼 모든 걸 망쳐 버릴 것 같아서 무서웠다.

일곱 살짜리 빈센트 보만은 슬픈 눈을 하고 그녀를 바라보고 있었다.

미나는 빈센트를 믿고 그에게 속마음을 털어놓았다. 맙소사, 심지어 그는 그녀가 자고 있는 곁을 지켜 주기까지 했었다.

그녀가 큐브를 한 손에서 다른 손으로 던졌다.

정말이지, 그에게 그녀의 가장 내밀한 모습까지 보여 줬다. 그런데 그런 그녀에게 그는 줄곧 거짓말을 해 왔다니.

그녀는 한 손으로 큐브를 허공으로 높게 던져 다른 손으로 받았다.

빈센트가 그의 어머니에게 일어났던 일을 조금이라도 그녀에게 말해 줬었다면 얼마나 좋았을까. 그는 자신도 기억을 억눌러 와서 까맣게 잊고 있던 일이라고 했다. 그녀도 그를 믿고 싶었다. 하지만 다시 그럴 수 있을까. 그녀는 확신할 수 없었다.

왜 혼자인 것에 만족하지 못하고 그에게 마음을 열었던 걸까?

미나는 큐브를 지그시 쳐다보다가 있는 힘을 다해 벽으로 던졌다. 큐브는 어린 빈센트의 이마를 맞고 튕겨져 나와 산산조각 났다. 그녀는 그대로 바닥에 주저앉아 두 팔로 다리를 감싸안고 몸을 들썩이며 조용히 흐느꼈다.

빈센트는 노크도 없이 헐레벌떡 베냐민의 방으로 뛰어 들어갔다. 그의 아들 베냐민은 언제나처럼 헤드폰을 낀 채 침대에 누워 가슴에 노트북을 올려놓고 있었다. 베냐민은 예고도 없이 들이닥친 빈센트를 보고 깜짝 놀라 일어났다.

"뭔데?"

베냐민이 노트북을 닫으며 말을 이었다.

"바닥에 있는 책들 조심해. 지금 아빠 때문에 바닥에 완전 물난리 났잖아!"

베냐민의 말은 사실이었다. 빈센트는 베냐민의 방 한가운데 서서 물을 뚝뚝 흘리고 있었다. 주차장에서 현관으로 오는 그 짧은 사이에 비에 흠뻑 젖은 그는 외투를 벗지도 않고 곧장 베냐민의 방으로 뛰어 들어왔다. 코끝에서 빗물이 떨어지는 게 느껴졌다. 그가 책상 의자에 걸려 있던 수건을 집어 들자, 베냐민이 만류했다.

"그건 진짜 안 쓰는 게 좋을걸."

빈센트는 손에서 수건을 놨지만 그 수건을 뭐 하는 데 썼는지는 묻지 않았다.

"연쇄 살인 말이야. 그 날짜들 꺼내 봐."

빈센트가 재킷을 벗으며 말했다.

"또 그거야?"

베냐민이 한숨을 내쉬더니 천천히 침대에서 일어나 컴퓨터가 있는 책상으로 걸어갔다.

"나 이번 주에 개강인 거 알지? 이제 집중해야 할 수업들도 많다고."

"세 살인 사건의 날짜들 다 불러와."

빈센트가 아들의 말은 들은 체도 하지 않고 말했다.

"알겠어. 알겠으니까 먼저 물기부터 좀 닦아."

베냐민이 색을 칠한 워해머 게임 피규어 몇 개를 물에 젖지 않게 안전한 곳으로 옮기며 짜증 실린 목소리로 말했다.

베냐민이 엑셀 파일을 불러오는 동안 빈센트는 재빨리 욕실에서 수건 하나를 가져왔다.

"처음 우리가 암호를 풀려고 했을 때 기억나?"

욕실에서 돌아온 빈센트가 말했다.

"날짜를 글자로 옮기려고 했다가 실패했던 거? 1은 A, 2는 B, 이런 순서로 간단하게 숫자를 문자로 바꿔 봤지만, 결국 아무것도 아닌 걸로 판명 났잖아. 아니야?"

"다시 한번 해 봐야겠어."

빈센트가 수건으로 젖은 머리를 털며 말을 이었다.

"숫자 순서대로."

"그래서 아빠가 진정할 수만 있다면 그러지 뭐. 왜 그래야 하는지는 모르겠지만."

베냐민은 앙네스와 투바 그리고 로베르트의 사진과, 그 아래 살인 날짜와 시간이 적힌 파일을 열었다.

"첫 번째는 자살인 줄 알았던 앙네스의 살인이었지. 이 살인은 1월 13일 14시에 일어났으니까 13-1-14가 되고, 이 숫자를 알파벳 순서에 따라 글자로 바꾸면 M-A-N이 돼."

베냐민은 말을 하며 사진 아래 숫자를 글자로 바꿨다.

"마술 상자에서 살해된 투바는 2월 20일 15시에 죽었으니까, 20-2-15, 이걸 글자로 변환하면 T-B-O가 되고. 그리고 익명의 제보 전화에 따르면 로베르트는 5월 3일 14시에 썰렸으니까 3-5-14가 되고, 그건 C-E-N가 되지."

베냐민은 마지막 숫자를 글자로 바꾸고서는 빈센트가 화면을 잘 볼 수 있게 자신이 앉은 책상 의자를 뒤로 밀어 저만치 물러났다.

"M-A-N-T-B-O-C-E-N. 말이 안 되는 건 마찬가진데? 이미 아는 사실이었지만."

"살인이 일어난 순서대로 숫자를 배열했으니까 말이 안 되는 거야."

빈센트가 바닥에 일어난 물난리를 수습하려고 수건을 깔고 서서 답했다.

"시간 순서대로 글자를 조합해야 하는 건 맞지만, 순서가 잘못됐어. 앙네스의 시신에는 숫자 4가 새겨져 있었고, 투바의 시신에는 숫자 3이, 로베르트에게는 숫자 2가 새겨져 있었지. 그 순서대로 글자를 나열해 봐. 그러니까 2-3-4, 로베르트, 투바, 앙네스 순서대로."

베냐민은 화면 위 로베르트와 앙네스의 글자 순서를 바꾼 뒤, 새로 만들어진 글자 조합을 바라봤다.

"그러면 C-E-N-T-B-O-M-A-N이 되긴 하는데, 이게 무슨 뜻이야? 난 아직도 모르겠는데. 아무 말도 아니잖아."

베냐민이 얼굴을 찌푸리며 답했다.

"아니, 아무 말도 아닌 게 아니라 이건 다음 살인이 일어날 날짜를 말해 주고 있어. 살인 1이 일어날 날짜 말이야. 살인 1은 9월 22일 14시에 일어날 거야. 한 달도 채 남지 않았지."

베냐민이 놀란 표정으로 빈센트를 쳐다봤다.

"어떻게 그런 해석이 나온 건데?"

"왜냐면 9월 22일 14시를 숫자로 배열하면 22-9-14가 되고, 그걸 글자로 바꾸면 V-I-N이 되거든. 그리고 살인 1의 글자는 살인 2, 3, 4에 앞서 암호의 제일 앞부분에 와야 하고. 이해가 돼?"

빈센트는 여전히 이해가 안 간다는 얼굴의 베냐민 앞에 있는 키보드로 V-I-N을 쳐서 화면에 입력했다. 키보드가 젖었지만 그는 개의치 않았다.

"하나, 둘, 셋, 넷. 이렇게 네 번의 살인이 이 암호를 완성하는 거야."

화면에는 V-I-N-C-E-N-T-B-O-M-A-N이라는 글자가 그들을 향해 번쩍이고 있었다.

"아빠 본명이 빈센트 보만이거든. 처음부터 이 연쇄 살인은 나한테 보내는 메시지였어."

\*

빌어먹을 초보 운전자들은 고속 도로에서 왜 이렇게 비킬 줄을 모르는 걸까? 루벤은 기어를 2단으로 내렸다. 대체 무슨 볼일이 있어서 초보 주제에 고속 도로까지 탔는지 모를 일이었다. 그는 다시 기어를 3단으로 올리며 4단으로 올릴 수는 없을지 기회를 엿봤다. 하지만 도로 앞쪽 사정이 그리 좋아 보이진 않았다. 하얀색 토요타 오리스가 마침 차선을 바꿔 그의 앞을 막았다.

"이런, 엘리노르. 진정하자고."

루벤이 그의 차를 향해 혼잣말했다.

좌절감에 으르렁거리는 엔진 소리가 들리는 듯했다. 현실 속 엘리노르와는 달리 이 차는 그를 실망시키는 법이 없었다. 이 차에 진절머리가 난 적은 단 한 번도 없었다. 무심결에 대시보드 위를 손가락으로 훑자 먼지가 묻어 나왔다. 청소할 때가 된 것 같았다.

하지만 곧 그는 고속 도로로 향하는 대신 마음을 바꿔, 경찰서를 향해 달리기 시작했다. 이번 연쇄 살인 사건의 수사는 너무 오랫동안 아무런 진전 없이 정체되어 있었다. 그들이 찾은 모든 단서는 아무런 성과를 내지 못하고 막다른 벽에 부딪혔고, 경찰서 사람들은 그들의 형편없는 수사 결과를 지켜보고 있었다. 그들이 속한 소위 '팀'이라는 것이 아직까지 존재하는 게 맞는 건지도 알 수 없었다. 어쩌면 지금 경찰서 사람들은 그들의 무능함을 깔깔대며 비웃고 있을지도 모른다. 가까운 미래에 그가 악명 높은 미제 연쇄 살인 사건의 담당자 중 한 명으로 이름을 올리게 될 거라 생각하니 창피했다. 그런데 그놈의 마술사 빈센트 발데르가 말도 안 되는 핑계로 회의까지 소집해, 그의 인내심을 한계에 이르게 만들었다. 그놈은 경찰도, 전문가도 뭣도 아닌 민간인에 완전히 사기꾼이었다. 지가 뭐라고 회의를 소집한다는 말인가. 가뜩이나 팀 전원이 휴가를 가 있는 이 기간에.

루벤은 조수석에 놓인 갈색 종이봉투 위에 손을 올려 봉투가 아직 그 자리에 있음을 확인했다. 이 봉투는 반송 주소도 없이 그에게 우편으로 배달되었다. 처음 읽었을 땐 숨이 막히는 것 같았고, 그다음에는 헛웃음이 터지더니 결국엔 머리 꼭대기까지 화가 치밀어 올랐다. 이 편지를 누가 보냈든, 그 사람은 이 수사에 빈센트가 관여하고 있다는 걸 알고 있는 게 분명했다.

편지 봉투 안에 든 내용물은 이제까지와는 전혀 다른 각도에서 멘탈리스트를 볼 수 있게 해 줬다. 이제 루벤은 빈센트가 자신들을 모두 속여 왔다는 것을 알았다. 하지만 독심술사는 그걸로도 모자란지, 자신들의 면전에 대고 또다시 거짓말을 하고 싶어 하는 것 같았다. 바로 그런 이유로 회의를 소집한 것일 테고 말이다. 루벤은 확신했다. 빌어먹을 빈센트 발데르. 루벤은 빈센트가 괜찮은 사람이라고, 그리고 빈센트가 그를 진심으로 도와주려 한다고 믿었었다. 정말이지 이것만은 절대 용서할 수 없다.

그는 조수석에 놓은 편지 봉투를 다시 가볍게 두드렸다.

"빈센트 발데르, 넌 이제 끝이야."

루벤은 액셀을 밟으며 음침하게 중얼거렸다.

이젠 그의 앞에서 달리는 토요타를 추월해야 했다.

\*

회의실에 가장 먼저 도착한 사람은 루벤이었다. 그는 빈센트가 화이트보드에 발표를 할 거라 생각해, 일부러 그 맞은편에 놓인 의자를 골라 앉았다. 회의 시작부터 끝까지 그 자식을 두 눈 부릅뜨고 똑똑히 지켜볼 생각이었다.

곧 덥수룩한 수염을 기른 페데르가 여유롭게 걸어 들어왔다. 휴가가 시작된 그날부터 면도기는 쳐다보지도 않은 게 분명했다. 그런데 이상하게도 페데르는 햇볕에 그을어 보였고, 정신도 말짱해 보였다. 루벤의 놀란 표정이 겉으로 드러났는지 페데르가 그를 향해 윙크를 했다.

"부모님이 2주 동안 우리 집에 와 계시거든."

페데르가 행복한 미소를 지으며 말했다.

"덕분에 요즘 아주 꿈같은 나날을 보내고 있지. 에너지 넘치는 나이 예순의 노인 둘이 내 정신 건강에 어떤 영향을 미칠 수 있는지, 놀라울 지경이야. 정확히 말하면 나랑 아네트의 정신 건강이라고 해야겠지만, 어쨌든. 그런데 앞으로 몇 년 동안 이런 호사는 더는 없을 것 같아. 아버지가 마지막으로 기저귀를 갈아 주실 때 표정이 조금 초췌해 보였거든. 어쨌든 난 부모님 덕분에 책도 읽기 시작했어. 음, 사실 읽기 시작한 건 아니고 어떤 책을 읽을지 결정한 정도지만."

페데르는 만족스러운 표정으로 한숨을 내쉰 후 루벤 옆에 앉았다. 그때 마침 크리스테르와 미나도 서로 이야기를 나누며 회의실에 들어왔다. 미나의 두 눈은 울기라도 한 듯 벌겋게 부어 있었다. 아니면 피부를 건조하게 만드는 그 세정 젤을 얼굴에도 바르기 시작했거나. 설령 그랬다고 해도 루벤은 전혀 놀라지 않을 것이다.

"난 정말 괜찮아. 전에도 말했지만 보세를 계속 맡는 건 전혀 문제될 게 없어. 보세한테 보석이 박힌 예쁜 목줄도 사 줬거든. 물론 진짜 다이아몬드는 아니지만, 우리가 같이 걸을 때 보기 좋게 반짝이는 게 아주 예뻐."

"이 일이 마무리되면 제 1년 치 연봉을 사례비로 드릴게요."

미나가 한숨을 쉬며 페데르의 옆자리에 앉았다.

크리스테르는 기분 좋은 웃음을 터트리고선 루벤의 옆에 앉았다.

"목걸이 예쁘네, 미나."

미나를 본 페데르가 말했다.

"TV에서 그 목걸이 광고를 본 것 같아. 자석의 자성을 띠고 있다는 뭐 그런 거 아닌가? 맞지?"

"와, 눈도 좋네."

크리스테르가 또다시 웃으며 말을 이었다.

"요즘엔 잠 좀 자나 봐?"

"네. 몇 시간 시체처럼 쓰러져서 자고 일어났더니 집중력이 돌아오더라고요."

"선물 받은 거야."

그때 미나가 짧게 답했다.

루벤은 무슨 이유에선지 미나가 이 목걸이에 대해 이야기하고 싶지 않아 한다는 느낌을 받았다. 그런데 페데르는 오랫동안 실종되었다가 돌아온 집중력에 너무 들떠서인지, 이를 전혀 눈치채지 못하는 것 같았다.

루벤은 페데르가 목걸이에 대한 말을 또 꺼내기 전에 재빨리 말머리를 돌렸다.

"미나는 빈센트 씨랑 같이 올 줄 알았는데."

"왜? 나랑 빈센트 씨가 같이 사는 것도 아닌데."

미나가 쏘아붙였다.

"가끔 둘이 같이 사는 거 아닌가 하는 생각이 들 때도 있거든."

미나는 루벤을 노려봤다. 루벤은 미나의 반응에서 심상찮은 분위기를 감지했다. 보아하니 빈센트는 미나의 눈 밖에도 난 것 같았다. 루벤이 멘탈리스트에 대해 비난조의 말을 꺼내려던 그 순간, 율리아와 빈센트가 회의실에 들어섰다.

"다 왔군요. 좋네요. 그럼 바로 시작하죠."

율리아가 말했다.

율리아는 무릎 바로 위까지 오는 여름용 원피스를 입고 있었다. 경찰 수사를 이끄는 수장에게 어울리는 복장은 아니었지만, 율리아도 강제 휴가 중이었다는 사실을 고려해야 하리라. 그리고 율리아의 그 복장에 루벤은 전혀 불만이 없었다. 햇볕에 까무잡잡하게 그을린 율리아의 다리가 저 원피스 속에서 엉덩이까지 어떻게 이어지는지 머릿속으로 어렵지 않게 그릴 수 있었다. 그의 예상이 맞는다면 그녀는 오늘 티 팬티를 입고 있을 것이다. 평소 같으면 그 생각을 하며 남은 회의 시간 동안 유쾌한 상상에 젖어 있겠지만, 오늘은 빈센트가 모든 걸 망쳐 놓아 그럴 수 없었다. 빈센트는 초조한 표정을 연기하며 서 있었다. 가증스러운 새끼. 앞서 그와 했던 대화들은 어쩌면 경찰이 이 사건에 대해 얼마나 알고 있는지를 파악하기 위해 그가 파 놓은 함정이었을지도 모른다.

루벤이 먼저 입을 열었다.

"우리가 자리를 비운 사이 수사를 대신 진행하던 사람들도 불러야 되는 거 아닐까요? 공식적으로 우리는 아직 '휴가'에서 복귀한 게 아니잖아요?"

그러자 빈센트가 초조한 표정으로 대꾸했다.

"먼저 그 말부터 하려고 했습니다. 이 이야기는 아는 사람이 적을수록 좋을 것 같다고요."

"그 알코올 중독 방지 모임의 여자와 관련된 이야기입니까?"

루벤이 묻자 빈센트 대신 율리아가 답했다.

"아니. 그건 아무 성과 없이 끝났어. 알고 보니 그 여자는 빈센트 씨 스토커였더라고. 그 책에 대해 아무것도 모르고 있었어."

"이런."

루벤이 혀를 차는 것과 동시에 빈센트가 목청을 가다듬으며 입을 열었다.

"이런 말을 꺼내는 게 정말 쉽지는 않지만…… 지금까지 저는 살인에 관한 정보에 암호나 메시지가 숨어 있을 거라고 줄곧 이야기해 왔죠. 그걸 이제 찾았어요."

빈센트는 화이트보드에 앙네스, 투바, 로베르트의 이름을 차례로 적었다.

"이 순서대로 살인이 일어났죠."

그가 화이트보드의 이름을 가리키며 말을 이었다.

"하지만 시신에 새겨진 숫자를 기준으로 하면, 순서는 이렇게 바뀝니다."

빈센트는 보드에 적힌 이름들을 지우고, 다시 로베르트, 투바, 앙네스 순으로 이름을 쓴 뒤 로베르트 앞에 물음표를 찍었다.

"이 물음표는 살인 1을 의미합니다. 카운트다운의 마지막 숫자지만 순서로 치면 제일 앞에 있어야 하죠. 그리고 세 사건이 일어난 날짜와 시간을 알파벳으로 치환하는 겁니다. 1은 A, 2는 B, 이런 식으로요. 그러면 다음과 같은 결과가 나옵니다."

빈센트는 피해자 이름 밑에 화살표를 그린 뒤 CEN-TBO-MAN을 썼다.

"여기서 우리는 두 가지 정보를 얻을 수 있습니다. 첫째는 다음 살인이 일어날 날짜예요. 물론 다음 살인 날짜를 알아내는 건 우리한테는 좋은 일이죠. 하지만 그 날짜가 맞다면, 저는 제가 도저히 설명할 수 없는 방식으로 이 사건에 연루됩니다."

빈센트는 불안한 표정으로 다시 목청을 가다듬었다. 루벤은 그런 빈센트를 보며 연기 하나는 기가 막히게 잘한다고, 그건 인정해 줘야겠다고 생각했다. 그는 빈센트의 연기를 조금은 더 지켜볼 생각이었다.

"그리고 또 말씀드릴 건 과거 제 이름이 빈센트 보만이었다는 겁니다."

그는 화이트보드의 숫자 1 밑에, 그리고 나머지 글자들 앞에 VIN이라는 글자를 적었다.

VIN-CEN-TBO-MAN. 루벤은 낮은 웃음을 터트렸다. 빈센트가 저 이야기까지 할 줄은 몰랐는데. 빈센트는 그의 예상을 벗어났다. 역시 보통 배짱은 아니었다. 아니, 과대망상을 앓고 있다고 해야 하나.

"저기 쓰여 있는 것도 빈센트 보만이잖아!"

크리스테르가 놀라 외쳤다. 그리고 크리스테르의 말을 들은 나머지 사람들도 그 사실을 깨달았다.

"대체 이게……."

빈센트는 크리스테르에게는 눈길도 주지 않은 채 설명을 이어 나갔다.

"제 생각이 맞다면, 마지막 살인은 9월 22일 14시에 일어날 겁니다. 왜냐하면 22-9-14라는 수의 배열을 글자로 치환하면 V-I-N이 되거든요."

"아네트의 생일이네요!"

페데르가 방금 잠에서 깬 것 같은 표정으로 외쳤다.

2주간의 휴식에서 얻은 에너지 때문에 헛소리가 나온 것 같았다.

나머지 사람들이 그를 빤히 쳐다봤다.

"아니, 그냥 9월 22일은 제 아내 생일이라고요."

페데르가 얼굴을 붉히며 말하자, 율리아도 빈정대며 덧붙였다.

"마침 저도 그날 병원 예약이 되어 있고요."

"그런데 이해가 안 돼요."

페데르가 말했다.

"연쇄 살인에 숨겨진 암호가 왜 빈센트 씨 이름인 거죠?"

"루벤, 이제 우리 모두 공식적으로 휴가에서 복귀한 것 같네. 윗선에 보고부터 해야겠어."

"빈센트 씨와의 연결 고리가 저 이름만 있는 것은 아니에요."

그때 미나가 약간 긴장한 듯하면서도 덤덤한 말투로 말했다.

"피해자들의 어머니가 모두 빈센트 씨의 옛 친구들이었거든요."

빈센트의 얼굴이 확 붉어지는 것을 보며 루벤은 미소를 지었다. 아마 지금 빈센트는 쥐구멍에라도 숨고 싶은 심정일 것이다. 그가 아무리 뛰어난 연기자라 할지라도, 이것까지 공개

하는 것은 계획에 없었을 것이다. 너무 낯 뜨겁고 부끄러운 이야기 아니겠는가. 피해자의 어머니들이 모두 빈센트의 친구라니. 맙소사! 미나, 잘했어. 루벤은 아직 입도 떼기 전인데 벌써 빈센트는 곤경에 처했다.

"절 믿어 주세요."

빈센트가 팀원들의 시선을 피하며 말을 이었다.

"왜인지는 몰라도 이 살인 사건들이 다 저와 연관되어 있다는 건데, 저도 이게 대체 무슨 의미인지 모르겠습니다. 이제 보니 제게 보내진 책은 시작에 불과했어요. 누가 절 표적으로 삼고 이런 일을 계획했는지도 생각해 봤지만 떠오르는 사람은 아무도 없었습니다. 강연 바닥에서 절 시기하는 동료들이 몇 명 있긴 하지만 적이라고 할 만한 사람은 없고요. 이런 건 영화나 소설에서 일어나는 일이지, 현실에서 일어나는 일은 아니잖아요."

"누군가 아무 이유도 없이 빈센트 씨를 골로 보내려고 한다, 이 말이네요."

루벤이 아랫입술을 삐죽 내밀며 말했다.

"아이고, 불쌍해라. 우리 빈센트 씨."

그런 다음 루벤은 가방에서 편지 봉투를 꺼내 테이블 위에 올려놓았다.

"하지만 다른 해석도 가능하죠. 이 연쇄 살인의 범인이 바로 빈센트 씨라는 겁니다. 자아도취가 너무 심한 나머지, 게임이라도 하는 것처럼 살인 날짜에 자기 이름을 숨겨 놓은 거죠. 하지만 우리가 메시지를 찾지 못하니까 우리가 자기만큼 똑똑하지 않다는 사실에 안절부절못하면서 우리한테 하나하나 그 메시지를 알려 준 걸 테고요."

"루벤! 그게 대체 무슨 말이야?"

크리스테르가 공포에 질린 표정으로 물었다.

"저도 마술에 대해 좀 알아봤거든요. 최고의 마술 트릭은 아주 잘 보이는 곳에 무언가를 숨겨 놓는 거라고 하더군요. 빈센트 씨, 알 코란과 그의 반지에 대해 설명해 주시죠."

루벤은 빈센트라면 그가 알 코란의 이야기를 꺼낸 의도를 눈치챌 수 있을 거라고 생각했다.

빈센트는 천천히 입을 열었다.

"알 코란은 유명한 마술사였습니다. 결혼반지 두 개를 빌려다가 반지를 서로 연결시키는 마술 트릭으로 유명했죠. 하지만 사실 두 반지 중 하나는 그의 반지였어요. 전해져 오는 이야기에 따르면 알 코란은 마술을 시작하면서 다른 마술사들이 같은 트릭을 연기할 때 이렇게 하는 거라며 비밀을 공개하고, 자기는 절대 그 방법대로 하지 않고 다른 방법을 쓴다는 말을 했다고 하죠. 하지만 마술이 본격적으로 시작되면 앞서 자기는 절대 하지 않는다고 한 그 방법을 따랐어요. 그래서 관객들은 알 코란이 그 방법을 알려 줬는데도 그가 정확히 어떤 트릭을 쓴 건지 끝까지 알아내지 못했다고 해요. 아니, 오히려 그 방법을 알려 주었기 때문이라고 해야 할까요. 하지만 그게 우리 수사랑 무슨 관련이 있는 건지는 모르겠는데요."

"아뇨, 당신은 분명히 알고 있어요."

루벤이 그의 동료들을 바라보며 말을 이었다.

"전 빈센트 씨가 알 코란이 했던 것과 똑같은 짓을 우리에게 한 거라고 생각합니다. 빈센트 씨는 우리한테 암호니 뭐니 하며 이번 수사의 비밀을 우리에게 알려 주고, 모든 증거가 아무리 빈센트 씨를 범인이라 가리켜도 우리는 절대 의심하지 못할 거라는 사실을 이용해 왔어요."

루벤의 말에 율리아가 입을 뗐다.

"루벤, 그건 아주 위험한 이야기인데. 무슨 증거라도 있어? 우리를 설득하려면 반지 트릭보다는 더 나은 게 있어야 할 거야."

"아니, 기억력이 이것밖에 안 된다고?"

루벤은 불만스러운 목소리로 집게손가락을 들어 빈센트와 화이트보드에 쓰인 글자들을 가리키며 말했다.

"우리의 친구 빈센트 씨는 사람들 마음을 조종할 때 자기 이름을 가장 즐겨 쓴다고요! '아티스트는 자신의 모든 작품에 서명을 남긴다', 기억 안 나요? 자기를 추켜세우기 위해 어떤 남자한테 최면을 걸어, 그 남자가 기억도 못 한 채로 공업 단지 벽에 빈센트 발데르라는 이름을 백 번도 넘게 쓰게 만들었잖아요."

빈센트의 얼굴이 하얗게 질렸다.

"그 실험은 광신주의에 대한 설명을 위한 거였어요."

힘없는 목소리로 말하던 빈센트는 다른 사람들이 자신을 쳐다보는 눈빛에 말을 멈췄다.

루벤은 짜릿함을 느꼈다.

하지만 이게 끝이 아니었다.

하이라이트는 마지막에 터트리려고 남겨 두었으니, 이제 그걸 터트릴 차례였다.

루벤은 편지 봉투를 열어 그 안에 든 내용물을 모두가 볼 수 있도록 책상 가운데 놓았다.

"우편으로 이런 게 왔어요. 우리가 빈센트 씨의 함정에 빠지지 않길 바라는 익명의 누군가가 보내 준 거죠. 그리고 혹시나 물어볼까 봐 미리 대답하자면, 네, 이 기사의 진위는 확인했어요. 이건 날조가 아니라 진짜예요."

《할란드스포스텐》의 오래된 기사는 '*비극으로 끝난 마술!*'이라는 제목으로 시작했다. 크리스테르와 페데르, 율리아는 호기심 어린 표정으로 기사를 읽으려 몸을 굽혔다. 그 가운데 루벤은 미나가 빈센트를 흘끗 쳐다보는 것을 포착했다. 보아하니 미나도 이 기사를 알고 있는 것 같았다. 역시 미나는 똑똑한 사람이다.

"크비빌레의 한 농장에서 즐거운 마술이 끔찍한 현실로 돌변했다."

루벤이 기사의 첫 문단을 읽어 내렸다. 그러고는 다시 빈센트를 뚫어져라 바라보며 말했다.

"빈센트 씨가 일루전으로 사람을 죽이는 방법에 대해 이렇게 많이 알고 있는 것도 당연한 일이죠. 우리 친구 빈센트 보만 씨는 상자 안에 사람을 가둬 죽이는 데에 아주 일가견이 있으니까요."

## *1982년 크비빌레*

소년은 평소보다 더 이른 아침에 부엌으로 내려왔다. 엄마의 아침 식사를 준비하는 건 힘든 일이었고, 소년이 할 때면 엄마가 할 때보다 시간도 더 걸렸다. 모든 건 평소와 한 치의 오차도 없이 똑같아야 했다. 엄마는 이걸 일종의 '의식'이라고 불렀다. 소년은 식빵 두 쪽을 토스트기에 넣고 다이얼을 3.5에 맞춘 뒤 기다렸다. 부엌 창문 뒤로는 벌써 아침 해가 떠올라 사방을 비추고 있었다. 일출 시간이 점점 늦어졌다. 몇 주 전보다 12분이나 늦게 해가 떴으니, 여름이 거의 끝나 가고 있었다. 그리고 오늘은 누나가 집에 오는 날이다. 정말이지 오늘만큼은 모든 게 평소와 똑같아야 했다.

토스트기에서 식빵이 튀어 오르자, 소년은 뜨거운 빵에 손을 데지 않게 고기용 꼬챙이로 빵을 찍어 빼냈다. 그런 다음 엄마가 했던 것처럼 조심스레 칼로 눌러 식빵의 네 가장자리를 순서대로 하나씩 잘라 내기 시작했다. 소년이 세 번째 가장자리를 잘라 냈을 때, 식빵이 툭 소리를 내며 갈라졌다. 소년은 식빵을 누르던 칼을 들었다. 이 빵은 못쓰게 되었다. 거의 1센티미터나 갈라졌으니 이걸로는 안 될 것이다. 소년은 빵을 쓰레기통에 버린 뒤 이 모든 과정을 처음부터 다시 시작했다. 식빵 두 쪽을 토스트기에 넣고 다이얼을 3.5에 맞춘 소년은 잠시 생각에 잠겼다가 다이얼을 3으로 낮췄다. 토스트기는 이미 충분히 예열되어 있으니, 다음 식빵을 태우고 싶지는 않았다.

소년은 세 번의 시도 끝에 식빵을 완벽한 삼각형 모양으로 자르는 데 성공했다. 마침내, 첫 번째 단계가 완성되었다. 모양이 망가진 식빵 반쪽은 버렸다.

세 개의 샌드위치.

삼각형의 세 변.

망가진 세 번째 변.

3 곱하기 3은 9.

3 곱하기 3 곱하기 3은 27, 2 더하기 7은 9.

어떻게 계산해도 삼각형처럼 모두 9가 나왔다.

소년은 손으로 머리를 감싸고, 손가락으로 관자놀이를 꾹꾹 눌렀다. 9에 소년의 나이를 더하면 16, 곧 누나의 나이가 되었다. 소년과 누나의 나이는 9살 차이, 또 다른 삼각형을 이루었고 소년과 누나, 엄마 이렇게 셋은 그들만의 삼각형을 이루었다.

하지만 세 번째 변이 망가졌다.

*그만, 그만, 그만.*

소년은 엄마의 의식이 중요한 이유를 잘 알고 있었다. 모든 걸 항상 한 치의 오차도 없이 똑같이 해야 머릿속이 갖가지 생각들로 어지러워지지 않는다. 그런데 지금 소년은 뭔가를 잊어버렸다. 그게 뭐였더라······.

아, 맞다. 커피. 소년은 엄마의 커피메이커 전원을 켜는 걸 깜빡했다. 곧 소년은 유리 주전자에 물을 가득 담아 핫플레이트 위에 올려놓았다. 그리고 잠시 생각했다. 엄마한테는 이런 의식 자체가 중요한 걸까, 아님 의식을 통해 잠시 생각을 멈추는 게 더 중요한 걸까? 아니, 어쩌면 이 두 개는 같은 것일까?

예인은 원래 계획보다 훨씬 늦은 저녁 시간이 다 되어서야 농장에 도착했다. 아무도 예인을 마중 나오지 않은 걸 생각하면 당연한 일이었다. 엄마는 정말 자기밖에 모르는 사람이라는 걸 다시 한번 확인할 수 있었다. 예인이 떠나기 전엔 온갖 협박을 늘어놓고는, 예인이 떠나고 난 다음에는 연락 한 번 없다니.

예인은 현관 계단을 올라가 문손잡이를 돌렸다. 그런데 문이 잠겨 있었다. 대체 언제부터 우리 가족이 현관문을 잠그고 살았다고? 예인은 짜증이 나서 초인종을 마구 눌렀다. 이건 너무하는 거 아닌가? 만약 엄마랑 동생이 집에 없는 거라면, 오늘 밤에 짐을 챙겨 바로 떠나 버릴 것이다.

그때 안에서 문이 철컥 열리더니, 남동생이 파자마 차림으로 그녀를 맞이했다.

"전화는 왜 안 받는데?"

예인이 등에 멘 배낭을 쿵 소리가 나게 복도 바닥에 내려놓았다.

"전화?"

예인은 허리춤에 두 손을 받치고 몸을 뒤로 쭉 펴서 스트레칭을 했다. 마지막 구간을 걸어왔더니 너무 피곤했다. 이 배낭을 쌀 때는 이렇게 많이 걸어야 할 줄은 생각도 못 했는데 말이다.

"기차 타기 전에 역에서 한 번 전화했고, 그런 다음 할름스타드에 내려서 다시 전화했어. 그리고 크비빌레에 도착해서 버스 타기 전에도 버스 정류장에서 다시 한번 전화했고. 혹시나 엄마랑 네가 날 데리러 마중을 나올까 했지. 짐도 많은데 와서 도와줬으면 정말 고마웠을 거야."

그때 남동생이 부엌 쪽을 흘끗 쳐다봤다. 예인은 남동생이 쳐다보는 방향을 따라 시선을 옮겼다. 부엌 조리대 위에 놓인 전화기는 수화기가 내려와 있었다.

"뭐야?"

"내, 내가 전화 받고 다시 올려놓는다는 걸 깜빡했나 봐."

동생이 말을 더듬었다.

"세상에, 이놈의 집구석은 정말 변한 게 하나도 없구나."

예인은 고개를 저으며 부엌으로 들어갔다.

"그래, 내가 집에 오긴 왔네. 단 며칠뿐이겠지만. 엄마가 설명해 줬지?"

예인은 냉장고를 열어 먹을 만한 걸 모두 꺼냈다. 기차에서 일바의 아빠가 싸 준 샌드위치 두 개를 먹은 게 마지막 식사였다. 그게 언제였는지, 벌써 까마득한 옛날처럼 느껴졌다.

"뭘 설명해?"

예인은 한숨을 내쉰 후 식탁 의자를 가리켰다. 그러자 동생은 누나가 하라는 대로 의자에 앉았다. 예인은 냉장고에서 꺼내 온 것들을 식탁 위에 늘어놓고 동생 옆에 놓인 의자에 앉아 동생의 손을 잡았다. 동생의 손은 차갑고 조금 축축했다.

"나 여기 떠나."

예인이 말문을 열었다.

"고등학교부터는 모라에서 다닐 거야. 사실 진짜 가고 싶었던 건 스톡홀름이었지만, 그래도 모라는…… 모라는 적어도 여기는 아니잖아. 누나가 예전에 말했던 도시의 3대 요소 기억나?"

"극장이랑 놀이공원이랑, 그리고 자동차들?"

동생이 얼굴을 찌푸리며 말했다.

"모라에는 그 세 가지 중 적어도 두 개는 있거든. 모라 출신이 아니라도 거기 기숙 학교에 다닐 수 있고. 구체적인 건 일바네 아빠가 도와주신댔어. 엄마는 내가 거기 살아도 좋다는 동의서에 서명만 하면 돼."

그러자 남동생의 두 눈에 눈물이 차올랐다. 에휴 진짜, 엄마는 대체 뭐 하는 사람인지. 결국 이걸 내 입으로 말하게 하다니. 정말이지 집에 오기 전에 엄마가 동생에게 모든 걸 말해 두었길 바랐는데. 남동생은 변화를 쉽게 받아들이지 못하는 아이였다. 변화가 생길 거라면 아주 오래전부터 준비를 해 줘야 했단 말이다.

"몇 년이나 있다가 떠나는데?"

남동생이 속삭이듯 물었다.

"몇 년이 아니라 곧이야. 집에는 4일만 있다가 갈 거야."

"누나, 안 돼. 그러면 안 돼!"

동생은 예인의 목을 끌어안고 매달렸다.

"삼각형은 세 변이 있어야 삼각형이지, 한 변만 있어서는 안 되잖아. 한 변만 남으면 그건 그냥 선일 뿐이라고. 그럼 모든 게 무너지잖아. 누나, 제발, 제발. 난 우리 삼각형이 무너지는 게 싫어."

예인은 남동생을 밀어 내고 동생의 눈을 들여다봤다.

"그게 무슨 소리야?"

"삼각형 말이야."

동생이 흐느끼며 말을 이었다.

"누나랑 나, 엄마. 이렇게 세 명이 있어야지. 나 혼자서는 안 돼. 누나는 나보다 나이도 많으니까 어떻게 살아야 하는지 알잖아. 하지만 난…… 난…… 나 약속할게. 모든 의식을 조금의 오차도 없이 완벽하게 따르겠다고 약속할게. 완벽하게.

나 연습도 엄청 많이 했어. 그러니까 제발 가지 마."

2주 전, 집에 전화를 했을 때 느꼈던 배 속의 뒤틀림이 다시 느껴졌다. 집에 무슨 일이 있는 건 아닐까 줄곧 걱정이 되었다가, 아무것도 걱정할 건 없을 거라고 자신을 설득했었는데. 그런데 뭔가 이상했다. 분명 뭔가가 잘못되었다. 아니 그 정도가 아니라, 뭔가가 위험할 정도로 잘못되었다. 동생의 모습에 예인은 덜컥 겁이 났다.

"엄마 어디 있어?"

예인이 자신을 단단히 잡은 동생의 손을 조심스레 풀어내며 물었다.

동생은 누나를 쳐다보지도 않은 채 손을 들어 부엌의 조리대를 가리켰다. 조리대 위에는 꼼꼼하게 구워 완벽한 삼각형 모양으로 잘라 놓은 샌드위치 수백 개가 빼곡하게 놓여 있었다.

"저건 엄마 샌드위치고. 엄마는 어디에 있어?"

예인은 정말로 겁이 나기 시작했다. 뭔가 쿵 하고 내려앉는 기분은 어느새 블랙 홀이 되어 있었다.

"저 위에 있잖아. 기억나? 엄마는 늘 우리가 평소 하는 행동이 우리라는 사람을 만든다고 했잖아. 그래서 나 엄마가 하던 것처럼 똑같이 하려고 저렇게 많이 연습했어. 그러니까 엄마는 저기 있을 거야."

예인은 목 뒤로 벌레가 기어오르는 것 같은 느낌에 자리에서 벌떡 일어났다. 그리고 계속 바닥만 뚫어져라 보고 있는 남동생에게서 뒷걸음질 쳤다.

"엄마?"

예인이 엄마를 부르며 복도로 뛰어나갔지만 아무 대답도 들려오지 않았다.

공포에 질린 예인은 위층으로 뛰어올라가 모든 방의 문을 다 열어 봤지만 엄마는 그 어디에도 없었다.

위층을 다 확인한 예인은 곧장 계단을 내려와 현관문 앞으로 뛰어갔다. 남동생은 여전히 흐느끼며 부엌에 서 있었다. 울지 말라고 동생을 달래 주고, 안아 주고, 다 괜찮을 거라고 말해 줘야 하는데 그럴 시간이 없었다. 모든 게 다 이상했다.

무슨 일이 생긴 건지 알아야 했다.

바깥은 황혼이 깃들고 땅거미가 지고 있었다. 예인의 집은 현관과 헛간 바깥에만 전구를 달아 놓았다. 어두컴컴한 가운데 하늘에 하나둘 떠오르기 시작한 별들이 빛을 비추었다. 별빛 아래로 집 앞의 커다란 잔디밭이 어렴풋이 보였다. 하지만 잔디밭도 텅 비어 있긴 마찬가지였다. 거기에도 엄마는 없었다.

잔디밭의 끝에서 시작하는 숲은 무서울 정도로 새까맸다. 저긴 동이 튼 이후에야 들어갈 수 있을 것이다.

"엄마!"

예인이 다시 한번 목청 높여 외쳤다. 어쩌면 엄마는 알란 아저씨네 집에 있을지도 모른다. 엄마는 알란 아저씨네에서 시간을 보내는 걸 좋아했으니까. 어쩌면 오늘이 집 떠난 딸이 돌아오는 날이라는 걸 깜빡했는지도 모른다. 하지만 만약 그랬다면 동생은 엄마가 알란 아저씨네에 갔다고 말했을 텐데. 그리고 전화기 수화기는 왜 내려놓은 걸까?

대체 이게 뭐 하자는 거지?

최악의 경우, 엄마는 공황 발작이 일어나 어두운 저 어딘가에 쓰러져 있을 것이다. 혼자 힘으로는 일어날 수 없어서 자신의 도움이 필요할지도 모른다. 엄마가 공황 발작에 쓰러졌다면 동생은 당연히 겁을 먹었을 것이다. 아까 본 동생은 확실히 뭔가 충격을 받은 상태 같았다. 그랬다면 동생의 행동도 설명이 된다. 결국 동생은 아직 어린아이니까.

예인은 곧장 헛간을 향해 뛰었다. 그리고 헛간 앞에 도착해서는 그 앞을 밝히고 있는 조명 아래 서서 숨을 깊게 들이마셨다. 뭔가 이상한 냄새가 났다. 달큰하면서도…… 숨이 막히는 냄새. 지난여름, 동생이 헛간에서 점심 도시락을 까먹고 남은 음식을 그대로 두고 나온 적이 있었다. 한여름의 뜨거운 열기에 남은 음식은 서서히 부패했고, 나중에 헛간에서 음식이 썩고 있다는 걸 알았을 땐 이미 역겨운 냄새가 진동을 하고 있었다. 어쩐지 그때의 그 악취를 닮았지만, 그때보다 더 고약한 냄새였다.

훨씬 더.

예인은 헛간 문을 활짝 열었고, 문이 열리자마자 손으로 코와 입을 황급히 막았다. 끔찍한 악취에 두 눈에는 눈물마저 차올랐다. 그건 소변과 땀, 무언가 썩은 것 그리고 죽음이 뒤섞인 냄새였다. 열린 문틈으로 헛간 밖의 조명이 조금 새어 들어왔지만, 헛간 안은 여전히 어두컴컴했다.

예인은 눈을 깜빡여 눈에 고인 눈물을 흐르게 했다. 그리고 어둠 속에서 커다란 무언가가 움직이고 있는 것을 알아챘다.

그 무언가는 소리도 내고 있었다.

시커먼 그림자인 줄로만 알았던 그것은 무언가를 둘러싼 채 득시글거리고 있는 파리 떼였다. 수천 마리의 금파리들이 한데 엉겨 윙윙대고 있었다. 파리 떼의 크기는 예인의 키보다도 컸다. 갑자기 울컥, 속에서 쓴 물이 올라왔다. 예인은 속에 든 걸 토하기 전에 재빨리 헛간에서 튀어나왔다. 그리고 헛간 문을 닫으려던 순간, 파리 떼가 움직이며 그 아래 덮여 있는 것의 모습이 살짝 드러났다.

그건 상자였다.

커다란 자물쇠가 달린, 별이 그려져 있는 파란 상자.

\*

머리 위 천막으로 우박이 무섭게 쏟아졌다. 갤러리안 쇼핑몰 옥상의 야외 레스토랑 타크에서 만나자고 한 것은 미나였다. 높은 곳에 올라와 있으면 기분이 좋았다. 먼지는 저 아래로 다 가라앉은 듯, 숨 쉬기도 더 쉬웠다.

주문한 면 요리를 포장 용기에 받자마자 하늘에서 우박이 쏟아지기 시작했다. 둘은 다른 손님들과 함께 레스토랑의 주방과 바 구역 위에 덮어 놓은 천막 밑으로 황급히 몸을 피했다. 하얀 우박 알갱이들이 이때를 기다렸다는 듯 맹렬한 기세로 떨어졌다. 미나는 맨살이 드러난 자신의 팔뚝을 바라보며 몸을 떨었다. 갑작스런 추위에 팔에는 오도도 소름이 돋아 있었다. 얼마나 추운지 하마터면 빈센트가 재킷을 벗어 그녀에게 건네주길 바랄 뻔했다. 하지만 그녀는 그가 그러지 않을 거라는 걸 알고 있었다. 특히 둘 사이의 긴장감이 한창 고조되어 있는 지금은 더욱 그럴 리 없을 것이다. 경찰서에서 있었던 회의에서 그녀는 딱히 그의 편을 들어 주지 않았다. 사실 무언가 반응을 보이기엔 빈센트에게 너무 큰 충격을 받은 상태였다.

"빈센트 씨, 전 알아야겠어요."

넋을 잃고 우박이 쏟아지는 하늘을 쳐다보던 빈센트가 시선을 내려 그녀를 바라봤다.

"딱 한 번만 물어볼게요. 그러니까 솔직하게 대답해 주세요. 당신 정말로 이 사건과, 그 어떤 방식으로도, 아무 관련 없는 거 맞죠? ……음, 꼭 말해야 할 의무는 없지만, 아니, 말해 주세요. 상관없는 거죠?"

그녀의 말에 빈센트의 꼿꼿했던 허리가 조금 내려앉고, 두 눈에 반짝이던 빛이 사라졌다. 아무래도 그는 마음의 상처를 적잖이 받은 것 같았다. 그래도 그녀는 알아야 했다. 그리고 마지막으로 확인해야 했다. 빈센트는 그녀에게 등을 보이며 돌아서서 한참을 침묵했다. 그러고는 우박이 떨어지고 있는 천막 바깥으로 한 발자국 나가며 답했다.

"내가 이 사건과 어떻게라도 연관이 되어 있다면, 수사에 참여해 달라는 청을 받아들였을 거라고 생각해요? 내가 만약 이 사건을 꾸민 장본인이라면 예블레에서 미나 씨를 처음 본 날, 미나 씨를 피해 황급히 도망치지 않았을까요? ……물론 나는 이 사건과 아무런 상관이 없어요."

빈센트의 금빛 머리카락과 어깨 위로 떨어진 우박이 이내 녹아 그의 등 뒤로 흘러내렸다.

"미안해요. 그래도 물어야 했어요."

그는 미나를 향해 돌아서서 그녀의 두 눈을 들여다보았다.

"정말, 꼭 그래야 했어요? 그것보다는 우리가 서로를 더 잘 아는 사이라고 생각했는데. 나는 우리가…… 우리가……."

미나는 그에게 계속 말해 보라고 고개를 끄덕였지만, 그는 끝내 입을 다물었다. 그러자 그녀도 우박이 쏟아지는 천막 밖으로 나가 그의 옆에 섰다. 우박을 맞아 죽었다는 사람은 없으니 괜찮을 것이다. 둘은 함께 쇼핑몰 밖으로 보이는, 비에 젖은 옥상들을 바라봤다. 그리고 미나는 자신을 말릴 새도 없이 깍지를 껴 그의 손을 잡았다. 제길, 그러려고 한 건 아니었는데. 미나는 그가 어떤 반응을 보일지 몰라 숨을 참았다. 빈센트는 미나의 손에서 그의 손을 빼는 대신, 더 힘을 주어 그녀의 손을 잡아 주었다.

"우리가 서로를 이해한다고요."

이윽고 미나가 빈센트가 하려던 말을 대신 마무리하자, 빈센트는 아무 말 없이 고개를 끄덕였다.

그런 뒤 눈을 가늘게 뜨고 우박이 내리는 것을 쳐다보는가 싶더니 갑자기 그 한가운데로 뛰어나갔다.

"빌어먹을! 순간 저기 안나가 서 있는 걸 본 줄 알았어요!"

빈센트가 외치자 미나도 그가 가리키는 곳을 바라봤지만, 우박 때문에 거기 서 있는 손님들의 얼굴을 확실히 볼 수는 없었다.

그러자 빈센트가 고개를 저으며 다시 입을 열었다.

"내가 잘못 본 거예요. 안나는 아니었어요. 이젠 여기 있지도 않은 내 스토커의 환영을 보고 있으니, 아주 기막힌 노릇이죠."

얼마 지나지 않아 거세게 퍼붓던 우박이 언제 그랬냐는 듯 뚝 그쳤다. 손님들도 하나둘씩 다시 천막 바깥으로 나와 제 갈 길을 갔고, 빈센트와 미나도 곧 서로의 손을 놓았다.

"이제 어떻게 할 거예요?"

미나가 다 젖은 포장 용기를 보며 말을 이었다.

"황급히 도망가실 건가요?"

빈센트는 쓰레기통을 찾아 그들의 점심 식사일 뻔했던 음식이 담긴 포장 용기를 버리고, 주머니에서 손 소독제를 꺼내 그녀에게 건네며 여전히 상처 받은 눈빛으로 말했다.

"미나 씨가 가라는 데로 갈 겁니다. 그 정도는 당신도 알고 있는 줄 알았는데요."

\*

"빈센트 씨의 추론에 따라서 다음 살인이 일어날 날짜가 나왔어요. 지금까지 모두 스톡홀름에서 일어났으니, 다음 살인도 그럴 거라고 예상되고요."

율리아가 말을 멈추자, 루벤이 회의적인 표정으로 그녀를 쳐다봤다.

"빈센트를 구금해야 된다고 대체 몇 번을 말해? 유력 용의자로 유치장에 가두고, 22일이 될 때까지 지켜보면 되잖아.

우리가 모르는 공범이 있을 수도 있겠지만, 그러고 보니 빈센트한테 공범이 있냐고 물어나 봤어? 혹시 라스크랑 아는 사이냐고는 물어봤고? 아직도 모르는 것투성이인데, 이게 뭔 헛수고인지. 모든 걸 다 알고 있는 사람을 신문하지 않겠다는 게 말이나 돼? 무슨 일이 벌어지고 있는지 뻔히 보이는 건 나뿐이야? 대체 얼마나 더 많은 증거가 필요하다는 건데?"

미나가 루벤을 노려봤다. 루벤의 저런 태도는 이 상황에서 그녀가 느끼는 절망감에 아무런 도움도 되지 않았다.

그녀는 두려움에 휩싸였다. 만약 미나와 동료들이 이 살인을 막지 못한다면, 저 바깥을 누비고 있는 사람 중 누군가는 곧 끔찍한 죽음을 맞을 테니까. 그 누군가는 앞으로도 자신의 삶이 당연히 계속될 거라 여기며 친구를 만나고, 출근을 하며 평범하고 행복한 일상을 보내고 있을 것이다. 불과 몇 주 후면 그 모든 게 다 사라져 버릴 수도 있다는 건 꿈에도 모른 채. 더 최악인 것은, 루벤이 옳을 수도 있다는 거였다.

하지만 그녀는 빈센트를 알았다. 그는 똑똑하지만 신발 끈을 제대로 묶는 데는 10분이 걸리는 사람이었다. 그런 그가 자신은 결백하다고 그녀에게 말해 주었다.

적어도 빈센트는 그를 향해 쏟아진 의심스러운 시선의 무게를 알고, 앞으로 수사에서 빠질 것과 수사가 끝나기 전까진 스톡홀름을 떠나지 않을 것을 약속했다. 그리고 그의 말대로 그는 수사에서 제외되었다.

율리아는 침착하게 하던 말을 이어 갔다.

미나가 자신의 상사로서 율리아를 인정하는 부분도 바로 여기 있었다. 율리아는 그 어떤 상황에서도 침착함을 유지했다. 루벤이 멍청이같이 굴 때도 절대 흥분하는 법이 없었다.

"개인적으로 서장님께 보고 드려서 9월 22일에 추가 지원을 약속 받았어요. 다음 살인이 어디서 일어날지, 시신이 어디에서 발견될지는 아직 모르지만, 이제까지 시신은 스톡홀름 시내의 후미진 골목이 아니라 대중에게도 잘 알려진 유명한 장소에서 발견된 걸 토대로 추정은 해 볼 수 있겠죠."

율리아의 말이 끝나자마자 페데르가 손을 들었고, 율리아는 그를 향해 말해 보라는 듯 고개를 끄덕였다.

"매번 다른 장소였지. 그러니까 이전 장소들은 제외하는 게 좋지 않을까? 그뢰나 룬드랑 차이나 극장 밖, 그리고 파티할라르나는 제외하자는 거지."

"좋은 생각이야. 나도 동의하는 바이고. 우리 생각이 잘못되었을 위험도 없지는 않지만, 그래도 그 위험은 감수할 가치가 있어 보여. 그럼 스톡홀름을 대표하는 유명한 장소로 또 어디가 있을까요?"

율리아가 마커를 들어 화이트보드에 팀원들이 말하는 장소를 적기 시작했다.

"카크네스 타워, 스투레플란의 버섯 모양 조형물, 훔레고르 덴도 대표적인 명소죠."

미나가 답했다.

율리아는 거의 알아볼 수 없는 글씨로 미나가 말한 장소들을 갈겨썼다.

"세르겔 광장이랑 왕궁도요."

루벤이 심드렁하게 말했고, 이어 페데르도 입을 열었다.

"유니바켄, 유르고르덴, 바사 박물관도 있죠."

율리아는 팀원들이 말한 장소를 다 받아 적었다.

"혼스툴도요."

페데르가 마지막으로 말하자 루벤이 콧방귀를 뀌었다.

"혼스툴? 쇠데르말름 지구의 혼스툴?"

루벤은 쇠데르말름이 입에 담을 수 없는 단어라도 되는 양 말했다.

"혼스……툴."

율리아는 혼스툴을 따라 말하며 화이트보드에 단어를 적었다.

"왜? 쇠데르말름은 왜 아니라는 건데?"

페데르가 궁금한 표정으로 루벤을 향해 물었다.

"흠, 대체 누가 쇠데르말름 같은 데를 신경이나 쓴다고 거길 지켜? 그리고 혼스툴? 참 나, 혼스툴에 뭐 유명한 게 있다고. 거기 뭐 있어?"

루벤이 퉁명스레 대꾸했다.

"자, 다들 진정하자고요."

율리아가 진지한 표정으로 말했다.

미나는 못마땅해 눈을 굴렸다. 루벤은 진짜 속물이었다. 그녀는 루벤이 그의 바람처럼 스톡홀름 시내에서도 녹음이 우거진 아름다운 부촌 바사스탄이 아닌 작은 시골 마을 림보에서 태어나 자랐다는 사실을 알고 있었다.

"왕립 연극 극장도. 왠지 극장일 수도 있겠다는 예감이 들어. 내가 범인이라면 거기 계단에다가 시신을 놓을 것 같아. 그러면 아주 강렬한 인상을 줄 수 있을 테니까. 물론 범인이 어떤 강렬한 인상을 남기고 싶은 건지, 아니면 이 장소들이 범인과 개인적인 연관이 있는 장소인 건지는 아직 모르겠지만."

크리스테르가 고개를 끄덕이며 덧붙이자 미나가 끼어들었다.

"아니면 이 장소들도 암호의 일부일 수 있겠죠."

그때 루벤이 한숨을 쉬었다.

"진짜 못 들어 주겠네. 그만들 좀 하시죠. 빈센트가 우리한테 보여 준 숨겨진 메시지는 그 사람이 직접 만든 겁니다. 모든 게 암호거나, 모스 부호거나, 숨겨진 메시지인 게 아니라고요. 이런 거짓말에 괜히 시간 낭비하지 말고, 원래 하던 대로 우리 일이나 하죠."

"왕립 연극 극장이요."

율리아는 화이트보드에 크리스테르가 말한 극장 이름을 적은 뒤, 보드에서 한 걸음 물러났다.

그때 미나가 입을 열었다.

"문제는 피해자들이 발견되었던 장소들이 다 2차 범행 장소였다는 거예요. 실제 살인 행위는 다른 곳에서 일어났고요. 추가 지원을 받아 이 구역의 감시를 강화한다면 범인을 찾을 확률은 높아지겠지만, 문제는 그게 살인이 일어난 이후일 가능성이 높다는 거죠. 그것보다는 일어날 살인을 사전에 막는 게 더 중요해요."

미나의 말에 율리아도 입을 뗐다.

"우리가 가진 모든 자원을 이용해서 살인을 막기 위해 최선을 다할 거예요. 이게 그 출발점이고요. 우선 나는 인력 할당하고 근무 교대 스케줄 작성할 테니까, 인력 배치해야 할 다른 장소가 생각나면 여기 보드에 적어 두세요. 지금부터는 사라 테메릭 씨한테도 좀 더 적극적으로 대포 폰 사용을 모니터링해 달라고 요청할 거고, 스톡홀름 전역에 경찰 병력을 배치할 거예요. 그리고 그 밖에도 우리가 할 수 있는 일이 있다면 언제든 환영이니까, 주저 말고 말씀해 주세요."

"아까도 말했지만 이건 건초 더미에서 바늘 찾기나 다름없는 일이야. 여기서 바늘은 빈센트 발데르를 의미하고."

그때 율리아가 휙 돌아서서 분노한 표정으로 루벤을 쳐다봤다.

"지금 같은 상황에서 너의 그런 태도는 수사에 하나도 도움이 안 돼! 빈센트 씨를 구금하라는 거 말고 좋은 아이디어는 없는 거야? 그냥 막연히 앉아서 다시 전화나 기다리자는 건가?"

율리아의 말에 루벤이 중얼거리듯 대꾸했다.

"빈센트의 옛 학교 선생이나 같은 반 친구들을 탐문해 볼 수 있겠지. 그리고 그 예시카라는 로베르트의 어머니도 친구들 중 하나였으니까, 그분하고도 다시 얘기해 볼 수 있고."

"빈센트 씨는 유력한 용의자가 아니야!"

율리아가 날카로운 목소리로 언성을 높이며 대답했다.

"빈센트 씨가 이 연쇄 살인을 저질렀다고 증명할 수 있는 증거가 하나도 없잖아. 대체 왜 그걸 이해하지 못하는 거야?"

루벤이 붉어진 얼굴로 율리아의 시선을 피했다.

미나는 팝콘이 있었으면 얼마나 좋았을까 하고 바랐다. 루벤이 율리아에게 핀잔을 듣는 걸 구경하는 것만큼 재미있는 구경거리는 없었다.

그때 크리스테르가 끼어들었다.

"루벤을 쇠데르말름 지구에 배치하는 건 어떨까?"

그 말에 페데르는 낄낄 터져 나오는 웃음을 간신히 참았다.

"진짜 기가 차서."

루벤은 혼잣말을 하듯 중얼거렸다. 그리고 회의가 끝나 다른 사람들이 자리에 일어나자, 뒤도 돌아보지 않고 재빨리 회의실을 나섰다. 미나는 회의실에 남아 상당히 길어진 화이트보드 위의 장소 명단을 찬찬히 살펴봤다. 루벤의 말이 다 틀린 건 아니었다. 적어도 이 일이 건초 더미에서 바늘 찾기라고 했던 그의 말은 사실이었으니까.

## *9월*

집에 이렇게 혼자 있는 건 실로 아주 오랜만이었다. 아스톤은 학교에 갔고, 베냐민은 시스타에 있는 캠퍼스에 수업을 들으러, 레베카는 친구를 만난다고 나갔고, 마리아는 요가를 하러 갔다. 차라리 잘된 일이었다. 식구들이 집에 있었다면 집 맞은편 길에 주차되어 있는 경찰차를 보고 불안해했을지도 모르는 일이다. 빈센트는 공식적인 용의자는 아니었지만, 루벤의 강력한 주장에 그는 기꺼이 감시를 받겠다고 동의했다. 어쨌든 오늘 9월 22일은 그가 경찰에 다음 살인이 일어날 거라고 예고한 날이니까, 오늘 자정이 될 때까지 그가 누군가를 살해하지 않는다면 그의 결백도 밝혀질 것이다. 루벤은 엄청 실망하겠지만.

잠복근무의 취지에 맞게 눈에 띄지 않는 차를 타고 올 수도 있었겠지만, 루벤은 굳이 경찰차를 가지고 왔다. 원래도 감시에 경찰차를 이용하는 건지 잠시 생각했지만 그럴 리 없었다. 오늘 루벤은 눈에 띄길 원했다. 파란색과 노란색 줄이 가 있는 흰색 경찰차는 눈에 더 잘 띄기 위해 세차까지 하고 온 것 같았다. 루벤은 빈센트의 이웃집이 그의 집과 멀찍이 떨어져 있는 것을 보고 꽤나 실망했을 것이다. 빈센트는 부엌 창문을 통해 루벤에게 손을 흔들어 인사했지만, 루벤은 고개를 싹 돌려 외면했다. 빈센트는 루벤의 뒤통수에 대고 가운뎃손가락을 들어 보였다.

식구들이 다 나가 있다는 건 집이 온통 그의 차지라는 것을 의미했다. 그럴 생각만 있다면 베냐민의 컴퓨터로 포르노를 보거나, 아스톤의 레고를 가지고 뭔가를 만들 수도 있다. 아니면 레베카를 위해 쿠키를 구울 수도 있고, 아무도 보지 않을 테니 발가벗고 거실에서 춤을 춰도 된다. 아니, 마지막 건 취소다. 나체로 춤을 추는 건 그보다는 마리아의 취향이었다. 실제로 그런다는 건 아니었지만, 아마도 마리아는 그럴 수 있길 바라고 있을 것이다.

빈센트는 게리 뉴먼의 '텔레콘' 앨범을 꺼내 거실 한쪽에 있는 전축 위에 올렸다. 게리 뉴먼, 킴 와일드 그리고 영국 뉴 웨이브계에 몸담았던 여러 아티스트의 노래들은 어렸을 적, 그가 처음으로 들었던 성인용 음악이었다. 어린아이들은 들어선 안 되는 그런 음악. 그가 다섯 살일 무렵, 스웨덴 라디오에서 이 노래들이 나오기 시작했다. 꼬마 아이였던 그는 '아이 다이, 유 다이I Die: You Die'라는 제목의 게리 뉴먼 노래를 처음으로 듣고 밤새 악몽을 꿨다. 그건 한 번도 들어 보지 못한 사운드의 악기로 구성된 노래였다. 멜로디와 화음도 이제껏 들어 온 노래들처럼 사랑스럽지 않았다. 처음에는 듣기만 해도 무서웠지만, 꼬마였던 그는 점점 그 노래들에 매료되었다. 태어나 5년을 살며 경험한 것들에 비춰 '음악'이라 여겼던 것은 완전한 오해로 밝혀졌다. 그리고 그게 음악에 국한된 이야기가 아니라면, 세상은 그가 이제껏 생각해 온 것과 완전히 다른 모습일 터였다. 모든 것이 가능했고 안전망은 전혀 없었다.

아직도 그때 그 음악을 들으면 똑같은 기분이 들었다. 그리고 지금 이 순간, 그에게는 바로 그런 음악이 필요했다. 그는 정해진 틀을 벗어나 자유롭게 사고해야 했다. 오늘 그는 누군가를 살해하지 않을 것이고 이에 루벤은 실망하겠지만, 저 밖 어디선가 범인은 누군가를 살해할 것이다. 아니 범인들이라고 해야 하나. 그는 머릿속에 떠오른 생각을 정정했다. 이제껏 그는 단 한 순간도 라스크가 범인일 거라고 생각한 적이 없었다. 안나가 이 일에 개입되어 있을 거라 생각하지도 않았다.

그는 어항 앞에서 허리를 구부리고 물속을 들여다봤지만, 물고기들은 무슨 일이 일어나고 있는 것을 알고 있다는 듯 다들 숨어 보이질 않았다.

빈센트는 전축의 볼륨을 높이고 서재로 향했다. 온 집이 비었대도 그가 가장 좋아하는 공간은 여전히 그의 서재였다. 서재에서는 그 안에 있는 물건들의 용도도, 위치도 모두 빠삭하게 알고 있어 놀랄 일이 없었다.

무엇보다 서재는 그의 공간이었다. 서재 안의 책장이라면 책을 알파벳 순서가 아닌 표지 색깔에 따라 정렬한다 한들 뭐라 할 사람이 아무도 없었다. 책뿐만 아니라 이제껏 받은 상들을 책장에 진열해 놓고 그 한가운데에 빈센트의 팬이라던 만화가가 선물로 준, 그를 좀비로 그린 초상화를 놓아도 아무도 뭐라고 하지 못했다.

빈센트는 제대로 생각을 해 보기 위해 두꺼운 초록 카펫 위에 누웠다. 자신이 가진 퍼즐 조각을 하나하나 자세히 들여다보고, 자신이 그 퍼즐 어디에 맞아 들어가는지 곰곰이 생각해 봤지만 아무리 생각을 해 봐도 이해할 수가 없었다. 빈센트의 머릿속은 대혼란 그 자체였다. 생각은 아무리 억누르려 해도 꼬리에 꼬리를 물고 계속되었다. 머릿속 생각들이 얼마나 격렬히 소용돌이를 치는지, 이미 누워 있는데도 넘어질 것 같은 기분이었다. 그는 어지러움을 잠재우려 두 팔을 쭉 뻗었다. 그리고 호흡에 집중하며, 그의 손에 닿는 카펫의 질감을 느꼈다. 어지럼증은 천천히 사그라들었다. 머릿속으로 모든 퍼즐 조각을 하나씩 다시 확인했지만, 여전히 이해되는 건 아무것도 없었다.

천만다행히도 다른 경찰들은 루벤처럼 빈센트를 범인으로 의심하지는 않았다. 그렇다고 해서 루벤을 탓하는 건 아니었다. 입장을 바꿔 자신이 루벤이었다고 해도 그와 똑같이 생각했을 테니까. 하지만 다른 경찰들이 자신을 믿는다고 해도, 이건 그저 시간을 조금 번 것에 불과했다. 빈센트가 이 사건에 연루되어 있다는 사실을 조만간 언론에서 대대적으로 보도할 것이 분명했다. 그렇게 되면 그가 아무리 결백하다 한들, 미나와 다른 팀원들도 더 이상은 그를 보호해 주지 못할 것이다.

그는 천장에 달린 희미한 노란 불빛을 뚫어져라 쳐다봤다. 눕기 전에 밝기를 어둡게 조정해 놓은 조명을 보고 있자니 꼭 천장에 황금빛 지구본이 둥둥 떠다니고 있는 것 같았다.

언론은 그를 산 채로 잡아먹을 것이다. 후디니 킬러의 정체가 멘탈리스트 빈센트 발데르라니. 그리고 물론 언론은 그를 유죄 취급할 것이다. 세 건의 살인을 저지른 범인으로, 아니 오늘이 가기 전에 한 건이 더 일어날 테니 네 건의 살인을 한 범인으로. 그렇게 되면 경찰도 대안 없이 그를 기소할 것이다. 그렇게 되는 건 시간문제였다. 그리고 그 시간도 얼마 남지 않았다. 이제 생각을 해야 했다.

이제껏 수없이 그래 왔지만, 빈센트는 자신이 무언가 놓친 부분이 없는지 다시 확인하고 싶었다. 우선 가장 처음으로 돌아가 생각하기 시작했다.

두 눈을 감고 그의 머릿속에 말끔하게 정리하여 저장해 놓은 세 개의 상자를 골랐다. 그 상자 안에는 추론과 가능한 결론, 그리고 가능한 패턴 등 여러 가지 정보가 담겨 있었지만 지금은 이 정보들의 제목만 확인할 것이다.

1번 상자의 제목은 '*피해자들의 어머니, 즉 빈센트의 옛 친구들*'이었다. 그러니까 범인들은 그가 어디에서 누구와 함께 자랐는지 안다는 뜻이다.

2번 상자의 제목은 '그의 어머니처럼 잘못 만들어진 일루전 소품 안에서 사망한 피해자'였다. 그러니까 범인들은 그의 어머니에게 무슨 일이 있었는지 안다는 뜻이다.

3번 상자의 제목은 '그의 어린 시절 이름이었던 살인 날짜 암호'였다. 이는 1번 상자와 연결된 이야기다.

빈센트는 다시 두 눈을 뜨고 천장의 황금빛 지구본을 뚫어져라 응시했다.

모든 건 그의 어린 시절을 가리키고 있었다.

범인들이 빈센트를 알고 있는 건 분명해 보였다. 심지어, 어쩌면 그와 어린 시절을 함께 보낸 사람일 수도 있었다. 하지만 거기에 심리적인 함정이 숨겨져 있을지도 모른다. 모든 게 나를 중심으로 돌아간다고, 모든 것의 중심에는 내가 있다고 착각하게 되는 함정 말이다. 사람들은 저마다 자기만의 우주에 살고 있으므로 어느 정도는 그렇게 생각하는 경향이 있고, 그걸 피하기란 불가능하다. 그러나 그렇게 생각한다고 해서 그게 사실인 것은 아니다.

빈센트의 어린 시절에 대한 정보는 인터넷에서 찾을 수 있었다. 검색하는 법만 안다면 어렵지 않게 찾을 수 있다. 어쩌면 범인들은 그렇게 인터넷에서 그의 어린 시절을 파헤쳤을 뿐, 그와 개인적 연결 고리가 전혀 없는 사람들인지도 모른다.

하지만 범인들이 빈센트와 개인적인 연관이 없는 사람이라면, 왜 이런 짓을 했는지 그 동기가 설명되지 않았다. 범인들이 그와 아무런 상관도 없는 사람이라면 왜 이런 일을 벌였겠는가? 그를 우쭐하게 만들려고? 아니면 그에게 싸움을 걸려고? 빈센트는 자아도취가 아주 없는 사람은 아니었지만, 그렇다고 범인들이 그런 이유로 이런 일을 벌였을 거라고 믿을 정도로 나르시시스트는 아니었다. 보통 스토커의 광기는 안나가 가졌던 것 같은 환상 이상으로 커지진 않았다. 물론 셜록 홈스의 숙적이었던 모리아티 교수는 단지 셜록이 그가 낸 문제를 풀 수 있는지 확인하기 위해서 살인 미스터리를 일부러 만들어 내기도 했지만, 그건 허구의 이야기일 뿐이다. 앙네스와 투바, 로베르트의 죽음에선 그런 유의 낭만적인 미스터리를 찾아볼 수 없었다.

갑자기 황금빛 지구본이 껌뻑이더니 불빛이 밝아졌다. 조절 장치를 바꿔야 하나 보다. 그는 누워 있다가 다리를 쭉 편 채로 상체만 일으켜서 자세를 바꾼 뒤, 범인들이 그와 아는 사이일지 모른다는 생각을 했다. 이런 짓을 벌일 만한 사람이 생각나는 건 아니었지만…… 거실에서 울리는 게리 뉴먼의 옛날 노래 '아이 다이, 유 다이'의 반복되는 후렴구는 범인들이 그를 아는 사람일 거라는 그의 생각에 동의하는 것처럼 들렸다.

하지만 범인들과 그가 아는 사이라면 또 어쩔 것인가? 그래도 그들의 동기를 알 수 없는 것은 마찬가지였고, 오늘 네 번째 살인은 일어날 것이다.

그때, 빈센트의 머릿속에 갑자기 네 번째 상자가 나타났다. 언제 네 번째 상자를 만들어 두었는지 기억도 나지 않았지만, 네 번째 상자는 앞선 세 개의 상자 옆에 나란히 놓여 있었다. 그는 눈을 감고 새로운 상자 안을 들여다보았다. 하지만 안은 텅 비어 있었다. 그의 무의식은 분명히 그에게 무언가를 말하려 하고 있었다. 네 개의 상자와 네 개의 퍼즐 조각이 있고 그 중 하나는 아직 비어 있다.

아하, 그렇지.

당연한 것을…….

아직 퍼즐은 미완성이었고, 그는 아주 중요한 정보를 놓치고 있었다. 그건 퍼즐을 완성할 네 번째, 마지막 퍼즐 조각이 알려 줄 것이다. 그때 거실에서 울려 퍼지고 있던 노래가 끝났다. 전축 바늘이 LP판 가장자리를 긁는 소리가 났지만 그는 잠시 그러도록 내버려 두었다.

퍼즐의 네 번째 조각은 그가 생각했던 것과 달리 마지막 살인이 아니었다. 이제 그는 그 마지막 퍼즐 조각이 어디에 있는지 정확히 알았다.

바로 그의 집 안이었다.

\*

초인종이 울린 것은 미나가 깨끗한 옷으로 갈아입고 나탈리가 선물해 준 목걸이를 목에 걸었을 때였다. 갑작스런 초인종 소리에 미나는 깜짝 놀랐다. 그녀의 집을 찾아오는 사람은 아무도 없었고, 그렇기에 초인종이 울리는 법도 없었으니까. 아니 어쩌면…… 빈센트일까? 빈센트는 자신들이 이렇게 아무 예고 없이 불쑥 집에 찾아와도 되는 사이라고 생각하는 걸까? 아니, 그렇지는 않을 것이다. 특히 오늘은 더더욱 그럴 리 없었다. 오늘은 루벤이 그의 일거수일투족을 감시하는 날이었다. 그러니 빈센트일 리는 없다. 아마 물건을 팔러 다니는 영업 사원일 것이다. 아니면 축구 양말이나 튤립을 팔러 다니는 어린아이들일지도.

아니, 어쩌면 젊은 청년들이 하얀 셔츠에 검정 넥타이를 매고 말쑥하게 차려입은 채 세뇌당한 로봇처럼 공허한 눈빛으로 신의 영광을 전하려 하는 '여호와의 증인'일 수도 있다.

그녀는 이런저런 생각을 하며 문을 열었다. 그런데 뜻밖에도 문밖에 서 있는 사람은 케너트였다.

그녀가 놀란 표정으로 먼저 입을 열었다.

"안녕하세요. 어떻게 케너트 씨가 여기에……?"

"안녕하세요! 보세를 데려갈까 하고요. 너무 오래 신세를 졌잖아요. 운 좋게 전화번호부에서 미나 씨 주소를 찾을 수 있었어요. 그리고 아파트 공동 현관은 친절한 이웃분 덕분에 들어올 수 있었고요."

안도감과 함께 죄책감이 몰려왔다. 보세의 주인과 드디어 연락이 닿았다는 안도감, 그리고 그들의 개를 그녀가 데리고 있을 거라고 믿어 의심치 않은 케너트를 보며 느껴지는 죄책감이 동시에 그녀를 덮쳤다.

"어디로 잠적이라도 하신 건 아닌지 생각하던 참이었어요. 여름 이후로 모임에서 한 번도 못 뵌 것 같아서요."

미나는 시간을 벌기 위해 딴 이야기를 했다.

"미나 씨랑 저희랑 계속 다른 날짜에 모임에 나갔나 봐요. 보세는 잘 지내고 있죠?"

케너트는 개를 찾으려는 듯 주위를 두리번거리며 기대감이 가득한 얼굴로 그녀를 쳐다봤다. 미나는 자신의 얼굴이 조금 딱딱하게 굳는 걸 느끼며 답했다.

"음, 그게. 보세는 잘 지내고 있어요. 그런데 여기 있는 건 아니고……."

"네? 그럼 어디에 있는데요?"

케너트가 당황한 표정으로 되물었다. 미나는 미안하다는 표정으로 어깨를 으쓱했다.

"제 스케줄상 보세를 데리고 있기가 어려웠어요. 정말 데리고 있고 싶었는데, 어쩔 수 없었죠. 다행히 동료 한 명이 대신 봐 주겠다고 해서 지금 보세는 크리스테르 집에 있어요."

"아, 그렇군요. 크리스테르 씨네 집이요."

케네트가 여전히 당황한 표정으로 대꾸했다.

"아, 아내분은 좀 어떠세요?"

미나가 재빨리 화제를 돌리며 물었다.

"물어봐 줘서 고마워요. 조금 위험하긴 했는데 경미한 뇌졸중으로 밝혀졌어요. 의료진의 재빠른 처치 덕분에 별문제 없었고, 여름 내내 그리고 초가을까지 푹 쉬었더니 많이 회복되었어요. 제가 다시 보세를 돌볼 수 있을 만큼요."

"너무 다행이네요."

미나가 진심으로 말했다.

케네트와 아내의 사랑은 그녀에게도 감동을 주었다. 지난 몇 달 동안 그녀는 불쑥불쑥 그들 부부를 떠올리며, 둘은 잘 지내고 있을까 생각하곤 했다.

"그럼 크리스테르…… 씨네는 어떻게 가면 되나요?"

케네트가 당혹스러운 표정으로 한쪽 눈썹을 치켜올리며 물었다.

미나는 휴대폰을 꺼내 연락처를 뒤지기 시작했다.

"크리스테르는 스쿠루순데트 쪽에 살아요. 베름되베겐 쪽으로 10킬로미터쯤 가다 보면 해협이 나올 거예요. 그리고 로터리가 나오면 거기서 바로 우회전하셔서, 500미터 더 가면 오른쪽에 오두막처럼 생긴 갈색 집이 나와요."

그녀가 크리스테르의 집에 가는 길을 이렇게 상세하게 아는 것은 얼마 전, 죄책감에 커다란 개 사료를 하나 사 들고 가 크리스테르네 집 현관에 두고 온 덕분이었다.

"크리스테르 전화번호는 이거예요. 전화해서 집 주소를 받으시면……."

"죄송하지만, 제가 한 번에 다 기억을 못 할 것 같은데요. 저랑 같이 가면서 길을 좀 알려 주시면 안 될까요?"

케너트가 보세처럼 눈을 커다랗게 뜨고 애원하듯 말했다. 미나는 창밖으로 보이는 거리를 슬쩍 내다봤다. 공동 현관 앞에 낡디낡은 밴 한 대가 서 있는 게 보였다. 이제 곧 폐차해야 할 것 같은 외관의 차를 보니, 그 안의 위생 상태는 상상조차 가질 않았다.

"그래 주면 정말 고맙겠어요. 저희는 보세를 미나 씨한테 맡겼고, 미나 씨가 보세를 잘 돌봐 주겠다고 약속했었잖아요……."

불편한 감정에 미나의 배 속이 뒤틀려 왔다. 사실 오늘은 그럴 수 있는 날이 아니었다. 하지만 크리스테르네까지 그녀가 길을 안내하면, 거기서 크리스테르의 차를 타고 경찰서로 출근할 수 있을 것이다. 케너트는 그녀의 죄책감을 집중 공략했고, 아무래도 그의 청을 거절하기는 어려워 보였다. 그녀의 온몸과 영혼이 저 더러운 밴에는 타지 않겠다고 격렬하게 저항하고 있었지만, 별수 없었다. 미나는 그녀의 청재킷을 집어 들며 말했다.

"네, 알겠어요. 그럼 같이 가시죠."

미나는 문을 잠그고, 간신히 그의 앞을 지나서 먼저 계단을 내려갔다. 그리고 공동 현관을 나가서 그녀의 마음이 바뀌기 전에 케너트의 밴을 향해 성큼성큼 걸어갔다. 케너트는 그녀의 뒤를 허겁지겁 따라와 운전석 쪽으로 가서 차 문을 열었다. 미나는 조수석 쪽 문을 열었고, 열자마자 심호흡을 했다. 차 안은 그녀가 걱정했던 그대로였다. 그녀는 또 한 번 심호흡을 하고, 차에 올라탔다.

\*

빈센트는 카펫에서 일어나 책을 집어 들었다. 누군가가 지난 크리스마스 때 빈센트에게 전해 달라며 쇼라이프 프로덕션의 움베르토 앞으로 보냈던, 표지에 표범이 있는 바로 그 책이었다. 그는 필요한 검사를 위해 이 책을 경찰에 일주일 동안 맡겼다가 다시 돌려받았다. 경찰에서는 조금 더 오래 가지고 있으면서 이런저런 검사를 하고 싶어 했지만, 그의 생각은 확고했다. 그는 책의 표지와 책장을 화학적으로 낱낱이 분석하는 게 해결책은 아니라고 생각했다. 검사를 한다 한들 빈센트와 움베르토의 지문 말고는 나오는 게 없을 것이다. 해결책이 있다면, 그건 그 책에 쓰여 있는 메시지에 있을 것이다.

그 메시지는 분명 범인들이 쓴 것이었다. 하지만 지난번에는 메시지와 퍼즐의 나머지 조각 사이의 연관성을 몰랐기에 그리 깊게 고민하지 않았었다. 그땐 그 메시지가 범인들이 그를 놀리는 내용 그 이상도, 이하도 아닐 거라고 생각했다. 어쩌면 그 메시지를 제대로 해석하지 못한 것일 수도 있으리라. 빈센트는 책을 열어, 베냐민의 도움으로 알아낸 숫자인 873쪽을 폈다. 여전히 7월 8일 15시가 무엇을 의미하는지는 알아내지 못했다. 그게 무언가를 의미하는 거라면 그건 그의 머릿속에 있었다. 희미하게 무언가 떠오를 듯했지만, 너무나 희미한 기억이라 오히려 없는 기억을 일부러 만들어 내고 있는 것 같다는 느낌도 들었다. 때론 패턴이 보인다는 확신이 들어도 실제로는 아무런 패턴이 없는 경우가 있다.

873쪽에 쓰인 수수께끼 같은 메시지가 지난번과 마찬가지로 그를 응시했다.

**안녕, 빈센트.**
**다음 살인의 날짜를 7월 8일이라고 생각하다니 완전 실망이야.**
**설마 기억나지 않는 거야?**

**정말 날 찾고 싶다면, 이제 손가락만 빠는 건 그만두고 더 열심히 노력하는 게 좋을 거야.**

 손가락만 빠는 건 그만두라니. 그건 나머지 메시지에 쓰인 다른 단어에 비해 이상하게 톤이 달랐다. 왜 '허튼짓 말고' 혹은 '시간 낭비 말고'가 아니라 '손가락을 그만 빨라'고 한 걸까? 그는 메시지를 머릿속 한편으로 제쳐 두고, 페이지의 나머지 부분을 샅샅이 살피기 시작했다. 마구잡이로 그은 것 같은 빨간 선과 그 중간중간에 위치한 매듭같이 보이는 점들. 그는 이제야 그 점들이 그냥 함부로 그린 것이 아니라 뭔가 구조를 가지고 있다는 것을 깨달았다. 점들의 모양은 이상했지만 각 가장자리는 깨끗한 선으로 정리되어 있었다. 그의 머릿속 생각들이 소용돌이치다가 점점 구체적인 형상을 띠기 시작했다. 빈센트가 아주 오랫동안 묻어 두고 꺼내 보지 않았던 그 여름날의 기억, 뒤이어 일어난 일 때문에 머릿속 깊이 억눌러 희미해져 버린 기억이었다. 잔디밭 위 담요의 기억.

 엄마의 생일.

 그가 빈센트 보만이라고 불렸던 시절.

 엄마가 가장 좋아했던 원피스.

 그리고 카드.

 그는 페이지에 그려진 선을 다시 한번 쳐다봤다. 선 중에는 실선이 아니라 점선으로 그려진 것들도 있었다. 말도 안 돼 …… 이럴 수가. 이럴 수가. 그의 손이 덜덜 떨리기 시작했다. 그는 조심스레 그 페이지를 뜯었다. 손이 너무 떨려 자칫 페이지가 찢어질 뻔했다.

*종이비행기를 접듯이 접어야 해.*

그의 머릿속에 이 종이접기의 완성본 모양은 이미 떠올라 있었고, 이걸 직접 만들어 굳이 확인 사살을 하고 싶지는 않았다. 그는 고개를 절레절레 흔들며 그 생각을 떨치려 했지만, 출구는 없었다. 결국 그는 알아내야만 했다.

*엄마가 제일 좋아했던 표범 무늬 원피스.*

그리고 이 책의 표지에 실린 표범의 사진.

*그의 손에 들려 있던 카드 한 벌.*

점선은 안으로, 실선은 바깥으로 접으니 점점 종이는 글자를 만들어 가기 시작했다.

"*오늘을 기억하시라. 7월 8일, 오후 3시! 당신들은 먼 훗날, 손자 손녀한테 오늘 봤던 마술을 이야기해 주게 될 겁니다!*"

어린 날 그는 그렇게 말했었다. 7월 8일 오후 3시. 그렇게 완성된 숫자 873. 그건 지난 40년간 빈센트가 기억 속에 묻어 두고 단 한 번도 축하하지 않았던 날짜. 엄마의 생일이었다.

곧 종이접기가 끝나자 숨겨져 있던 메시지가 나타났다. 마찬가지로 붉고 굵은 글씨로 세 글자가 반복해 쓰여 있었다.

**TTT**

빈센트는 소리를 지르며 종이를 구겼다. 그리고 그 무거운 책을 들어 책장으로 던졌다. 책장에 진열되어 있던 그의 트로피들이 요란한 소리를 내며 바닥으로 떨어졌다. 그를 좀비로 그린 초상화도 바닥으로 떨어져 액자 유리가 깨졌다. TTT가 무엇을 의미하는지 그가 모를 리 없었다. 어린 시절 귀에 못이 박히도록 들었던 이야기니까.

TTT는 앙네스와 투바, 로베르트의 시신이 발견된 장소이기도 했다. 앙네스는 차이나 극장 옆의 공원에서, 투바는 그뢰나 룬드의 놀이공원 바깥에서, 로베르트는 주차장에서 발견되었으니까. 그건 극장Theatre, 놀이공원Theme park 그리고 자동차Traffic를 의미했다.

예인.

범인은 그의 누나였다. 말도 안 되는 이야기같이 들렸지만, 이 모든 것을 설명할 수 있는 답은 그것뿐이었다. 미나에게 연락을 해야 했다. 최대한 빨리.

\*

"죄송해요······ 진작 말씀을 드렸어야 하는데······ 보세를······."
미나는 적당한 단어를 찾느라 고심 또 고심했다. 그녀는 사과를 하는 데 유달리 재주가 없었고, 그래서 최대한 미안해할 일을 만들지 않기 위해 늘 노력했다. 덕분에 사과할 일이 거의 없었기 때문에 지금도 미안하다는 말을 하는 게 어색하게만 느껴졌다. 하지만 다행히도 케너트는 쿨하게 반응했다.

"괜찮아요. 누구라도 보세를 잘 돌봐 줬으면 그걸로 된 거죠."

"네. 감사해요."

미나의 짧은 대답은 그녀가 의도한 것보다 더 퉁명스럽게 들렸다.

분위기를 조금 더 부드럽게 만들어 보고자, 미나는 보통은 피하기 급급했던 잡담을 해 보기로 했다. 그녀가 평소 제일 싫어하는 것이 구체적인 목적 없는 대화였지만 지금의 잡담은 그 나름의 합당한 이유가 있었다. 밴 안의 온갖 먼지와 때들이 그녀의 피부 위를 스멀스멀 기고 있는 것 같았고 그녀 안에서 슬슬 공황이 일어나고 있었으니, 잡담은 그 공황에서 주의를 분산하는 데 도움이 될 것이다.

"아내분…… 하고는 어떻게 만나셨어요? 죄송해요. 제가 아내분 이름도 모르고 있네요."

"예인이요. 아내 이름은 예인이에요."

"아, 예인. 예쁜 이름이네요. 어쨌든 그래서 예인하고는 어떻게 만나셨어요?"

가벼워야 할 대화였지만, 미나는 그녀의 귀에 들리는 자기 목소리를 들으며 자신이 이런 대화에 얼마나 서툴고 익숙하지 않은 인간인지를 새삼 깨달았다. 대부분의 사람들은 이런 기술을 터득해 자유자재로 활용한다. 사실 미나도 자기 안에 이런 기술이 아예 없지는 않다고 생각하고 있었다. 다만 그걸 연습할 의지가 없을 뿐.

"우린 밑바닥에서 만났죠."

"밑바닥이요?"

예상치 못한 대답에 미나는 케너트를 쳐다봤다. 갑자기 대화를 계속 이어 나가고 싶은 흥미가 생겼다. 케너트는 도로에서 눈을 떼지 않은 채 대답을 이어 나갔다.

"예인하고는 길거리에서 만났어요. 거의 죽기 직전까지 두들겨 맞은 상태였죠. 예인한테는…… 문제가 조금 있었거든요. 예인은 아주 힘들게 살아온 사람이에요. 뭐, 그건 저도 마찬가지였고요. 저한테도 문제가 있었거든요. 어쨌든 마이너스끼리 만나면 플러스가 되는 것처럼, 길바닥에 쓰러져 누워 있는 그녀를 본 순간 내 속에서 무슨 일인가가 일어났죠. 바닥에 쓰러진 예인은 턱이 다 돌아가 있었고, 한 눈은 너무 부어서 앞이 보이지도 않는 상태였어요. 갈비뼈도 세 대가 부러지고, 다리도 부러져 있었고요. 오른팔 뼈는 금이 가 있었죠. 등도 얼마나 세게 차였는지, 척추도 손상이 되었고요."

미나가 고개를 끄덕이며 말했다.

"아, 그럼 척추 측만증 때문에 휠체어를 타신 게 아니었군요."

그녀의 말이 맞다는 듯 케너트가 고개를 끄덕였다.

"이제 거의 다 왔어요."

미나의 말에 케너트는 오른쪽 깜빡이를 넣었다.

"사람들은 대개 진실을 원치 않죠. 그래서 우리는 거짓말을 해요. 그 편이 더 쉽거든요."

"무슨 말인지 저도 잘 알아요."

미나가 창문 밖을 내다보며 대답했다.

그녀도 마찬가지였다. 그녀도 모든 사람에게 거짓말을 했다. 그 편이 항상 제일 쉬운 방법이었으니까.

"예인을 보자마자 난 앰뷸런스를 불렀어요. 그리고 병원에 같이 가 줬죠. 그다음부터 우리는 늘 함께였고요."

"그런 다음 모임에 나오기 시작하신 거군요…… 모임은 좀 도움이 되던가요? 케너트 씨…… 가 가진 문제에 말이에요."

"네. 도움이 됐죠. 제 중독 문제도 그렇고, 우리가 하는 일에도요. 때로는 그냥 가만히 앉아서 일이 일어나길 기다리는 게 아니라, 앞장서서 상황을 끌고 나가야 해요. 변화를 위해서라면 직접 나서서 행동해야 하죠."

"무슨 말인지 저도 알아요."

미나가 답했다. 이건 그냥 하는 말이 아니라 진심이었다.

"스톡홀름 출신이세요?"

"네. 아니기도 하고요."

그는 더 이상 말하지 않았고, 그녀도 더는 묻지 않았다.

"그런데 혹시…… 얼마나 남았대요?"

케너트는 별다른 반응을 보이지 않았다. 미나는 질문을 하자마자 그런 질문을 한 것을 후회했다. 남들에게는 다 있다는 뇌와 입 사이의 필터가 그녀에게는 없는 것 아닌가 하는 생각도 들었다. 이런 이유로 평소 그녀는 다른 사람과의 대화를 피했다. 그녀가 대화를 시도하려고 해도 결국 상대의 반응은 늘 이런 식이었다.

"어떻게 알았어요?"

그가 여전히 도로에 두 눈을 고정한 채 물었다.

"확실하게 알았던 건 아니고, 그냥 그런 거 아닐까 추측해 본 거예요. 케너트 씨 눈동자랑 피부에 약간 누런빛이 돌길래요. 간암으로 돌아가신 저희 할아버지도 똑같은 증상을 보이셨거든요. 그리고 이 차 바닥에 간암 약인 넥사바 통이 있어서요. 할아버지도 그 약을 드셨거든요."

미나는 바닥에 굴러다니는 텅 빈 약통을 발로 조심스레 쿡 찌르며 말했다.

"운이 좋으면 몇 달 더 살 수 있을 거라더군요. 전이가 너무 많이 됐대요. 그래서 지금은 넥사바도 더 이상 복용하고 있지 않아요."

"죄송해요."

미나의 말을 끝으로 한동안 침묵이 흘렀다.

"저는 예인을 위해 모든 걸 해야만 해요. 그게 예인을 위해 제가 줄 수 있는 전부죠. 제가 할 수 있는 일이라고는 그것뿐이에요. 예인이 원하는 모든 걸 해 주는 거요."

"그렇군요."

미나는 좌석에서 몸을 뒤척이며 좌석과 그녀의 허벅지 사이로 손을 끼워 넣어 몸을 지탱했다. 대화가 점점 불편해졌다. 이건 너무 사적이고 너무 인간적인 이야기였다. 허벅지 아래 끼워 넣은 손에 무언가 끈적한 것이 들러붙은 게 느껴졌다. 사탕 포장지였다. 그녀는 메스꺼움을 참으며 손가락에 붙은 사탕 포장지를 떼어 내려 애썼다. 참으려 해도 메스꺼움은 점점 더 심해졌다. 마침내 사탕 포장지를 손에서 떼어 낸 그녀가 고개를 들어 말했다.

"저기서 도셨어야 하는데요."

미나는 방금 전 그들이 지나친 출구를 가리키며 말했다.

하지만 케너트는 속도를 늦추는 대신 더욱 속도를 높였다.

"출구를 놓치셨어요."

미나가 찡그린 표정으로 그를 쳐다보며 말했다.

하지만 케너트는 아무 대답이 없었다. 그리고 액셀을 더 세게 밟았다. 순식간에 속도는 시속 150킬로미터까지 치솟았다.

"지금 뭐 하시는 거예요?"

미나가 그를 쳐다보며 소리쳤다.

곧 그가 천천히 고개를 그녀 쪽으로 돌리더니, 동요라고는 전혀 없는 침착한 표정으로 답했다.

"우리 집으로 가는 거예요."

케너트는 그 말을 끝으로 다시 도로를 향해 시선을 돌렸다. 미나는 몇 초간 미동도 없이 앉아 있다가, 곧 정신을 차리고 휴대폰을 꺼냈다. 그러자 그녀가 말릴 새도 없이 케너트가 그녀의 손에서 휴대폰을 획 낚아채 열린 창틈 사이로 던져 버렸다. 그리고 그 순간, 미나는 자신이 실수를 저질렀다는 것을 깨달았다.

그것도 아주 큰 실수를.

## *1982년 크비빌레*

동생은 거실 소파에 앉아 무릎에 얼굴을 파묻은 채 울고 있었다. 동생이 흘린 눈물에 윗옷과 소파 쿠션이 다 축축하게 젖었다. 얼마나 심하게 흐느끼는지, 예인은 동생의 말을 제대로 알아들을 수 없었다.

"엄마가 상자 안에 들어갔어."

동생이 흐느끼며 말을 이었다.

"나는 자물쇠로 문을 잠그고, 그런 다음 망토를 가지러 갔어. 누나가 만들어 준 그 망토 말이야. 그걸 가지러 집에 갔는데, 배가 고팠어. 그래서 햄이랑 치즈를 한 장씩 넣은 샌드위치를 세 개 만들어 먹고. 그런 다음에 마실 걸로……."

"네가 뭘 마셨는지가 중요한 게 아니잖아!"

예인이 참지 못하고 소리를 질렀다.

"아니야, 중요해!"

동생이 소리를 지르며 되받아쳤다.

"부엌에 있는 라디오에서 조울증 환자…… 에 대한 얘기가 나왔어. 엄마도 가끔 그러잖아. 그래서 방송 내용을 들었어. 그리고 나서 말라랑 시칸이랑 로타가 놀러 왔어. 걔들이 나가서 놀자고 그러기에, 같이 자전거를 타고 호수로 가서 수영을 했어. 그런 다음에 시칸네 집에 가서 저녁을 먹었고."

예인은 또다시 속에 있는 걸 다 토하고 싶어졌다.

그 빌어먹을 망토, 그걸 동생에게 만들어 주지만 않았어도 동생은 계속 헛간에 있었을 텐데. 그럼 아무 일도 없었을 텐데. 모든 게 그녀의 잘못이었다. 아니, 아니다. 그건 옛날의 예인이나 했을 생각이다. 지금의 예인은 더 이상 그렇게 생각하지 않았다.

"친구들이 엄마 어디에 있냐고 안 물어봤어?"

"물어봤어. 그때 엄마가 헛간에 있는 게 생각나긴 했는데…… 애들이, 엄마가 보기 전에 얼른 도망가자고 했어. 장난을 치자고."

장난이라니, 예인은 그 애들을 죽여 버리고 싶었다.

"그리고 엄마를 상자 안에 두고 온 게 언제 기억났는데?"

예인이 침착한 목소리를 유지하려 애쓰며 동생에게 묻고는 동생 옆에 가서 앉았다. 동생은 무릎 위로 이마를 기대며 기어들어 가는 목소리로 답했다.

"저녁에. 잠자기 직전에 생각이 났어."

"저녁에? 그런 걸 어떻게 까먹을 수가 있어? 다른 사람도 아니고 네가?"

"아니야, 까먹은 게 아니야! 밖이 너무 깜깜했어. 무서웠단 말이야."

동생은 반항기 어린 눈빛으로 예인을 올려다보며 말했다.

"그리고 엄마는 엄마 혼자 나올 수 있었어! 거기에…… 아니야, 말하면 안 돼. 마술사는 절대 비밀을 밝히지 않는 법이야. 그런데 거기…….."

"빨리 말해. 말 안 하면 나한테 맞을 줄 알아."

"상자에는 비밀 문이 있었어. 엄마가 뒤로 몰래 나오는 게 그 마술의 비밀이란 말이야. 난 엄마가 나왔다고 생각했어. 내가 돌아오지 않으니까 곧장 나와서 친구네 집에 갔거나, 아니면 잔디밭의 민들레 잡초를 뽑거나 했을 줄 알았어."

예인은 꿀꺽 침을 삼켰다. 동생은 겨우 일곱 살이었다. 그것도 보통의 일곱 살짜리 애들과는 조금 다른 일곱 살이었다. 그걸 잊으면 안 되겠지만, 그래도 사람한테는 한계라는 게 있었다.

"가서 확인해 봤어야지! 왜 안 가 본 건데? 엄마가 집에 안 오면 가 봤어야지, 왜 안 갔어?"

"무서웠어. 엄마가 화나 있을까 봐. 아니면 상자 안에서 너무 오래 기다리다가 어디라도 다쳤을까 봐. 야단맞고 싶지 않았어. 그런데 누나, 난 이해가 안 가. 엄마는 왜 그 안에 계속 있었던 거야?"

"그 빌어먹을 비밀 문이 안 열렸겠지!"

동생이 움찔하더니, 곧 얼굴을 찌푸리고 대꾸했다.

"안 열렸을 거라고? 그럴 리 없어. 내가 정확하게 계산했단 말이야…… 그럼 왜 문을 안 두드렸는데?"

때로 동생은 너무 멍청했다. 헛간 문에 망토가 끼어 목 졸려 죽지 않은 게 기적일 정도로.

"엄마가 문을 두드렸는지 안 두드렸는지 네가 어떻게 알아? 넌 그냥 가 버렸잖아. 그리고 다시 가서 확인도 안 해 봤잖아! 그것도 2주 동안이나, 헛간에 가 보질 않았잖아. 그것도 야단맞기 싫다는 이유로. 대체 무슨 생각이었던 거야? 엄마는 몇 시간 아니 며칠이고 문을 두드렸을 거야!"

예인은 말을 하면서도 어딘가 찜찜한 것을 느꼈다. 이 일은 예인이 원하는 것처럼 단순하지 않을지도 모른다. 정말 이게 완전히 동생의 잘못만으로 일어난 일일까? 잔디밭에서 봤던 엄마의 모습이 아직도 생생하게 기억났다. 그리고 그때 엄마가 했던 말도, 방금 전에 들은 말처럼 아직도 예인의 귓가에 생생하게 울렸다.

*네가 가면 엄마는 그냥 콱 죽어 버릴 거야.*

아니다. 죽고 싶어도 굶어 죽으려는 사람이 어디 있겠는가? 또 사우나처럼 뜨거운 상자 안에서 천천히 익어 가며 죽으려 하는 사람이 어디 있겠는가? 그런 사람은 없을 것이다. 적어도 일부러 그런 계획을 세우고 죽는 사람은 이 세상에 없을 거다. 어쩌면 엄마는 일부러 문을 부수려는 시도를 안 했는지도 모른다. 상자에 갇혔다는 걸 깨달았을 때…… 엄마 안의 무언가가 모든 걸 다 포기해 버린 건 아닐까? 그냥 이렇게 죽는 게 차라리 잘된 거라고 되뇌면서? 엄마가 없어야 예인도, 동생도 더 잘 살 거라고 생각하면서? 그래서 그냥…… 죽기를 기다린 걸까?

예인은 머리가 아플 정도로 고개를 세차게 저었다. 생각만으로도 몸서리가 쳐졌다. 절대로 그럴 리는 없었다. 아니, 정말 그럴 리 없을까? 예인은 소파 위 그녀 옆에 앉은 어린 동생을 쳐다보며 마음을 굳혔다. 이건 동생의 탓이다. 덜떨어진 그녀의 동생이 상자 안에 엄마를 가두고도, 가서 확인도 해 보지 않은 탓에 생긴 일이다. 동생이 그렇게 멍청하게 굴지만 않았다면 이런 일은 생기지 않았을 것이다. 그런 거였다. 다른 가능성은 없었다.

그때 초인종이 울렸다.

"누구야?"

동생이 흐느끼며 물었다.

예인은 고개를 들어 천장을 쳐다보며 두 눈에 고인 눈물을 흘려보냈다. 동생은 그녀의 인생을 완전히 망가뜨렸다. 여길 떠나 모라에 가겠다는 그녀의 계획은 다 물거품이 될 것이다. 부모 없이는 결국 위탁 가족에게 맡겨질 테고, 그게 어떤 생활이 될지는 불 보듯 뻔했다. 크비빌레가 예인에게 가르쳐 준 게 하나 있다면 그녀는 다른 사람과는 많이 다른 특별한 사람이란 것이었다. 예인이 숙제를 너무 빨리 척척 끝내거나, 선생도 모르는 질문을 할 때면 선생들은 눈알을 굴렸다. 같은 반의 그 어떤 남자애도 그녀를 좋아하지 않았다. 이렇게 똑똑한 아이를 좋아하는 건 있을 수 없는 일이란 듯이. 삼삼오오 모여 수다를 떨던 같은 반 여자애들도 예인만 나타나면 입을 다물었다. 마치 예인에게는 어떤 말을 어떻게 해야 할지 모르겠다는 듯. 정말 이렇게 말하긴 싫었지만 다들 너무나 멍청했다.

만약 모라에 있었다면 모든 게 달랐을 것이다. 거기에는 그녀처럼 똑똑한 사람들이 더 있을 테니까. 일바도 그렇게 말해줬다. 모라에 오면 너도 평범한 사람 취급을 받을 거라고. 조용히 입을 다물고 있는 대신 네 재능을 마음껏 펼칠 수 있을 거라고 말이다.

새로운 인생이 그녀를 기다리고 있었는데……

예인은 소파에서 벌떡 일어나 문을 열었다. 바깥에는 경찰이 와 있었다. 한 시간 전쯤 경찰에 신고 전화를 해 두었다. 예인의 새로운 인생은 시작도 하기 전에 모두 끝나 버렸다. 예인은 동생을 증오했다. 너무나, 정말 너무나 증오스러웠다. 이게 모두 동생과 그 빌어먹을 친구들 때문이다.

\*

케너트는 커다란 회색 건물 앞으로 난 자갈길 위로 밴을 몰았다. 건물을 본 미나는 이곳이 지난번 케타민을 수색하는 과정에서 보고된 적이 있는 건물인 걸 단번에 알아봤다. 밀다와 율리아의 말이 맞았다. 이건 밍크 농장이었다. 케너트는 시동을 끄고 그녀를 돌아봤다.

그리고 아무 경고도 없이 갑자기 미나의 뺨을 내리쳤다. 겁을 주려는 전형적인 수작이었다. 또 언제 맞을지 모르게 만들어, 상대로 하여금 내 말을 순순히 듣게 만들려는 수작. 그녀도 모두 알고 있었다. 하지만 그걸 안다고 해서 두려움이 사라지는 건 아니었다. 나이 든 남자라고는 믿기 힘든 손힘에 그녀는 충격을 받았다. 온몸에서 코르티솔과 아드레날린이 폭발하듯 분출되기 시작했고, 그녀는 공포감에 휩싸였다.

"거기서 기다려."

그가 운전석 쪽 문을 열고 나가며 말했다.

미나는 그녀의 생각을 어지럽히는 두려움과 몸속에서 솟구치는 아드레날린에 맞서 싸우려 애썼다. 본능을 따라야 했다. 수년간 경찰로 훈련을 받아 오며 뼛속 깊이 각인된 반사적 행동이 그녀를 살려 줄 것이다.

케너트는 자동차 보닛을 돌아 조수석 쪽으로 걸어왔다. 그가 조수석 문 앞에 멈춰 서자, 미나는 순간적으로 운전석을 향해 도망갈까 생각했다. 하지만 운전석 쪽으로 나간다면 그가 다시 그쪽으로 뛰어와 그녀를 막을 것이 분명했다. 그래서 그러는 대신, 미나는 우선 재빨리 안전벨트를 풀고 다리를 들어 올렸다. 그리고 그가 문손잡이를 누르자마자 젖 먹던 힘을 다해 발로 문을 뻥 찼다. 그 충격으로 확 열려 버린 문이 케너트의 머리와 상체를 거세게 강타했다. 외마디 비명을 지른 케너트가 뒤로 비틀거리다 자갈길에 넘어졌다. 그녀는 그가 넘어지며 조금이라도 아픔을 느꼈길 바랐다.

밴에서 훌쩍 뛰어내린 미나는 케너트를 지나친 후 다시 돌아서 그를 쳐다봤다. 엄청난 냄새가 코를 찔렀다. 동물 냄새가 날 것이라고 생각은 했지만, 이건…… 이 냄새는 그 이상이었다. 이 냄새에는 뭔가 역겨운 데가 있었다. 그녀는 저도 모르게 손을 들어 코와 입을 막았다.

이곳에서 벗어나는 유일한 길은 그들이 밴을 타고 달려온 그 자갈길밖에 없어 보였다. 미나는 그 길을 향해 전속력으로 뛰기 시작했다. 하지만 몇 걸음도 채 가지 못했을 때, 나무들 사이로 요란한 총소리가 울려 퍼졌다. 깜짝 놀라 뒤를 돌아보니 회색 건물 앞에 예인이 휠체어에 앉아 미나를 향해 총을 겨누고 있었다. 미나는 자신의 어리석음을 탓했다. 여기에 예인도 있을 거라는 생각을 왜 못 한 것일까?

"어리석은 행동은 마시죠."

미나가 천천히 손을 위로 들며 말했다.

능숙한 자세로 권총을 쥐고 있는 예인을 보니, 총기 사용이 처음은 아닌 게 분명했다. 예인은 나이가 많은 데다 휠체어를 타고 있었지만 목표물을 정확하게 겨냥하는 데는 전혀 무리가 없어 보였다.

"내가 하고 싶은 말인데."

예인이 정색하며 말을 이었다.

"내 사격 실력이 어느 정도인지는 이미 봐서 알고 있잖아."

"앙네스요?"

예인이 흡족한 표정으로 고개를 끄덕였다.

"머리 한번 잘 돌아가네, 경찰관 나리. 내가 총알을 그 애 입에 명중시켰지. 걔가 얼마나 놀랐는지 네가 직접 봤어야 하는데."

미나는 예인이 한시라도 빨리 무기를 내려놓도록 만들어야 했다. 그녀의 사격 실력은 의심의 여지가 없어 보였다. 하지만 가만히 서 있는 목표물을 명중시키는 것과 움직이는 목표물을 맞히는 것은 다른 이야기였다. 특히 목표물이 사수를 향해 다가올 때는 더욱 그랬다. 미나에게 남은 유일한 선택지는 예인이 자신을 맞히지 못하길 바라며 그녀를 향해 지그재그로 뛰어가는 것이었다. 그러다 팔이라도 맞으면 큰일이겠지만, 그래도 예인에게서 저 총을 빼앗을 수만 있다면 그런 위험쯤은 감수해야 했다.

미나는 예인과 계속 눈을 맞춘 채 팔을 천천히 아래로 내렸다. 다리나 배의 근육이 긴장한 것을 보이거나, 무게 중심을 티 나게 옮기면 예인은 미나의 속셈을 눈치챌 것이다. 하지만 미나가 뛰기 시작하자마자 그녀의 시도는 허무하게 끝나 버리고 말았다.

미나의 등 뒤에서 무언가가 그녀를 거세게 내리쳤다. 그 충격으로 고꾸라진 미나가 자갈길에 얼굴을 처박았다. 숨이 컥 하고 멈추면서 모든 공기가 폐 밖으로 밀려 나오는 것 같았다. 다시 숨을 들이쉬려 애써 봤지만, 입에선 거친 숨소리만 흘러나왔다. 곧 그녀의 눈앞에 신발이 나타났다. 고개를 드는 것이 어려워 누구의 발인지는 볼 수 없었다. 사실 그게 누구의 발인지는 굳이 볼 필요도 없었다. 당연히 그자의 발일 테니. 미나는 멍청한 스스로를 탓하며 우선 폐 안으로 공기가 들어올 수 있도록 심호흡에 집중했다.

"얘는 지난번 애들보다 좀 까부는 것 같은데."

케너트가 그녀 위에서 킬킬댔다.

\*

벌써 다섯 번째 건 전화였지만 수화기에서는 지난 네 번의 전화와 똑같이, 지금은 고객님이 전화를 받을 수 없어 음성 사서함으로 넘어간다는 친절한 안내원의 목소리만 흘러나왔다. 미나의 전화기는 전원이 꺼져 있었다.

물론 미나가 일과 사생활을 철저히 분리하는 사람이긴 했지만, 그가 알기로 그녀가 휴대폰을 꺼 놓는 것은 그 비밀 모임에 갈 때뿐이었다. 심지어 그 모임에 갈 때도 휴대폰을 끄는 걸 깜빡할 때도 많았다. 어쨌든 그 모임에 가는 날을 제외하고는, 경찰은 모름지기 언제든 연락이 돼야 한다는 옛 사고방식에 따라 휴대폰을 항상 옆에 두고 연락을 받는 사람이었다. 물론 오늘도 그 모임에 가는 바람에 휴대폰을 꺼 둔 것일 수도 있겠지만 그럴 가능성은 희박해 보였다. 만약 범인들을 막지 못한다면 네 번째 살인이 일어날 오늘, 미나가 그 모임에 갔을 리 없었다.

이런 날 전화를 안 받다니.

불길한 예감이 물밀듯이 밀려왔다. 합당한 근거가 없는 예감인 만큼 무시해야 했지만, 어쩐지 그 찝찝하고 불길한 예감이 머릿속에서 떠나질 않았다. 불길한 예감이 그의 뇌 속 편도체에 달라붙어, 이성적인 사고를 관장하는 대뇌 전두엽의 기능을 마비시키고 있었다.

다른 팀원들에게 전화를 해야 했지만 안타깝게도 그에게는 미나와 루벤, 율리아의 번호만 있었다. 그리고 루벤은 지금 그의 집에서 수 미터 떨어진 거리에 차를 주차해 놓고 그를 감시 중이었다. 루벤은 그의 말을 믿기는커녕 빈센트가 집을 빠져나가기 위해 수작을 부린다고 생각할 게 분명했다.

그는 루벤 대신 율리아에게 전화를 걸었다. 하지만 율리아의 전화도 곧장 음성 사서함으로 넘어갔다. 그는 안내 메시지가 끝나기도 전에 전화를 끊었다. 그리고 창밖으로 보이는 루벤의 차를 다시 한번 쳐다봤다. 이건 미나에 관한 일이었다. 그녀에게 무슨 일이라도 생긴다면, 그는 절대 자신을 용서할 수 없을 것이다. 막을 수만 있다면 그녀의 두통도 막고 싶은 게 그녀에 대한 그의 마음이었다. 그러니 루벤을 설득해야 했다.

빈센트가 막 문을 열고 집을 나서려는데 휴대폰 벨이 울렸다. 화면에는 모르는 번호가 떠 있었다. 걸려 온 전화는 음성 통화도 아닌 영상 통화였다. 그가 아는 사람 중 영상 통화를 좋아하는 사람은 아스톤이 유일했다. 하지만 아들에게는 개인 휴대폰이 없으니, 이게 아스톤일 리는 없을 것이다. 그는 잠시 주저하다가 전화를 받았다.

"여보세요?"

이어 전화기 화면에 나타난 영상에 그는 숨이 멎는 것 같은 충격을 받았다. 화면 속에는 휠체어에 앉은 미나가 있었다. 두 손은 팔걸이에 묶인 채였고, 언제나 한 치의 흐트러짐도 없이 완벽하게 정리되어 있던 머리카락은 엉망이었다. 얼굴도 더러워진 상태였다. 미나는 하얀 터틀넥을 입고 그녀의 집에 갔던 날 책상에서 봤던 목걸이를 목에 걸고 있었는데, 옷에도 검은 뭔가가 묻어 있었다. 소매 한쪽이 찢어져 있는 걸로 보아 누군가와 아주 격렬하게 싸웠지만 결국에는 진 것 같았다.

그녀 옆에는 나이 든 남자 한 명이 서 있었다. 미나는 카메라가 켜진 것을 알아채자마자 빠르게 말하기 시작했다.

"빈센트! 여기가 어딘진 모르겠지만 악취가 아주 고약……."

그때 옆에 있던 남자가 그녀의 뺨을 후려쳐 입을 막았다. 빈센트는 그가 이전에 만난 적이 있는 남자라는 것을 깨달았다. 알코올 중독 방지 모임에서 만났던 케너트였다.

"경찰을 때리는 게 얼마나 멍청한 짓인 줄 알아요?"

미나가 그녀를 묶고 있는 줄을 잡아당기며 소리 높여 외쳤다.

"평생을 교도소에서 썩을 수도 있어요!"

케너트는 아무 말 없이 낄낄 웃기만 했다. 그러고는 그녀를 묶고 있는 밧줄을 잡아당겨 더욱 단단히 고정한 뒤, 다시 밧줄로 미나의 상체를 꽁꽁 싸맸다. 밧줄이 몸을 조여 오자 미나가 고통스러운 듯 끙끙 신음 소리를 내더니 움직이기를 멈췄다. 그때 전화기를 들고 있던 사람이 카메라를 셀카 모드로 바꿨다. 그러자 화면에 나이 든 여자 하나가 나타나 빈센트의 눈을 똑바로 바라봤다. 여자는 아파 보였다. 자글자글한 주름이 가득한 얼굴은 예전보다 더 작아 보였고, 거칠게 튼 피부를 보니 평생을 바깥에서 산 사람 같았다. 우여곡절이 많은 인생을 살았다는 걸 어렵지 않게 짐작할 수 있었다.

빈센트도 여자의 눈을 똑바로 마주 보았다. 그리고 화면 속 여자와 눈을 맞추자마자 그녀가 누구인지 알아챘다. 언제나 그랬듯 그녀의 시선은 강렬했다. 누나는 나이보다 훨씬 늙어 보였다.

"안녕, 동생. 잘 지냈니?"

"미나한테 무슨 짓을 한 거야?"

그가 언성을 높여 외쳤다.

"쉿, 예의 없기는."

예인이 콧방귀를 뀌며 말을 이었다.

"잘 지냈냐는 인사를 먼저 하는 게 예의지. 날 보고도 놀라지 않는 걸 보니, 책에 있던 퍼즐은 다 풀었나 보네. 어때, 내 디테일이? 너도 놀랐다고 인정해!"

그의 누나는 만족스러운 표정으로 낄낄댔다.

"아, 알코올 중독 방지 모임에서 들었는데 네가 너의 광팬인 안나를 애먹이고 있다며? 왜 그랬어. 안나는 언제나 '위대한 빈센트 발데르'를 찬양하고 다녔는데 말이야. 아주 속이기 쉬운 여자였지. 케너트는 그 여자한테 미나의 수사에 도움이 될 사람을 소개시켜 줘야겠다고 말했을 뿐인데, 안나가 나서서 우리 대신 널 추천해 줬거든. 그런 다음 우리도 널 이 일에 끌어들일 계획을 짜기 시작했지. 뭐, 지금 보니 그럴 필요도 없었던 것 같지만. 너도 너무 쉽게 넘어와서 재미라고는 하나도 없었거든."

"미나는 풀어 줘."

빈센트가 이를 악물고 말했다.

화면은 여전히 예인의 얼굴로 가득 차 있었다. 빈센트는 미나의 얼굴을 보고 싶었다. 그녀가 괜찮은지 알아야 했다.

"이해해. 너야 지금 당장 시작하고 싶겠지. 뭐 지금 시작해도 나는 상관없어. 이제까지 어떻게 지냈는지 어쩌고저쩌고 하는 이야기는 나중에 해도 될 테니까. 먼저 게임의 규칙을 몇 가지 정해야겠어. 너도 이해할 거라고 생각해."

"무슨 소리야? 대체 무슨……?"

"어른이 얘기하는데 어딜 끼어들어!"

예인이 신경질을 내며 말을 이었다.

"넌 옛날 그대로구나. 하나도 안 변했어. 언제나 네가 관심의 중심이어야 하지. 지금 넌 미나에 대해 궁금한 게 많을 거야. 미나가 어디에 있는지, 다친 데는 없는지 뭐 그런 것들 말이야. 하지만 이거 하나는 확실히 약속하지. 네가 질문을 하나만 더 하면, 미나는 바로 죽을 거야. 그리고 미나, 이 규칙은 너한테도 마찬가지로 적용돼. 한 마디만 더 지껄이면 이 게임은 시작도 하기 전에 끝이 날 거란 얘기야."

빈센트는 입을 꾹 다물었다. 예인이 농담을 하는 것 같진 않았다. 대체 그동안 예인에게 무슨 일이 있었던 걸까? 언제나 똑똑했던 누나가 저런 사이코가 되어 나타나다니. 도저히 믿기지 않았다. 어린 시절 빈센트의 카드 묘기를 보며 즐거워하던 소녀가 이 화면 속 여자와 같은 사람이라니.

예인은 카메라를 다시 미나에게로 돌렸다. 곧 케너트가 미나의 턱을 단단히 잡고 있는 모습이 화면에 나타났다. 그의 손아귀에서 벗어나려 미나가 세차게 머리를 흔들었지만 아무 소용도 없었다. 이내 케너트의 손이 미나의 뺨을 다시 한번 으스러트릴 듯 움켜쥐었다.

"이해했어?"

예인이 물었다.

남자는 억지로 미나의 얼굴을 위아래로 흔들어 고개를 끄덕이게 만들었다. 그녀의 눈에 담긴 공포는 적나라했다. 하지만 동시에, 그건 미나가 아직 포기하지 않았다는 신호이기도 했다.

"괜찮아요. 미나 씨."

빈센트의 눈빛이 그녀에게 말했다. *지금 내가 보고 있어요. 아픈 거 알아요. 하지만 저 사람들은 우리가 어떻게 연결되어 있는지 몰라요.*

"하라는 대로 하는 게 좋겠어요."

미나도 그의 눈을 지그시 응시하며 눈으로 말했다.

*우리는 해낼 수 있어요. 나는 당신을 믿어요. 아니, 우리를*

믿어요.

"이런, 내가 예의 없이 숨어 있었네. 자, 이제 나도 보이지? 버릇없는 동생을 혼내 주는 누님은 여기 계시고. 그리고 너도 전에 만나봤을 거야. 여긴 내 남편이자 파트너인 케너트."

여전히 미나의 얼굴을 세게 잡고 있는 남자가 카메라를 향해 웃으며 고개를 숙여 인사했다. 예인은 뒤로 물러나 조금 더 멀리서 넓게 화면을 잡았다. 미나는 작업대로 보이는 탁자 뒤에 앉아 있었고, 의자 위에는 칼이 올려져 있었다. 빈센트는 즉시 그 칼을 알아봤다. '콘도르 그로스 메서', 투바를 찔러 죽인 칼이었다. 칼의 손잡이에는 해머 드릴이 매달려 있었다. 지난번 국과수를 방문했을 때 보았던, 칼 손잡이에서 뭔가가 떨어져 나간 것 같은 자국의 정체를 이제야 알게 됐다. 해머 드릴은 크기만 좀 더 작을 뿐 도로의 아스팔트를 제거할 때 쓰는 드릴과 꼭 닮은 형태였다. 드릴로 투바의 몸에 칼을 찔러 넣었던 것이다. 투바가 얼마나 고통스럽게 죽어 갔을지 상상조차 되질 않았다.

하지만 그의 눈길을 끌어당긴 건 칼도, 해머 드릴도 아니었다.

바로 미나 앞에 놓인 다섯 개의 종이봉투였다. 거꾸로 세워진 봉투에는 1부터 5까지 번호가 매겨져 있었다. 종이봉투는 20센티미터짜리 날카로운 못을 충분히 숨길 수 있을 만큼 컸다. 순간 빈센트의 온몸이 차갑게 얼어붙었다.

"나도 그렇게 무자비한 인간은 아니야."

예인이 다시 입을 열었다.

"나도 미나가 너한테 얼마나 중요한 사람인지 정도는 알거든. 그렇게 놀란 표정 짓지 말고. 너희 둘이 얼마나 자주 스톡홀름 시내를 누비고 다니는지 안나한테 다 전해 들었어. 롤람스호브 공원, 피엘가탄 언덕, 그리고 그 쇼핑몰 옥상에 있는 레스토랑도 같이 가고. 심지어 얘네 집에도 갔었다며. 그러니까 무관심한 척하지 말라고. 지금 너한테 얘보다 더 중요한 사람은 없는 것 같으니까. 그리고 그거 알아? 나는 너한테 이 경찰을 살릴 기회도 줄 거야."

케네트가 낄낄거리더니, 차가운 미소를 지으며 덧붙였다.

"아니면 죽이거나."

"결국 최악의 사고를 당하는 건 늘 마술사의 조수라는 게 참 재미있지 않아?"

예인이 화면에 얼굴을 들이대 빈센트의 눈을 더 가까이 바라보며 말했다.

"비좁은 공간에 몸을 구기고 들어가서 고문을 당하는 건 언제나 귀여운 조수들이잖아. 뭐, 너도 다 아는 이야기겠지만. 아 참, 그런데 우리가 미나를 어떻게 만났는지는 알아? 너도 얘가 가지고 있는 작은…… 문제를 아나?"

예인이 미나를 뚫어져라 쳐다봤지만, 미나는 예인의 시선을 피했다.

"얘는 참 겁쟁이야. 너도 알아? 얘가 겁쟁이란 거 말이야. 미나가 얼마나 겁쟁이인지 너도 아냐고."

질문처럼 말했지만 예인은 빈센트의 대답을 기대하는 것 같지는 않았다.

"미나는 말이야, 늘 그 자리에 앉아 있지. 항상 빠지지 않고 모임에 와서 다른 사람들이 솔직하게 털어놓는 이야기를 들어. 자기 빼고 나머지 사람들이 공유하는 이야기를 하나도 빠짐없이 주워듣지. 그 사람들의 고통과 노력, 그들의 이야기를 말이야. 하지만 자기 얘기는 하는 법이 없어. 절대로. 자, 이제 미나, 너한테 기회를 줄게. 지금 하고 싶은 말 없어? 여기서 무슨 이야기를 할래? 우리가 네 이야기를 들어 줄게. 이게 마지막 기회가 될 수도 있어. 그러니까 말하고 싶은 게 있으면 지금 해."

미나의 표정은 조금의 동요도 없었다.

"그렇게 입 다물고 있으면 여기 탁자 위 종이봉투 중에 못이 없는 걸 바로 제거할 거야."

예인은 감정이라고는 전혀 섞이지 않은 차분한 목소리로 말했다. 케너트의 손이 종이봉투를 향해 움직였다.

"미나 씨, 하라는 대로 해요."

빈센트가 간신히 침착함을 유지하며 말했다.

다섯 개의 종이봉투라면 못에 찔릴 확률은 20퍼센트. 만약 한 개의 종이봉투가 없어지면 못에 찔릴 확률은 25퍼센트로 올라간다. 그는 미나를 살릴 확률을 높여야 했다.

미나는 천천히 고개를 들어 빈센트의 눈을 똑바로 바라보더니 깊게 숨을 들이마셨다. 미나의 고백에 그가 어떻게 반응할지를 걱정했던 거라면, 사실 그녀의 초조함과 불안은 괜한 것이었다. 빈센트는 그녀가 무슨 말을 할지 이미 알고 있었다.

"저는…… 저는 미나라고 해요. 그리고 저는…… 약에 중독되어 있어요."

"좋았어. 봐, 별로 안 어렵잖아. 안 그래?"

예인이 미소를 지으며 말했다. 놀랍도록 따뜻한 미소였다.

"어때, 빈센트. 이러니까 좋잖아? 이 이야기를 하는 게 어려울 게 뭐 있어? 대체 뭐가 그렇게 특별해서 입을 처닫고 있냐 이거야. 그 모임에 와서 앉아 있는 나머지 사람들하고 다를 것도 하나 없으면서. 안 그래, 빈센트? 참 나, 지도 그냥 널리고 널린 빌어먹을 중독자 중 한 명이면서…… 거기까지 와서 도도하게 콧대를 세우고 앉아 있는 꼴이라니……."

"나는 진작 알고 있었어."

빈센트가 예인의 말을 끊으며 말했다.

고소하다는 듯 미소를 짓던 예인의 표정이 이내 심술궂게 바뀌었고, 미나는 놀란 얼굴로 그를 쳐다봤다. 예인이 무언가를 더 말하려 하는 것 같았지만 빈센트는 더 이상 예인의 말을 듣고 있지 않았다. 그는 탁자 위 종이봉투를 뚫어져라 쳐다보았다. 온몸에 땀이 솟아나는 게 느껴졌다. 그는 미나, 그리고 예인을 번갈아 쳐다봤다. 그의 두개골 안에서 여러 생각이 비명을 지르며 날뛰기 시작했다. 그와 예인, 미나, 세 명이 이룬 삼각형, 식빵 모양이 어그러지지 않은 완벽한 삼각형, 모양이 망가지면 엄마는 식빵을 내다 버렸지. 하지만 탁자 위에 있는 종이봉투는 다섯 개니까, 3+5=8, 이건 아무 의미도 없는 숫자.

*그만.*

하지만 8 더하기 케너트(예인의 남편 이름은 왜 케너트인 거지? 대체 누가 그런 이름을 쓴다고?)는 9 그리고 9센티미터는 3.5인치.

*그만, 그만.*

그리고 3.5는 토스트기가 예열되어 있지 않을 때 식빵을 완벽하게 익혀 준 온도 설정이었지. 하지만 식빵 가장자리는 언제나 어렸던 그때 내 모습처럼 부서졌어. 그리고, 그리고, 그리고.

*그만!*

"난 그때 고작 일곱 살짜리 애였어. 그건 사고였다고."

예인의 두 눈에 무언가가 스치고 지나갔다.

"이게 단지 엄마한테 일어난 일 때문이라고 생각해?"

예인이 신경질적으로 덧붙였다.

"너는 예나 지금이나 유치하고 이기적이구나. 자, 잡담은 여기까지야. 이제 시작해야지."

예인은 잠시 화면에서 사라지고, 화면에는 미나와 종이봉투만 선명하게 남았다.

"당신들이 이럴수록 죄는 더 커지는 거예요."

미나가 그녀를 결박한 밧줄을 풀려고 애를 쓰며 말했다.

하지만 예인과 케너트는 그녀의 말에도 눈 하나 깜빡하지 않았다. 곧 케너트가 미나의 뒤통수를 잡았다.

"규칙은 알지, 동생? 네가 공연에서 가장 즐기는 트릭이잖아. 번호 골라."

빈센트는 꼬리에 꼬리를 물던 생각을 멈추고 정신을 차린 뒤, 호흡에 집중하며 침을 삼켰다. 지금은 예인의 명령을 따라야 했다. 이런 중차대한 순간에 정신을 놓아서는 절대 안 됐다. 그가 저 둘의 명령을 따르지 않는 순간 미나가 죽을 거라는 데에는 한 치의 의심도 없었다. 하지만 대체 어떻게 봉투를 선택해야 한다는 말인가?

"다섯 개 봉투에 전부 다 못을 넣지는 않았다는 걸 내가 어떻게 믿지?"

그가 물었지만 예인은 곧바로 위협하듯 대꾸했다.

"번호 골라. 아니면 내가 직접 골라 줄 테니까."

그는 온 정신을 집중했다. 종이봉투 다섯 개와 종이봉투가 놓인 위치 다섯 개. 보통 물건 다섯 개를 늘어놓고 사람들에게 하나를 골라 보라고 하면 대부분의 사람들은 네 번째에 위치한 물건을 고른다. 그다음으로 많이 고르는 위치는 바로 두 번째 자리다. 사람들이 왜 이런 선택을 하는지에 대해 다양한 심리학 연구가 있는데, 그 연구 모두 이러한 현상이 실재한다는 데는 이견이 없었다. 만약 예인이 이 이론을 모르는 상태에서 종이봉투 안에 못을 넣었다면, 두 번째 또는 네 번째 봉투 안에 못이 있을 확률이 높았다.

하지만 예인이 그걸 알고 있다면, 두 번째와 네 번째 봉투를 제외한 다른 봉투에 못을 넣었을 것이다. 빈센트라면 사람의 심리를 파악해 두 번째와 네 번째 봉투를 피할 거라는 걸 예인 또한 미리 예상했을 테니 말이다.

그런데 이건 예인이 그녀의 수작을 빈센트가 꿰뚫어 보지 못할 거라고 생각했을 때의 이야기였다. 만약 그녀의 작전을 빈센트가 다 예상할 거라고 생각했다면, 예인 또한 일부러 못을 두 번째나 네 번째 위치에 두었을지도 모를 일이었다.

못이 단 한 개라면, 적어도 이론상으로는 그랬다.

빌어먹을.

어린 시절 예인과 헤어진 후 한 번도 예인을 만난 적은 없었지만, 그가 아는 예인은 언제나 똑똑했다. 모든 면에서 말이다. 하지만 예인은 한 번도 그를 똑똑하다고 생각한 적이 없었다. 그랬기 때문에 어린 시절 그가 보여 준 마술 트릭에 속을 때면 예인은 깜짝 놀랐고, 언제나 그 비밀을 알아낼 수 있다고 호언장담하곤 했다. 예인은 동생이 자신보다 똑똑할 거라고 생각한 적이 단 한 번도 없었다. 아마 지금도 마찬가지일 것이다.

"두 번째 봉투로 할게."

빈센트가 숨을 참으며 답했다.

"이제 일어나는 일은 온전히 그리고 전적으로 네 잘못이야. 그걸 꼭 기억해 둬."

예인이 말했다.

케네트가 미나의 머리를 두 번째 종이봉투 위에 무자비하게 처박았다. 그녀의 이마가 탁자를 내리치는 동시에 종이봉투가 납작하게 찌그러졌다.

"아악!"

미나가 아픔에 소리를 질렀다. 케네트는 그녀의 머리칼을 잡고 머리를 다시 들어 올렸다. 미나의 이마에는 벌건 자국이 나 있었지만 못은 박혀 있지 않았다. 그걸 확인하고서야 빈센트는 숨을 내쉬었다.

"처음이라 운이 좋았군. 다시 골라."

예인이 말했다.

빈센트는 곧장 봉투를 고르는 대신, 용기를 내어 미나에게 물었다.

"미나 씨, 괜찮아요?"

빈센트의 질문에 미나가 고개를 저었다. 눈물이 그녀의 뺨을 타고 흘러내렸다. 얼굴 근육에는 긴장이 가득했다.

"못이 어디 있는지 알겠어요?"

그가 다시 묻자, 미나는 한 번 더 고개를 저었다. 그녀의 눈에 어려 있던 저항은 거의 사라져 찾아볼 수 없었다.

"경고하는데, 질문하지 마. 한 번만 더 질문하면 케너트가 곧장 여기 이 칼을 써서 죽여 버릴 테니까. 자, 이제 다시 선택해."

"알겠어, 알겠어. 잠시만. 고를게. 그럼 1번."

빈센트가 말했다.

그도 알 도리는 없었다. 그의 머릿속에는 그저 통계 숫자만 가득했다. 이제 네 개의 종이봉투가 남았으니, 못이 들어 있지 않은 빈 봉투를 택할 확률은 75퍼센트, 그가 못이 든 봉투를 택해 미나를 죽일 확률은 25퍼센트였다.

케너트의 손이 다시 한번 거침없이 미나의 머리를 탁자 위로 처박자 그녀가 결국 울음을 터트렸다. 얼마나 세게 머리를 찧었는지, 쾅 하고 부딪히는 소리가 수화기를 통해 생생히 들려왔다. 케너트는 또다시 그녀의 머리를 위로 들어 올렸다. 미나의 온몸이 경련으로 떨리고 있었다. 그녀는 걷잡을 수 없이 흐느꼈고, 더 이상은 빈센트와 눈도 맞추지 않았다. 이마에는 검붉은 자국이 나 있었다. 하지만 이번에도 못은 박혀 있지 않았다.

"너도 즐기고 있는 거지, 빈센트?"

예인이 웃음을 터트리며 말을 이었다.

"점점 더 재미있어지는데! 자, 이제 세 개 남았어. 관객들이 숨죽여 지켜보고 있다고! 자, 다시 골라."

"제발 그만해."

빈센트가 낮게 가라앉은 목소리로 대꾸했다.

"이만하면 됐잖아. 미나는 뇌진탕 정도만 겪어도 되잖아. 말만 해. 시키는 건 뭐든 내가 다 할게. 하지만 이건 제발 멈춰 줘. 나도 더 이상은 못 하겠어."

빈센트가 눈물을 흘리며 애원했다.

"골라!"

그의 누나가 으르렁대듯 말하자 빈센트도 목청을 높여 소리쳤다.

"못 하겠어!"

그러자 예인이 케너트를 향해 손짓했다. 케너트는 아무런 예고도 없이 미나의 머리를 다섯 번째 종이봉투에 처박았다. 미나는 아무 말도 못 하고 훌쩍이기만 했다. 그리고 다시 한 번, 케너트가 그녀의 머리를 곤추세웠다. 미나는 의식을 잃기 직전인 듯 어깨를 축 늘어뜨린 채 울지도 않고 있었다. 고개가 들려 정면을 보고 있었지만 눈의 초점은 완전히 사라졌다. 그녀의 눈빛만 봐서는 아직 정신을 놓지 않았는지 아니면 이미 정신을 놓은 상태인지도 알 수 없었다. 이마의 상처에서 흘러내린 붉은 피가 미나의 아름답고 짙은 눈 안으로 흘러들어 가고 있었다. 그래도 다행히 이마에 못이 박혀 있지는 않았다.

빈센트는 남은 두 개의 봉투를 뚫어져라 쳐다봤다. 세 번째와 네 번째 봉투. 50 대 50의 확률. 미나는 같은 확률로 죽을 수도, 살 수도 있다.

슈뢰딩거의 고양이가 생각났다. 양자 역학 이론에 따르면, 빈센트가 봉투를 선택해 결과를 확인하기 전까지 미나의 생사 여부는 불투명했다. 그녀의 목숨이 온전히 빈센트의 손에 달려 있었지만, 자신이 감히 미나의 생사를 결정할 수는 없었다. 그건 빈센트가 감당하기에 너무나 벅찬 일이었다.

빈센트는 다시 미나를 바라봤다. 경찰관 미나. 빈센트의 인생에서 그녀만큼 그가 깊이 이해할 수 있는 사람은 없었다. 심지어 이제는 그 자신보다 그녀에 대해 더 많이 알고 있는 것 같았다. 그녀의 어두운색 머리칼, 아름답고 또렷한 이목구비, 도톰한 입술, 그리고 트고 갈라진 채 밧줄에 묶여 있는 손까지. 미나는 여전히 허공을 무표정하게 바라보고 있었지만, 그녀의 두 눈은 그 어느 때보다 영민하게 빛나고 있었다.

그의 맥주에 빨대를 꽂아 주던 그녀.

그의 손을 잡아 주던 그녀.

그의 어깨에 기대어 울던 그녀.

그를 믿어 주던 그녀.

그런 그녀를 그가 죽일지도 모른다.

그의 삶에는 그녀가 필요했다. 미나가 그의 인생에 들어온 후 모든 게 변했다. 미나가 생각하는 것보다 그리고 그가 설명할 수 있는 것보다 훨씬 많이, 그녀는 그의 모든 것을 변화시켰다. 그녀와 함께 있을 때면 그의 안에 드리운 짙은 그림자가 아무런 힘을 발휘하지 못했다. 그런 그녀가 없어진다면…… 빈센트는 차마 그 생각을 떠올릴 수조차 없었다.

남은 봉투는 두 개, 선택은 하나.

그녀는 살 수도, 죽을 수도 있다.

그냥 선택하는 건 불가능하다. 무슨 방법을 써서라도 못이 어느 봉투 안에 들어 있는지 알아내야 한다.

"자, 이제 두구두구두구두구두구."

예인이 극적인 장면에 나올 법한 드럼 소리를 냈다.

"위대한 멘탈리스트 님께서 5초 안에 최종 결정을 내리실 겁니다!"

미나는 놓았던 정신을 되찾은 듯 두 눈을 깜빡였다. 그러고는 그녀 앞에 놓인 종이봉투를 보고, 현실을 직시한 것처럼 고개를 저었다. 이어 그녀의 두 눈이 빈센트와 마주쳤다. 아마 그도 그녀처럼 공포에 질린 표정이었을 것이다.

"안 돼요."

미나는 계속해서 중얼거렸다.

"안 돼요. 안 돼. 안 돼."

빈센트는 그 어느 때보다도 빨리 머리를 굴렸다. 방금 전 예인은 그를 위대한 멘탈리스트라고 불렀다. 하지만 멘탈리스트는 일루셔니스트이기도 하다. 그리고 멘탈리스트와 일루셔니스트는 모두 관객들이 생각하는 것보다 소매 안에 더 많은 트릭을 숨기고 있다. 보이지 않게 숨겨 놓은 와이어나 복제품, 거울, 그리고…… 그렇다. 그게 있었지!

빈센트는 흥분을 감추기 위해 입안을 깨물었다. 정말 그게 효과가 있을지는 알 수 없지만, 지금으로서는 그것이 그에게 허용된 유일한 방법이었다.

"종이봉투들, 좀 더 가까이서 봐도 되나?"

그가 최대한 무심한 목소리를 가장하며 물었다.

"아, 드라마를 조금 가미하시겠다? 안 될 게 어디 있겠어! 얘 머리가 쪼개지면 머릿속에 들어 있는 뇌를 더 가까이서 자세히 볼 수 있겠네!"

예인이 웃으며 답하자 미나가 당황한 표정으로 입을 열었다.

"빈센트, 그게 무슨 말이에요? 왜……."

*우리는 해낼 수 있어요. 나는 당신을 믿어요. 아니, 우리를*

믿어요.

그때 빈센트가 말했다.

"앞으로 몸을 좀 기울여 봐요. 세 번째 종이봉투 쪽으로."

미나는 그가 시키는 대로 했다.

"잘했어요. 이제는 네 번째 종이봉투 쪽으로 몸을 숙여 봐요."

미나는 빈센트가 말한 대로 다시 한번 앞으로 몸을 기울였다. 그리고 마침내 힌트를 찾아냈다. 빈센트는 얼굴에 그 어떤 감정 변화도 드러내지 않도록, 있는 힘을 다했다. 미나를 보니 그녀도 방금 전에 무슨 일이 일어났는지 전혀 모르는 눈치였다. 예인과 케너트도 아무것도 눈치채지 못한 것 같았다. 하지만 빈센트는 미나의 목에 걸린 펜던트가 네 번째 봉투에 가까이 다가갔을 때 아주 조금 움직이는 걸 똑똑히 보았다.

자석이 금속에 반응하듯 말이다.

가령 20센티미터짜리 못 같은 금속에.

"세 번째!"

빈센트가 외쳤다.

"세 번째 봉투로 할게!"

"선택은 네가 한 거란 걸 명심해. 잘 가, 미나."

예인이 말했다.

미나는 심호흡을 한 뒤 두 눈을 질끈 감았다. 온 힘을 다해 버텨 봤지만, 케너트의 힘을 당해 내기엔 역부족이었다. 케너트는 그녀의 이마를 세 번째 종이봉투 위에 가져다 대고, 천천히 계속해서 아래로 머리를 눌렀다. 그리고 곧 미나의 머리를 탁자에 세게 내리친 순간, 종이봉투는 요란한 소리와 함께 찌그러졌다. 케너트는 온 힘을 다해 두개골에 못을 박듯 그녀의 뒤통수를 두 손으로 잡고 머리를 탁자에 내리박았다. 미나의 입에서 침과 함께 그르렁거리는 소리가 새어 나왔다. 그녀의 온몸이 경련으로 떨렸다. 그리고 마침내 케너트가 그녀의 머리에서 손을 뗐을 때 그녀는 탁자에 이마가 붙은 듯, 그 자세 그대로 한참을 가만히 있었다.

심각할 정도로 아무 미동도 없이 그렇게 한참을.

\*

사라는 경찰서의 복도를 미친 듯이 달렸다. 드디어 무언가 아주 중요한 일이 일어나고 있었다.

8월 초에 마이클과 아이들이 스웨덴으로 들어왔다. 3주간의 휴가 동안 다 함께 스웨덴 전국을 누비며 여행을 하고 나니 아이들의 학교 생활이 시작되었다. 사라는 마이클과 아이들이 스톡홀름에서의 생활에 곧장 적응할 거라 생각했지만, 그건 오산이었다.

사라는 중앙 홀을 향해 난 긴 계단을 한 번에 두 개씩 밟아 뛰어 내려갔다. 중앙 홀에 도착한 다음에는 홀을 가로질러 뛰었다. 율리아에게 전화를 할 수도 있었지만 그건 시간 낭비처럼 느껴졌다. 이건 반드시 직접 대면해서 보고해야 할 중요한 정보였다.

다시 돌아온 스톡홀름은 활기 넘치는 뉴욕에 비해 정체된 도시처럼 느껴졌다. 아이들은 여전히 미국에 두고 온 친구들을 그리워했고, 마이클은 그가 일했던 게임 회사의 팀이 캘리포니아에 있다며 온 가족이 캘리포니아로 가면 어떻겠냐고 했다. 어쩐지 그녀에게도 점점 더 좋은 아이디어처럼 들렸다. 만약 정말 그렇게 된다면, 이건 그녀가 경찰을 그만두기 전 경찰 조직을 위해 할 수 있는 마지막이자 최소한의 일이 될 것이다.

사라는 엘리베이터를 기다릴 시간도 아까워서 율리아의 사무실이 있는 층까지 계단을 세 개씩 밟아 올랐다.

미국에서 돌아온 이후, 사라는 그녀에게 주어질 새로운 직무가 무엇일지 인내심을 가지고 기다려 왔다. 하지만 그 확실한 향방을 아는 사람은 아직 아무도 없는 것 같았다. 때문에 지난봄, 율리아가 이번 수사에 도움을 청해 왔을 때 사라는 감사한 마음으로 그러겠노라고 답했다. 새 직무가 결정되길 기다리는 동안 뭔가 집중할 일이 있으면 좋을 것 같았으니까. 그래서 같은 이유로, 율리아가 다시 한번 전화 추적을 부탁해 왔을 때도 흔쾌히 그 요청을 수락했다. 두 번째로 맡은 추적과 분석은 지난번보다 강도가 더 셌다. 지난주 내내 그녀는 낮이고 밤이고 통신 회사 네트워크를 실시간으로 감시하느라 정신이 하나도 없었다. 그래도 처음에는 페데르가 추적을 도와줘서 일이 훨씬 수월했다. 페데르는 매의 눈으로 뭐 하나 놓치는 것 없이 꼼꼼하게 네트워크를 감시했다. 그래, 적어도 눈을 뜨고 있을 때는 그랬다. 점차 시간이 지나면서 지쳐 버린 페데르가 네트워크를 감시하는 도중 두 번이나 꾸벅꾸벅 존 후, 둘은 이 업무를 사라 혼자 맡는 게 낫겠다고 결론지었다. 물론 페데르가 업무에서 빠진 뒤 그녀 혼자 유의미한 방식으로 데이터를 분류하고 분석하기에는 네트워크를 지나가는 정보가 너무나도 많았다. 하지만 스마트 소프트웨어의 도움으로 그녀가 찾는 정보를 지정해 번호를 추적하고 감시할 수 있었다. 사실 이 추적으로 무언가 새로운 정보를 발견하리라 기대하지는 않았다. 경험상 이런 범죄에서 대포 폰은 추적을 피하기 위해 한 번만 사용되고 버려지는 경우가 훨씬 많았으니까. 지난 10년 동안 그녀는 지나치게 꼼꼼한 성격 덕분에 틀린 적이 거의 없었다. 하지만 이번에는 그녀의 판단이 틀렸다. 그리고 그 오판은 이제껏 그녀에게 일어난 일 중에 가장 기쁜 일이었다.

수개월의 침묵 끝에, 범인이 이전 제보 전화에 사용했던 대포 폰을 다시 꺼내 사용한 것이다.

\*

 빈센트는 화면 속 축 처진 미나를 뚫어져라 쳐다봤다. 휴대폰을 쥔 그의 손이 너무 심하게 떨려서 화면을 제대로 보기가 어려웠다. 미나가 목에 걸고 있던 펜던트가 못에 반응했으면 했던 그의 바람대로 펜던트는 아주 미약하게나마 반응했다. 그랬길 바랐다. 반응이 너무 미약했기에 확신할 수는 없었다. 어쩌면 미나가 그녀도 모르는 새 목걸이를 움직여 펜던트가 살짝 흔들린 것일 수도 있으리라. 아니, 어쩌면 못에는 아예 자성이 없을 수도 있었다. 대부분의 못은 자성을 가지고 있지 않으니까.

 하지만 남은 두 봉투 중 하나에 못이 들어 있는 상황에서 그가 뭘 어떻게 했어야 한다는 말인가? 운이 좋았다면 그는 못이 없는 봉투를 제대로 선택했을 것이다. 끔찍하게 불공평한 일이었지만, 그는 최선을 다했다.

 옅은 나무 색의 테이블을 배경으로 미나의 짙은 머리칼이 더욱 도드라졌다. 옅은 나무 색의 테이블을 배경으로…… 옅은 나무 색…… 그렇다는 건 피가 나지 않았다는 뜻이었다.

 전혀.

 그의 심장이 쿵 하고 내려앉았다.

 곧 미나가 천천히 고개를 들었다. 그리고 카메라 속 그의 눈을 지그시 바라봤다.

이번 게임은 그들이 이겼다. 하지만 이긴 것 같은 기분은 들지 않았다. 조금도.

"세상에나."

예인이 호탕한 웃음을 터트렸다.

"정말 너답지 않은걸. 네 조수를 구하다니 말이야."

"누나는 미쳤어. 역겨운 인간 같으니. 솔직히 말해 봐. 봉투 아래에 못 하나도 없었지? 안 그래?"

그 질문에 대답이라도 하듯, 케너트가 마지막 봉투를 들어 보였다. 사람들이 선택할 확률이 가장 높은 네 번째 위치에 놓인 봉투였다. 봉투를 들자, 그 안에 반짝반짝 빛날 정도로 끝을 날카롭게 갈아 놓은 못이 하늘을 향해 서 있었다. 못을 본 미나가 테이블 위로 속을 모두 게워 냈다.

예인은 카메라 방향을 돌려 그 방의 나머지 부분을 빈센트에게 보여 주었다. 방의 한가운데에는 물탱크 같아 보이는 무언가가 세로로 세워져 있었다.

"이건 널 위해 남겨 놓은 거야. 오늘을 위해서 말이야. 사실 이전 단계에서 미나가 바로 죽을 줄 알았는데. 뭐, 대신 이제 이 물탱크에 미나를 넣으면 되겠지."

"잠깐만! 누나가 하라는 대로 다 했잖아! 미나는 풀어 줘."

빈센트가 소리쳤다.

"물론이지. 네가 얘 대신 여기 오겠다고 하면 풀어 주고말고. 전화 끊으면 문자로 여기 주소를 보내 줄게. 보통 거기서 여기까지 오려면 한 시간 40분이 걸려. 네가 페리를 제시간에 잡아탄다는 전제하에 말이야. 지금 먼저 네 친구를 물탱크에 넣어 둘게. 그리고 정확히 95분 후에 물탱크에 물을 채우기 시작할 거야. 물탱크에 물을 다 채우는 데는 딱 5분이 소요돼. 그러니 페리를 놓치지 않는 게 좋을 거야."

케네트는 미나가 앉은 휠체어를 물탱크 쪽으로 밀고 갔다. 미나는 휠체어에 묶인 손을 풀어 보려 안간힘을 써 봤지만 아무 소용 없었다.

"빈센트."

그때 그의 누나가 그를 똑바로 쳐다보며 말했다.

"만약 네가 아닌 다른 사람이 오거나 네가 누군가를 달고 오는 낌새가 조금이라도 보인다면, 곧바로 얘 얼굴에 총을 쏴서 죽여 버릴 테니 그리 알고."

빈센트는 그가 낼 수 있는 가장 큰 소리로 미나의 이름을 불렀다. 그러나 이미 전화는 끊긴 후였다. 창문 너머 그의 집 앞 잔디밭을 가로지른 길가에는 여전히 루벤의 차가 주차되어 있었다. 그리고 빈센트의 자동차는 집 앞 진입로에 서 있었다. 루벤의 눈을 피해 차까지 가는 건 불가능했다. 그래도 어떻게든 루벤 몰래 집을 빠져나가야 했다. 경찰이 따라붙으면 모든 것이 파국으로 치달을 것이다. 어서 빨리 방법을 떠올려야 했다. 마술을 써서 연기처럼 사라지고 싶었지만, 그건 자신보다 톰 프레스토가 더 잘하는 묘기였다. 손재주가 좋았더라면 코트와 모자로 사람의 형상을 만들어 부엌 창문 커튼 뒤에 숨기고, 빈센트가 집에 남아 있는 것처럼 실루엣을 만들 수도 있을 것이다. 그의 머릿속에서 나온 아이디어였지만 스스로 생각해도 말이 안 됐다. 그런 수작은 아마 TV 드라마에서나 통하는 것일 테다.

그런데 사실, 빈센트의 모습을 그대로 복사한 것이 하나 있기는 했다.

빈센트는 곧장 서재로 달려갔다. 그리고 어렵지 않게 실물 크기로 만든 그의 등신대를 찾아냈다. 등신대는 방에 놓인 상자들 뒤로 벽에 기대어 서 있었다. 그가 회식에 참석하지 못했던 날 프로덕션 팀이 그의 등신대를 데리고 여러 술집을 전전한 탓에 표면은 조금 더러워져 있었지만, 그래도 모자와 코트를 활용하는 것보다는 훨씬 나을 것이다. 어쨌든 빈센트의 사진을 실물 크기로 출력해 만든 그의 등신대니까 말이다.

루벤도 최소 5초 정도는 그가 움직이지 않고 있다는 것을 알아차리지 못할 것이다.

하지만 이걸로는 부족했다. 루벤을 속이기 위한 일루전이라면 더 강력해야 했다. 그는 재빨리 손목시계를 흘끗 쳐다봤다. 예인과의 통화가 끝난 후 벌써 2분이 지났다. 앞으로 3분 안에 그의 차에 타야 했다. 30초의 시간을 이용해 등신대 속 그가 입고 있는 것과 똑같은 옷을 차려입었다. 그리고 곧장 집 밖으로 나가 잔디밭을 가로질러 루벤에게 달려갔다. 루벤은 경찰차 창문을 내리고 그를 쳐다봤다.

"안녕하세요. 루벤 씨."

빈센트는 루벤이 위를 처다보도록 그의 집게손가락을 하늘 높이 치켜들었다. 역시나 그의 바람대로 루벤은 빈센트의 손가락을 따라 위를 처다봤다.

"자, 이제 루벤 씨는 이걸…… 할 거예요."

빈센트는 '이걸'이란 단어를 말할 때 목소리를 한 옥타브 낮추며, 재빨리 손가락이 가리키는 방향을 아래로 바꾸었다. 그리고 루벤이 머리를 살짝 앞으로 기울이도록 루벤의 목 뒤에 그의 손을 갖다 대었다. 루벤은 오늘 빈센트가 그에게 한 짓을 결코 용서하지 않을 것이다.

"온몸의 긴장을 풀고 심호흡하세요."

빈센트가 계속 말을 이어 갔다.

"그리고 숨을 들이쉴 때마다 루벤 씨는 점점 더 편안해집니다. 점점 더 숨을 깊게 들이마시고, 내쉬세요."

그는 루벤의 호흡 소리가 깊어지고 호흡에 리듬이 실릴 때까지 몇 초간 기다렸다.

"자, 지금부터 몇 초 후에 루벤 씨는 내가 부엌 창문 앞에 서 있는 것을 볼 겁니다. 우리는 눈싸움을 할 거예요. 알아들었지요?"

"네. 눈싸움이요."

루벤은 최면에 걸린 사람이 그러하듯, 단조로운 목소리로 중얼거렸다.

"우리는 그대로 멈춰 서서 눈을 깜빡이지 않고 서로를 뚫어지게 쳐다볼 거예요. 그러다 먼저 눈을 깜빡이는 사람이 지는 거예요. 루벤 씨는 나처럼 눈싸움을 잘하는 사람은 태어나서 한 번도 본 적이 없을 겁니다. 하지만 내가 꼼짝도 안 할수록, 루벤 씨는 더 나를 이기고 싶을 거예요. 알겠어요?"

"네. 빈센트 씨는 꼼짝도 않고…… 나는 이기고 싶고."

루벤이 중얼거렸다.

빈센트는 루벤의 목에서 손을 떼어 루벤의 머리가 다시 위를 향하도록 만들었다. 루벤은 눈을 감은 채였다. 여기서 손가락을 튕겨 '딱' 소리를 내면 루벤이 눈을 뜨고, 그의 최면이 본격적으로 시작될 것이다. 사실 빈센트는 핑거 스냅으로 최면을 시작하는 걸 좋아하지 않았다. 그건 뭐랄까…… 너무 촌스러웠다.

"루벤 씨. 날 보세요."

빈센트는 손가락을 튕겨 소리를 내는 대신, 명령조로 말했다.

루벤은 당황한 표정으로 눈을 깜빡이며 그를 쳐다봤다.

"잘했어요. 자, 이제 그럼 내가 말한 대로 하는 겁니다. 루벤 씨랑 잠깐이나마 이야기해서 즐거웠어요. 이제 나는 집으로 돌아가서 온종일 틀어박혀 있을 거예요."

최면을 건 뒤에는 쉬지 않고 계속 말을 이어 가는 게 중요했다. 중간에 말을 오랫동안 멈추면 루벤의 뇌가 방금 일어난 일을 감지하려 할 수 있었다.

"흠. 알겠어요."

루벤이 정신을 차리려 노력하며 말을 이었다.

"난 계속 당신을 예의 주시할 겁니다. 그러니까 허튼짓은 하지 말아요."

빈센트는 곧장 집으로 뛰어 들어와 시간을 확인했다. 루벤에게 가서 최면을 거는 데 걸린 시간은 90초. 이제 1분이 남았다. 그는 집에 들어오자마자 부엌 창문 아래 잔뜩 웅크리고 앉아 등신대를 창문 앞에 위치시키고, 등신대 속 그의 얼굴이 경찰차를 향하도록 위치를 조정했다. 창밖으로 루벤이 좌석에서 자세를 고쳐 앉는 모습이 보였다.

빈센트는 테라스 문을 통해 뒤뜰로 기어 나왔다. 그리고 베냐민에게 오늘 아스톤을 학교에서 픽업해 달라고 부탁하는 문자를 보냈다.

이어서 집 뒤편 모퉁이를 돌아, 차고 앞에 주차된 그의 차까지 벽을 따라 걸었다. 차는 그와 루벤 사이에 위치해 있었다. 혹시나 루벤에게 들킬까 봐 그는 차 뒤에 쭈그리고 앉아 걸었다. 루벤이 한동안 부엌 창문을 뚫어져라 바라보는 데 집중하고 있길 바랄 뿐이었다. 아니, 그래야만 했다.

빈센트는 잠겨 있는 조수석 문을 조심스레 열고 차에 탄 뒤 운전석으로 자리를 옮겼다. 그런 다음, 최대한 조용히 길가 쪽으로 차를 후진시켰다. 루벤이 타고 있는 경찰차가 점점 가까워졌다. 움직이는 타이어 밑에서 자갈 소리가 났지만 루벤은 반응하지 않았다. 경찰차를 정면으로 마주 보고 지나갈 엄두는 나지 않았다. 잘못했다간 괜히 루벤의 시야에 들어가 그를 최면에서 깨울 수도 있다. 빈센트는 그 대신 경찰차와 반대 방향으로 차를 몰았다. 그리고 모퉁이를 돌아 루벤이 더는 그의 차를 볼 수 없게 되자, 액셀을 밟아 전속력으로 달리기 시작했다. 운전을 하면서 미나에게 가는 길까지 찾아야 했다. 정신을 바짝 차리고 집중해야 한다. 그리고 한 번에 하나씩 생각해야 한다. 딱 하나씩만.

미나.

예인.

비좁은 물탱크는 생각할 수 없었다. 지금은 비좁은 물탱크에 대해 생각할 여력이 없었다. 누군가 자신을 물탱크에 가둬 죽이려 한다는 사실도, 그걸 알면서도 스스로 죽음을 향해 전속력으로 달려가고 있다는 사실도. 정말이지 아무것도 생각할 수 없었다. 하마터면 그의 차와 부딪힐 뻔한 차량들이 사납게 경적을 울렸다. 그는 더 힘껏 액셀을 밟았다.

미나.

예인.

\*

사라는 율리아의 사무실 앞에 서서 잠시 숨을 고른 뒤에 노크를 하고 방문을 열었다. 하지만 어쩐 일인지 사무실 안은 아무도 없이 텅 비어 있었다. 율리아가 없으리라고는 생각도 하지 않았는데. 특히 경계 태세인 오늘 같은 날이라면 당연히 모두가 사무실에서 대기하고 있을 줄 알았다. 율리아의 방에서 더 내려가면 크리스테르의 방이 있었다. 사라는 곧장 크리스테르의 방으로 걸어갔다. 크리스테르의 방문은 활짝 열려 있었고, 안은 역시나 비어 있었다. 대체 이게 무슨 일이지? 혹시 호출을 받아 나간 것일까? 만약 그렇다면 그녀가 가져온 정보가 더욱더 필요할 것이다.

그때 복도 저 아래서 유쾌한 웃음소리와 음악 소리가 들려왔다. 틀림없이 자메이카 출신 가수 밥 말리의 노래였다. 사라는 어안이 벙벙해 소리가 들려오는 쪽으로 급히 발걸음을 옮겼다. 그리고 자신의 눈앞에 펼쳐진 광경에 얼어붙고 말았다.

페데르가 '노 우먼 노 크라이'라는 노래에 맞춰 등을 뒤로 젖히고 무릎을 들어 올리며 레게 댄스를 추고 있었다. 가슴팍의 아기 띠 안에 안겨 있는 아기는 기분이 좋은지 옹알이를 했다. 그뿐 아니라 바닥에 깔린 담요 위에는 두 아기가 더 누워 있었다. 과하게 흥분한 골든 레트리버가 아기들에게 얼굴을 가까이 가져다 대고 침을 묻히자, 아기들은 좋으면서도 무섭다는 표정으로 까르륵거렸다. 그 옆에는 크리스테르가 서서, 혹시나 골든 레트리버가 아기들을 해치기라도 할까 목줄을 단단히 잡고 있었다. 마침 왼쪽 무릎을 들어 올리던 페데르는 사라를 보고 얼굴이 벌게져서 동작을 멈췄다.

"어…… 그게, 오늘이 제 아내 생일이라서요."

페데르가 당황한 표정으로 먼저 말문을 열었다.

사라는 아무 대답도 하지 않았다. 지금 그녀가 보고 있는 장면이 무슨 의미인지 파악하느라 쉽게 말이 나오지 않았다.

"이게 아내 생일 선물이거든요."

페데르가 묻지도 않은 질문에 대답을 했다.

"사실 아내는 점심을 혼자 나가서 먹고 미용실에 가고 싶다고 했어요. 그런 다음 골목의 조용한 카페로 가서 꾸벅꾸벅 졸다가 집에 오고 싶다고 했거든요. 아주 오래전부터 약속해 놨던 거라, 이렇게 되었네요."

그는 그것으로 모든 설명이 되었다는 듯 세쌍둥이를 향해 고개를 끄덕였다.

이윽고 사라가 입을 열었다.

"율리아 팀장님이 오늘은 아주 중요한 날이 될 거라고 하셨는데요. 경찰 병력을 총동원하는 날이 될 거라고요. 페데르 씨 아내의 생일이라 병력을 총동원할 거란 뜻은 아니었던 것 같은데."

페데르는 목청을 가다듬었다. 그리고 아까보다도 더 당황한 표정으로 컴퓨터에서 흘러나오던 밥 말리의 노래를 껐다. 크리스테르도 담요 위의 아기들을 까르르 웃게 만들던 골든레트리버를 아기들에게서 떨어뜨리려고 목줄을 세게 잡아당겼다. 아기들에게서 떨어진 레트리버는 곧장 시무룩한 얼굴이 되었다.

그때 크리스테르가 입을 열었다.

"아, 그렇지. 오늘 비상 대기 태세인 건 맞아. 우리도 대기 중이고. 빈센…… 아, 그러니까 내부에서 오늘 또 다른 살인이 일어날지 모른다는 예측이 있었거든. 그래서 지금 곳곳에 경찰차들도 나가 있고. 하지만 지금으로서는 특별히 할 수 있는 일이 없어서 페데르와 나는 여기 사무실을 지키고 있기로 한 거야. 혹시 무슨 일이 일어나면 곧바로 대응할 수 있게."

"마침 관련해서 중요한 정보를 입수했어요. 지난봄에 우리가 추적했던 전화 기억하시죠? 아마도 범인이 걸어온 전화일 거라고 생각됐던 그 전화요."

페데르와 크리스테르는 귀를 쫑긋 세우고 고개를 끄덕였다. 세쌍둥이와 골든 레트리버도 방 안을 가득 채운 사태의 심각성을 인지했는지 모두 침묵을 지켜 줬다.

"저는 율리아 팀장님 지시로 이번 주에 혹시 그 전화가 다시 켜지는지 모니터링하고 있었어요. 그리고 방금 전에 그 전화가 켜졌고요. 전화는 한 수신자와 10분 동안 통화를 했어요. 발신 위치는 노르텔리에 군도였고요."

페데르의 가슴팍에 안긴 아기가 불안한 듯 낑낑대기 시작하자, 페데르는 작고 통통한 아기의 두 손을 그의 손으로 감싸 달랬다.

"노르텔리에 군도요? 통화 내용은 뭐였는데요?"

"그건 몰라요. 감청 영장이 없어서 듣지는 못했거든요. 율리아 팀장님이 감청 영장을 받으라고 하질 않으셔서……."

사라는 귀에 들어오는 자신의 말을 들으며, 그녀가 바보짓을 했음을 깨달았다. 팀장님이 그런 지시를 내리지 않았더라도 그녀가 먼저 감청 영장이 필요할지 물었어야 했다. 감청 영장은 곧바로 나오는 영장이 아니기 때문에 사전에 계획해야 했고, 매일 감청 영장만 신청하는 사람이 아니라면 그 복잡한 절차를 이해하는 것도 어려웠기에 공부가 필요했다. 지금 와서 생각해 보니 필히 다시 확인했어야 하는 부분이었다. 새로운 일을 맡고도 3개월이 지났는데, 여전히 신입만도 못한 실수를 저지르다니.

"사라 씨 잘못이 아니야."

그녀의 생각을 읽기라도 한 듯 크리스테르가 말했다.

"그건 율리아가 지시했어야 하는 부분이지. 그런데 율리아도 다른 일들 때문에 정신이 없어서 놓친 것 같네. 그 전화가 노르텔리에 군도에서 걸려 왔다는 것 말고 다른 정보는 없나?"

크리스테르의 말에 사라는 안도하며 다시 입을 열었다.

"다른 정보도 있죠. 그냥 정보도 아니고 아주 중요한 정보예요. 통화의 수신자가 빅토르…… 아, 죄송해요. 빈센트 발데르라는 사람이었어요."

페데르와 크리스테르는 충격에 휩싸여 서로 눈빛을 교환했다. 영문을 알지 못하는 사라는 어안이 벙벙했다. 둘이 이렇게 강력한 반응을 보이리라고는 예상하지 못했는데, 아니 솔직히 아무런 반응이 없을 줄로 알았는데 뜻밖이었다. 분명 율리아 팀장이 그녀에게 해 주지 않은 이야기가 더 있는 것 같았다.

"빌어먹을."

페데르가 조용히 그녀를 향해 돌아서며 중얼거렸다.

크리스테르가 설명을 보탰다.

"우리가 아는 사람이야. 지금 당장 노르텔리에 군도로 기동대를 보내 달라고 요청할게. 가자, 보세. 할 일이 생겼어."

"지금 루벤이 빈센트 씨네 집에 나가 있어요. 저는 루벤한테 연락해 보고, 그런 다음 율리아한테 전화할게요. 고마워요, 사라 씨. 수고하셨어요."

페데르는 그 말을 마친 후 크리스테르와 함께 급히 방문을 나섰다. 그 모습을 지켜보는 사라의 입가에 미소가 떠올랐다. 이거였다. 그녀가 이 일을 하는 이유이자 삶의 목적. 매일매일의 길고 지루한 업무 끝에 마침내 자신이 한 일로 무언가 변화가 일어나는, 이런 순간을 위해 살아왔던 거였다. 아무래도 마이클과 상의해 캘리포니아로 이주하는 계획을 조금 더 미뤄야 할 것 같다.

\*

율리아는 체념한 표정으로 침대 위에 올려 둔 가방을 바라봤다. 해외에 가는 것도 아니고 고작 차로 한 시간 떨어진 거리의 움살라에 가는 데다, 가도 필요 이상으로 길게 머물지는 않을 거라고, 그러니 가방을 쌀 필요는 없다고 몇 번이나 말했지만 토르켈은 만반의 준비를 해서 나쁠 것 없다는 고집을 꺾지 않았다. 넷플릭스에서 본 생존 시리즈에 나오는 주인공처럼 말이다. 율리아는 가방을 열지 않고도 알 수 있었다. 흡사 전쟁 통에 피난이라도 떠나는 사람처럼 짐이 바리바리 꾸려져 있을 테다. 집에 놔두면 몇 년은 쓸 수 있을 정도의 생필품들, 그중에서도 특히 화장지는 이 동네 사람들이 한참은 다 같이 쓸 수 있을 정도로 많이 들어 있을 것이다. 대체 어떤 얼간이가 화장지를 저렇게 많이 쟁여 둔다는 말인가? 누굴 욕할 것도 없었다. 다른 사람도 아니고 그녀의 남편이 그런 것이니.

사실 남편의 입장에서 생각해 보면 지금 상황에서 이렇게 짐을 챙기는 것 말고는 할 일이 그리 많지 않기도 했다. 몸속에 진공청소기 같은 관을 꽂아야 하는 것도, 쓸 만한 난자 두세 개를 얻자고 열 개가 넘는 난자를 뽑아내야 하는 것도 모두 그녀였으니까.

토르켈이 할 수 있는 유일한 일은 그녀의 가방을 싸 주는 것뿐이었다. 그렇기에 그가 이렇게 가방을 쌌다고 비난할 수도 없었다.

하지만 아무리 이해해 보려 해도, 지금 이 순간 그의 태도에 짜증이 치미는 건 어쩔 수 없었다. 그녀는 그의 아내이자 장차 태어날 아기의 엄마일 뿐 아니라 엄연히 직장이 있는 사람인데, 그는 그 사실을 모르는 척하고 있었다.

토르켈이 복도에 서서 말했다.

"당신 없이도 다들 잘할 거야. 얼른 가자."

그가 문 옆 열쇠걸이에서 차 키를 집는 소리가 들렸다.

"대체 몇 번을 더 이야기해야 하는 거야. 난 지금 팀장을 맡아 수사를 이끌고 있다고. 수사 상황 전체를. 게다가 오늘은 연쇄 살인범이 네 번째 살인을 저지를 거라고 예측한 날이야. 우리는 그 사람을 막아야 하고. 내가 사무실에 없으면 그게 어떻게 보일지 생각도 안 하는 거야?"

율리아는 거의 울기 직전이었다. 남편이라는 사람이 어쩜 저렇게 이해심이라고는 요만큼도 없을 수 있는지. 사실 그녀도 이번을 마지막으로 이 모든 걸 정말 끝내고 싶었다. 이제 껏 얼마나 많은 주삿바늘을 배에 찌르고, 그 빌어먹을 스프레이를 흡입했던가. 이 짓을 또 할 수는 없었다. 그때 토르켈이 침실로 들어왔다. 낙담한 표정을 드러내지 않으려 최선을 다하고 있었지만, 그의 얼굴에는 그가 느끼는 불만과 좌절이 고스란히 드러나 있었다.

"당신 입으로도 늘 이야기했었잖아. 당신 팀은 능력이 출중한 팀원들로 이뤄져 있고, 당신은 그 팀의 구성원일 뿐이라고. 오늘 일은 다른 사람들이 알아서 잘 처리할 거야. 다들 무슨 일을 해야 하는지 잘 알고 있잖아. 그리고 오늘 일어날 거라는 살인을 멈추는 게 당신 혼자 해낼 수 있는 일도 아니잖아?"

"그렇게 말해 주니 아주 고마워 어쩔 줄을 모르겠네."

율리아가 토르켈에게서 멀찌감치 떨어지며 답했다.

토르켈은 한숨을 내쉬며 침대 가장자리에 앉았다. 호르몬의 영향으로 감정 조절이 어렵고 더 쉽게 짜증이 난다는 걸 알고 있었지만, 그 탓만 하기엔 토르켈은 가끔 너무, 지나치게 어리석었다.

"지금 당신이 할 수 있는 건 우리에게 기회를 한 번 더 주는 거야. 지난번에는 잘 안 되었으니, 이번엔 잘될 거야. 타이밍이 거지 같다는 건 나도 알아. 하지만 오늘은 몇 주 전에 받아 놓은 날짜잖아. 오늘 웁살라 대학 병원에 가지 않으면, 당신 배에 주사를 놓는 것부터 시작해서 몇 주가 걸리는 그 힘들고 긴 과정을 다시 해야 한다고. 이게 정말 그렇게까지 할 가치가 있는 일이야?"

율리아는 그의 옆에 앉아 소매로 눈가를 닦았다. 그리고 체념한 듯 어깨를 떨궜다.

"아니. 그럴 가치가 있는 일은 아니야. 하지만 지금 당신은 내게 말도 안 되는 선택을 강요하고 있어. 성공할지 말지 알 수도 없는 임신을 위해 내 자리를 비우라니. 오늘 누군가는 목숨을 잃을 수도 있어. 이건 옳지 않아."

그때 엉덩이 아래서 진동이 느껴졌다. 휴대폰을 깔고 앉은 모양이었다. 그녀는 곧장 자리에서 일어나 휴대폰을 찾아 들었다. 페데르에게서 메시지가 와 있었다. 단 한 문장으로 쓰인 문자. 그걸 보자마자 그녀는 마음의 결심을 굳혔다.

"지금 당장 가 봐야겠어. 차 키 줘."

토르켈은 토를 다는 대신 차 키를 건넸다.

그리고 율리아가 재킷을 입는 걸 보며 말했다.

"사랑해. 여보, 이 이야기는 나중에 다시 해."

율리아는 차로 걸어가며 메시지를 다시 한번 읽었다.

*빈센트였어요.*

\*

웅웅거리며 짜증을 유발하는 작은 소리가 그의 집중력을 방해했다. 저 멀리서 누군가가 맞춰 놓은 자명종이 울리는 것 같았다. 루벤은 미간을 찌푸렸다.

지금은 집중력이 떨어지면 안 되는 타이밍이었다. 그가 조금이라도 움직이면 빈센트가 이길 거란 말이다.

빈센트는 여전히 미동도 없이 저기 서 있었다. 그리고 루벤은 그를 이기려 정말이지 열심히 노력하고 있었다.

창문 너머로 보이는 저 멘탈리스트는 대체 어떻게 저렇게 꼼짝도 않고 서 있을 수 있는지, 당최 이해가 가지 않았다.

하지만 루벤은 절대 지지 않을 생각이었다.

그는 더욱더 정신을 집중해 빈센트를 뚫어져라 쳐다봤다.

짜증 나던 소리가 잠시 멈췄다가 더 날카로운 소리로 울리기 시작했다. 이상한 일이었다. 아까는 소리가 꼭 솜뭉치를 통과해 들리는 것 같았는데, 지금은 예리한 칼처럼 그의 귀를 파고들었다.

그는 눈을 가늘게 뜨고 빈센트를 쳐다봤다.

뭔가 달라 보였다.

뭔가 이상했다.

그리고 세 번째로 소리가 울리기 시작했을 때, 루벤은 잠에서 깨어난 듯 눈을 깜빡였다. 마치 깨어나기 쉽지 않은, 아주 깊고 깊은 잠에서 깨어난 듯했다.

이상했다. 그는 한순간도 잠든 적이 없었는데. 아니, 눈 한 번 깜빡하질 않았는데 말이다.

그는 이제껏 내내 빈센트를 쳐다보고 있었고, 맹세코 단 한 순간도 졸지 않았다.

하지만 부엌 창문으로 보이는 빈센트의 얼굴에 드리워진 그림자는 어딘지 이상해 보였다.

그때 네 번째로 휴대폰 벨소리가 울리기 시작했다. 루벤은 가까스로 빈센트에게서 시선을 돌려 그의 옆 좌석에 놓은 휴대폰을 찾았다. 그리고 스피커폰으로 전화를 받았다.

"네, 루벤 회크입니다. 무슨 일이시죠?"

루벤이 짜증 난 목소리로 물었다.

"나 페데르야. 방금 전 범인이 빈센트 씨한테 전화를 걸었어. 빈센트 씨를 용의자라고 생각하고 있는 거 알아. 그리고 어쩌면 이건 정말로 빈센트 씨가 용의자라는 걸 의미할 수도 있고. 하지만 동시에 이건 빈센트 씨가 위험에 처했다는 뜻일 수도 있어. 크리스테르가 지금 기동대를 보내 달라고 요청했어. 그러니까 기동대가 도착하기 전까지는 아무것도 하지 말고 가만히 기다리고 있어."

루벤은 전화를 끊고 잠시 생각에 잠긴 채 길 건너편의 집을 바라보다가 차에서 내렸다. 그러고는 차 문에 기대어 서서 잠시 주저하다, 창문 쪽으로 뛰기 시작했다. 창문 앞에 도착하자 빈센트의 모습을 실물 크기 그대로 만들어 놓은 등신대가 차분하게 그를 쳐다보고 있는 게 보였다. 맹세하건대, 등신대 속 빈센트는 그를 보며 미소까지 짓고 있었다.

\*

빈센트는 밍크 농장 앞 자갈길 끝 쪽에 차를 세웠다. 벌써 케너트가 나와 그를 기다리고 있었다. 그 개자식은 심지어 그를 향해 손을 흔들어 보이기까지 했다. 정말 역겨운 인간이었다. 차에서 내리자 썩은 내가 코를 찔러 왔다. 건물에서 풍겨 나오는 것 같았다. 뭔지는 몰라도 이 농장에서 무슨 일이 일어났다는 것만큼은 분명했다. 하지만 지금은 그게 중요한 게 아니었다. 케너트가 미나한테 한 짓을 생각하면 지금 당장 그를 죽여 버리고 싶었지만, 동시에 그는 연금을 받고 살 나이의 저 수염 난 사내에게 분노를 표출해 봐야 별 의미가 없다는 것을 알고 있었다. 그랬다간 미나를 다시는 볼 수 없게 될 것이다.

"미나 씨 어디 있습니까?"

빈센트는 그를 죽이는 대신 물었다.

그 질문에 케너트는 휙 등을 돌려 걷기 시작했고, 빈센트는 그 뒤를 묵묵히 따랐다. 건물 끝까지 걸어가자 그곳에 작은 문이 하나 있었다. 케너트는 그 문을 열고 안으로 사라졌다. 빈센트는 저도 모르게 손으로 입을 막고 복도에 멈춰 섰다. 바깥의 찬란한 햇빛 때문에 안은 더 어두워 보였다. 이 안으로 들어가면 뭐가 있을까. 아마 뭐든 있을 수 있을 것이다. 이건 함정일지도 모른다. 하지만 미나가 그 안에 있었다.

그가 들어간 방은 영상 통화로 보았던 바로 그 작업실이었다. 작업실 한가운데 놓인 물탱크 안에 미나가 있었다. 빈센트는 곧장 물탱크 앞으로 달려가서 그녀를 더 잘 볼 수 있게 무릎을 꿇고 앉아 유리 벽을 두드렸다. 그녀의 이마에 맺혔던 피는 이미 말라 가고 있었다. 아마 아주 큰 멍이 들 것이다.

다행히 이마를 찧은 것 말고는 크게 다치지 않은 듯했지만, 미나는 꼼짝도 하지 않았다.

"미나 씨!"

그가 유리에 입을 대고 미나의 이름을 외쳤다.

"잠에 들도록 뭘 좀 먹였어."

남자가 문을 닫으며 설명했다.

"우리를 너무 힘들게 해서 말이야."

따뜻한 가을 햇살은 온데간데없이 사라지고, 차가운 형광등 불빛만 실내를 비추었다. 어디선가 발전기가 웅웅거리며 돌아가는 소리가 들렸다.

"이따 우리가 물을 틀기 시작하면 깨어날 거야."

케네트가 빈센트에게 손을 내밀며 말했다.

"휴대폰 내놓고."

빈센트는 자리에서 일어나며 물탱크를 다시 한번 훑어봤다. 화면으로 봤을 때는 반신반의했는데 직접 와서 보니 틀림없었다. 이 유리 물탱크는 후디니의 물고문 상자를 복제한 것이 분명했다. 단 한 사람만 들어갈 수 있도록 설계된 이 상자는, 사람이 옴짝달싹할 수 없을 정도로 비좁았다. 과거 후디니는 발목을 묶은 채 저 상자 안에 거꾸로 매달려 있다가 탈출하는 묘기로 큰 인기를 끌었다. 이제 곧 빈센트의 차례가 올 것이라는 데는 의문의 여지가 없었다.

빈센트는 가까스로 호흡을 조절했다. 지금 그가 얼마나 겁을 먹었는지 저들에게 보여 주고 싶지 않았다. 그는 케너트에게 그의 휴대폰을 건넸다. 케너트는 그의 휴대폰을 가지고 커다란 컨테이너가 놓인 방구석 쪽으로 걸어갔다.

"물을 채울 필요는 없잖아요. 이제 당신들이 요구한 대로 제가 왔으니까, 미나 씨는 꺼내 줘요!"

빈센트가 케너트에게 외쳤다.

물탱크는 다른 피해자들의 시신이 발견된 마술 상자보다 그 만듦새가 훨씬 견고했다. 아니, 실제 마술에서 쓰이는 도구로 보일 정도였다.

"우리가 직접 만들지 않은 상자는 이것뿐이야."

그때 그의 누나가 입을 뗐다.

예인이 어둠 속에서 휠체어를 끌고 물탱크 앞까지 나와 물탱크의 유리 벽을 가볍게 두드리며 말을 이었다.

"이건 마지막을 위해 남겨 뒀지. 너한테는 최고를 줘야 하니까."

"하지만 어떻게······."

"아, 상자들은 어떻게 만들었냐고? 다 너한테 배운 거야."

예인이 빈센트의 발밑으로 무언가를 툭 던지며 말했다.

그건 그가 일곱 살 때 이후로 본 적이 없는 얇은 책이었다. 《취미 시리즈 12: 나만의 마술을 만들자!》라는 제목의 책.

"그 책에 있는 도안들은 제대로 된 게 하나도 없더라."

예인이 크게 웃음을 터트리며 말했다.

"애초에 제대로 된 걸 만들 생각까지는 없었지만, 그래도 말이야. 뭐, 어쨌든. 그리고 이 상자는 그…… 누구였더라? 토마스 페스토? 프레스토? 그 일루서니스트한테서 산 거야."

예인의 말에 빈센트는 속이 뒤틀렸다. 움베르토가 프레스토의 물탱크에 대해, '지금쯤 그 물탱크는 어딘가에 방치되어 먼지가 뽀얗게 쌓여 가고 있을 것'이라고 했던 말이 그의 머릿속을 스쳐 지나갔다. 그때 빈센트는 그 물탱크의 행방을 더 알아봐 달라고 하지 않았다. 얼마나 어리석었던가! 그가 그걸 알아봤다면, 지금 미나가 저기 누워 있지도 않았을 텐데.

"하지만 걱정하지 마. 그 프레스토라는 사람이 이 일루전을 우리한테 아주 자세히 설명해 줬으니까. 출입문도, 그리고 마술사가 탈출하는 방법까지도 말이야. 잠금장치가 달린 문을 뚜껑처럼 한 번에 열면 된다며. 아주 영리한 장치더군. 근데 이젠 케너트가 문을 용접해 놔서 탈출할 방법이 없을 거야."

빈센트는 그의 누나란 사람을 지그시 응시했다. 누나는 너무나도 노쇠하고 바스러질 것 같은 모습을 하고 휠체어에 앉아 있었다. 피부는 창백하고 칙칙한 회색빛을 띠었고, 움직일 때마다 몸을 조금씩 떨었다. 누나와 그의 나이 차가 고작 아홉 살밖에 나지 않는다는 게 믿어지지 않을 정도였다.

"대체 왜 이러는 건데?"

그가 물었다.

예인은 어렸을 적 그랬던 것과 똑같이 이글거리는 두 눈으로 그를 쳐다봤다.

"넌 내 인생을 통째로 앗아 갔어. 네가 엄마를 죽였던 그해 여름, 내 인생도 끝났어. 그 이후로 내가 얼마나 많은 위탁 가정을 전전했는지 알아? 자기 아내가 지켜보고 있는 앞에서 날 라디오 안테나로 때렸던 남자 이야기를 해 줘야 하나? 아니면 술주정뱅이 남자한테서 도망치려고 화장실에 숨었던 이야기를 해 줘야 하나? 그것도 아니면 친구들이 강간할 수 있게 날 파티에 데려갔던 내 첫 남자친구 이야기를 해 줄까? 마약과 주삿바늘 이야기를 해 줄까? 그해 여름 이후 나는 지옥 속에서 살아왔어. 하지만 엄마를 죽이고 이 모든 일을 자초한 너란 놈은 그런 일은 아예 없었다는 듯 잘만 살더구나. 멋진 커리어도 가지고 말이야. 세상이 이렇게 불공평해서 쓰겠니?"

빈센트의 머리가 아플 정도로 빨리 돌아갔다. 예인이 방금 한 이야기는 다 튕겨져 나가고, 그의 머릿속에는 아직도 아까 그녀가 한 말이 빙빙 돌고 있었다.

'그 책에 있는 도안들은 제대로 된 게 하나도 없더라.'

그는 바닥에 떨어진 책을 주워 들었다. 베르얀데르도 그에게 비슷한 말을 했었다. 뭐라고 했더라? 맞다, 그는 이렇게 말했었다.

"고전적인 도안에는 고의로 숨겨 놓은 오류가 있어. 일루전 소품을 만들고 도안처럼 실제로 작동하게 하려면, 그 도안에서 무엇을 바꿔야 하는지 잘 알고 있어야 하지. 아니면 비밀 문이 열리지 않거나, 다른 무언가가 제대로 작동하지 않거든."

빈센트는 실수를 한 게 아니었다. 그는 책에서 하라는 그대로 상자를 만들었다. 그때 그의 나이는 고작 일곱 살이었다. 엄마가 화났을까 봐 걱정에 전전긍긍하던 일곱 살짜리 꼬마 말이다. 하지만 그 사실이 누나에게 위안이 되지는 않을 것이다. 그때 말했다면 몰라도 지금은 아니었다. 누나의 증오는 오랜 세월 동안 커질 대로 커져 있었고, 무엇보다 누나의 말은 다 맞았다. 그가 그 상자를 만들지만 않았어도 그런 일은 일어나지 않았을 것이다.

"나는 그때 맹세했어. 죽기 전에 네가 나한테서 빼앗아 간 걸 나도 네게서 빼앗겠다고. 나 혼자 힘으로는 할 수 없었지. 케너트를 만나기 전까진 그럴 힘이 없었거든. 하지만 케너트가 나타났어. 이이는 내 인생 처음으로 날 이해해 준 사람이야."

케너트는 예인에게 다가가 손을 내밀었고, 예인은 다정하게 그 손을 맞잡았다. 그 순간, 빈센트는 곁눈으로 미나가 움직이고 있는 것을 포착했다. 그녀가 의식을 되찾을 수 있게 그가 충분히 시간을 벌어 준다면, 이 사태를 둘이 함께 해결해 나갈 수 있을 거란 생각이 들었다.

"나는 그렇다 치고, 그럼 다른 피해자들은 왜? 내가 복수의 대상이었다면 나만 죽이면 됐잖아. 왜 앙네스와 투바, 로베르트를 죽인 거야?"

빈센트는 티 나지 않게 주변에 무기로 쓸 만한 물건이 있는지 살펴봤다. 예인과 케너트를 막을 수 있을 만한 무언가가 정말 없는 것일까. 저쪽 벽 끝으로는 그들이 미나를 고문했던 탁자가 있었지만 그 위와 주변은 아무것도 없이 텅 비어 있었다. 그 어떤 위험 요소도 허락하지 않겠다는 듯, 아까 미나를 고문할 때 탁자 위에 두었던 칼과 각종 무기도 온데간데없이 사라져 있었다.

"너도 걔네 엄마들이 누군지 알잖아."

그때 케너트가 입을 뗐다.

"예인이 그 친구들에 대해 말해 줬어. 걔들도 너희 어머니 죽음에 책임이 있다면서. 너희 넷 다 책임이 있었지. 네 몫이 제일 크긴 하지만. 걔들은 예인의 어머니를 예인에게서 빼앗아 갔어. 그래서 우리는 그 사람들의 아이를 빼앗은 것뿐이야. 업보라고 할까."

케너트의 말에 예인이 킬킬거리며 말을 보탰다.

"게다가 우리가 중년 여자를 죽였다면 아무도 신경 쓰지 않았을걸. 하지만 그 애들의 아이들은⋯⋯ 빈센트, 너도 알잖아.

어린 여자와 장애가 있는 젊은 남자가 살해당했다! 언론이 아주 좋아하는 기삿거리지. 어리고 죄 없는 개들을 죽이는 거야말로 빈센트 네가 저지를 수 있는 최악의 범죄일 테니까."

빈센트는 경악했다. 잘못 들은 건 아닐까 생각하며 그는 다시 물었다.

"내가 걔들을 죽였다고?"

"내가 말했지. 네가 나한테서 빼앗아 간 것들을 나도 네게서 빼앗을 생각이라고. 넌 내 인생을 통째로 빼앗아 갔어. 그래서 나도 그 대가로 네가 이제까지 살아온 인생을 깡그리 지워 줄 생각이야. 경찰이 이 물탱크에서 네 시신을 발견할 때, 그들은 이 편지 한 통도 발견하게 될 거야. 네가 직접 쓴 유서지. 이 편지에 너는 사회의 해충들을 박멸해 이 세상을 더 좋은 곳으로 만들려고 했다고, 네가 연쇄 살인을 저지른 이유를 설명할 거야."

빈센트는 여전히 이해가 가질 않았다. 예인이 지금 헛소리를 하는 게 분명했다.

"뭐야, 왜 이렇게 이해가 느려. 빨리빨리 따라와."

예인은 짜증 난다는 듯 말을 이었다.

"앙네스는 외국인과 놀아나 혼혈이나 만들기 바빴고, 투바는 유대인이었지. 로베르트는 장애가 있었고. 다 네가 극도로 싫어하는 것들이잖아. 적어도 이 편지에는 그렇게 써 있지.

네 자백과 함께 살인 날짜에 암호처럼 숨겨진 네 이름, 그것만으로도 너는 범인으로 지명되기 충분할 거야. 그리고 앞으로 몇 세대에 걸쳐 사람들은 널 증오하겠지. 네 이름을 입에 올리고 싶어 하는 사람은 아무도 없게 될 거야. 그리고 넌 역사책에 끔찍한 연쇄 살인범으로 남을 거고. 넌 그렇게 이 세상에 존재했던 적도 없는 사람처럼 사라져 버릴 거야."

"경찰은 살인 날짜에 숨겨진 단서를 찾지도 못했어. 그건 내가 찾아서 경찰에게 알려 줬다고."

예인이 더 크게 웃었다.

"어머, 그랬니? 하하, 네가 내 일을 대신 해 줬구나! 장하기도 하지. 그리고 네가 결백을 주장했을 때 경찰은 순순히 널 믿어 줬고, 그렇지?"

"아니. 그건 아니었지만……."

예인의 두 눈이 광기 어린 기쁨으로 반짝였다. 빈센트는 고개를 숙여 바닥만 쳐다보며 어리석은 자신을 탓했다.

"그래서 뉴스 기사를 스크랩해서 루벤한테 보내 준 거였군. 경찰이 암호를 스스로 찾을 수 있게."

"뉴스 스크랩?"

예인이 전혀 모르는 이야기라는 듯 빈센트를 쳐다봤다.

"그건 무슨 이야기인지 모르겠지만, 가끔은 법과 질서를 유지하는 권력층에 살짝 힌트를 주는 게 필요하긴 하지. 가령,

너한테 미쳐 있는 광팬을 시켜서 경찰에게 너랑 일해 보는 건 어떻겠냐고 제안하도록 만든다거나."

"돌고래 소녀 말이군."

빈센트의 말에 예인은 흡족한 표정으로 코웃음을 쳤다.

"맞아. 운이 좋았지. 미나가 전화로 상사에게 보고하는 걸 케너트랑 그 여자가 우연히 듣게 됐어. 우리에게 완벽한 기회가 찾아온 거지. 심지어 케너트가 나서서 미나에게 말을 걸 필요도 없었어. 그냥 안나한테 살짝 네 이름을 언급했더니 …… 세상에, 그 뒤로 일이 착착 진행이 되는데, 결국 이렇게 될 운명이었다는 생각이 다 들 정도였다니까."

미나. 빈센트는 그녀를 다시 한번 흘끗 쳐다봤다. 미나는 미동도 없이 가만히 누워 있었다. 시간을 좀 더 벌어야 했다.

"그럼 아까 그 못으로 미나를 죽였으면 그건 어떻게 설명하려 했는데?"

빈센트의 질문에 이번에는 케너트가 답했다.

"편지에 쓰인 네 자백에 따르면 '너의 위업'은 네가 스스로 목숨을 끊는 것으로 마무리가 되지. 하지만 안나 말을 들어 보니 미나라는 여자가 네 인생에 엄청 큰 의미를 가지고 있는 것 같더군. 그러니 가만히 놔둘 수가 있나. 어쨌든 다비리라는 이국적인 성은 네 범죄 요건에도 딱 들어맞고 말이야. 넌 무슬림도 증오하잖아. 너도 알다시피."

분위기가 뭔가 달라지고 있었다. 빈센트는 이 대화가 막바지로 치닫고 있다는 걸 느낄 수 있었다.

그때 예인이 입을 열었다.

"네가 지금 무슨 생각을 하고 있는지 정도는 빤히 읽을 수 있어. 지금 지난번에 내가 썼던 전화가 추적되고 있을 거라고 생각하는 거지? 경찰이 네 위치를 알고 여기로 오는 중이라고 말이야. 맞아, 그건 사실이야. 내가 일부러 알려 줬거든. 경찰이 반드시 여기로 오도록 전화도 한 통 더 할 참이야. 많이 오면 올수록 좋겠지. 네 마지막 공연과 네가 사후 세계로 가는 길을 많은 사람이 같이 즐길수록 좋은 거 아니겠어? 하지만 경찰들은 물속에서 네 숨이 끊어진 직후에 여기 도착할 거야."

마지막 기회였다.

"미나 씨, 일어나요!"

빈센트가 젖 먹던 힘까지 다해 유리 벽을 두드리며 소리쳤다.

하지만 미나는 눈꺼풀을 깜빡이더니, 잘 들리지 않는 말을 중얼거리고는 다시 움직임을 멈췄다.

그러자 케너트가 다가와 유리 벽에 달라붙어 있는 빈센트의 어깨를 잡고 그를 끌어냈다. 그러고는 으르렁거리듯 말했다.

"정신 차려."

예인도 물탱크 한편에 이미 세워 둔 사다리 쪽으로 휠체어를 몰며 말했다.

"자, 이야기는 여기까지. 이제 시간이 됐어, 동생."

빈센트는 사다리와 유리 물탱크를 번갈아 쳐다봤다. 이 물탱크는 분명 한 사람이 들어가도록 만들어진 것이다.

"먼저 미나 씨부터 꺼내 줘."

빈센트의 말에 케너트가 답했다.

"그러려면 네 도움이 좀 필요하겠는데. 네가 안에 들어가서 저 여자를 위로 올려 보내 줘야겠어. 그럼 내가 위에서 받을 테니까."

빈센트에게는 선택의 여지가 없었다. 이제 그는 저 물탱크에 죽으러 들어가야 하고, 아무도 그를 구하러 오지 않을 것이다. 그는 사다리 위에 섰다. 물탱크의 입구가 그의 존재 자체를 삼켜 버리겠다고 위협하듯 입을 쩍 벌린 채 그를 기다리고 있었다. 너무나도 비좁고 갑갑한 내부를 보는 것만으로도 숨이 막힐 것 같았다. 게다가 죽는 걸로 끝이 아니었다. 마리아는 그 편지 내용을 믿을 것이다. 베냐민도, 레베카도, 그리고 아스톤도. 가족들은 영원히 그를 증오하며 그에게 물려받은 성을 버릴 것이다. 미나가 아무리 그의 결백을 주장해도 언론이 믿어 줄 리 없다. 그가 범인이라는 증거는 차고 넘치니까. 아니다. 그래도 어쩌면 가족들은 믿어 줄지 모른다. 지금 그에게 남은 희망이라곤 그것뿐이었다. 그의 가족은 미나의 말을 믿어 줄지도 모른다는 것.

그는 사다리의 마지막 단을 밟고 탱크 안으로 들어가며 레베카, 베냐민, 아스톤, 그리고 마리아를 생각했다. 어쩌면 가족은 그를 증오하진 않을지도 모른다. 어쩌면. 유리 상자 안에 들어간 빈센트는 쪼그리고 앉아 미나의 얼굴을 덮고 있던 그녀의 머리칼을 살며시 치웠다. 몸을 앞으로 숙일 공간도 부족해 그것도 가까스로 할 수 있었다. 미나를 들어 올리기 위해선 무릎을 꿇고 상체를 꼿꼿이 세우는 방법밖에는 없었다.

"미나 씨."

빈센트가 다정한 목소리로 그녀의 이름을 부르며 뺨을 가볍게 두드렸다.

"이제 일어나야 돼요. 여기서 나가려면 미나 씨가 날 좀 도와줘야 하거든요."

미나는 잠에 취해 무슨 말인가를 다시 중얼거렸다. 대체 미나에게 뭘 먹인 걸까? 빈센트는 그게 케타민은 아니었길 바랐다.

"이제 일어나요, 미나 씨."

그때였다. 머리 위에서 끼익 소리가 났다. 위를 올려다보니 케너트가 뚜껑을 당겨 입구를 닫으려 하고 있었다. 뚜껑 위로 뭔가 철컹철컹 움직이는 소리도 났다. 사슬이었다. 그때 예인이 그의 주의를 끌기 위해 유리를 두드렸다.

"이 여자도 죽어야 한다는 것쯤은 너도 알잖아? 얘를 살려주면 모든 게 망가질 수도 있거든."

예인이 펜을 꺼내고 종이 한 장을 접었다.

"이렇게 되었으니 편지에 한 줄을 덧붙여야겠네. 네가 왜 미나와 함께 죽기로 결정했는지 그 이유를 말이야. 미나도 무슬림 천국에 갈 수 없게 만들려고 했다고 쓸게. 그런데 참 아이러니한 게 뭔지 알아? 미나가 내 목숨을 살려 줬다는 거야. 그 모임에서 내가 쓰러졌을 때 미나가 앰뷸런스를 안 불렀다면 우리 모두 여기에 없었을 거야. 나 대신 고맙다고 전해 줘."

말을 마친 예인은 편지에 몇 줄을 더 쓴 뒤 종이를 접어 편지 봉투에 넣었다.

"예인!"

빈센트가 힘껏 움켜쥔 주먹으로 그가 할 수 있는 한 세게 유리 벽을 치며 소리쳤다.

"그래도 당신은 내 누나잖아! 그리고 약속했잖아! 미나는 살려 주기로!"

"누나?"

예인은 차갑고 강렬한 눈빛으로 빈센트를 뚫어져라 쳐다보며 말을 이었다.

"네 누나 예인은 이미 30년도 더 전에 죽었어. 그리고 그 애 동생은 오늘 죽을 거고."

빈센트는 그의 머리 위로 닫힌 뚜껑을 미친 듯이 두들겼지만 아무 소용 없었다. 곧이어 사다리에서 내려간 케너트가 수도에 연결한 호스가 있는 벽 쪽으로 성큼성큼 걸어갔다. 호스는 바닥을 가로질러 물탱크에 연결되어 있었다. 케너트가 수도꼭지를 돌리자, 호스에 그르렁그르렁 물이 도는 소리가 들리기 시작하더니 곧 빈센트의 발밑에서부터 물이 차오르기 시작했다. 그는 반사적으로 발을 들어 올렸다. 하지만 이내 이 안에서 젖는 걸 피하는 건 불가능하단 사실을 깨달았다. 분명 이 물탱크 어딘가에 물이 들어오는 구멍이 있을 것이다. 운이 조금만 따라 준다면 그 구멍을 막을 수 있을지 모른다. 그는 물탱크 바닥을 샅샅이 뒤져 봤지만, 수확은 없었다. 물이 들어오는 구멍은 밸브 뒤쪽에 숨겨져 있는 것 같았다. 영리한 설계였다.

"자, 이제 우리는 비긴 거야. 빈센트."

예인이 유리 벽 바깥에서 말했다.

"아니, 곧 그렇게 될 거라고 말해야 하나. 지금 경찰에 전화를 걸 거야. 경찰이 노르텔리에에서부터 보트를 타고 여기까지 오는 데는 30분쯤 걸릴 거고. 경찰이 너와 미나의 시신, 그리고 네 놀라운 자백이 담긴 편지를 발견할 때쯤이면 이미 모든 건 끝나 있을 거야. 그때까지 여기서 자리를 지키지 못하는 우리를 이해해 주길 바라."

예인이 희미한 미소를 짓더니 빈센트가 더 잘 볼 수 있게 그의 눈높이에 맞춰 물탱크 바깥에 편지를 붙였다. 그리고는 무거운 짐을 벗기라도 했다는 듯 깊은 안도의 한숨을 내쉬고, 케네트가 끄는 휠체어에 실려 그 방을 나갔다. 이게 영화였다면 예인은 떠나면서 잘 짜인 위트 있는 대사를 내뱉었을 테고, 빈센트는 모든 희망이 사라진 마지막 순간에 물탱크에서 탈출할 수 있는 기발한 방법을 생각해 내거나 마지막 순간에 누군가가 나타나 유리 벽을 깨고 그들을 구해 줘서 살았을 것이다.

하지만 그런 일은 일어나지 않았다.

빈센트의 귀에 들리는 소리라고는 물이 서서히 차오르는 소리와 예인이 누군가와 통화하듯 이야기하는 소리뿐이었다. 그의 누나는 늙은 남자가 밀어 주는 휠체어를 타고 햇빛이 비치는 문밖으로 나가고 있었다.

\*

빈센트의 실물 크기 등신대는 반으로 접혀 차에 실렸다. 그걸 차에 싣기 위해서는 그렇게 접는 수밖에 없었다. 크리스테르가 그걸 왜 가져가려 하냐고 묻자, 루벤은 증거니 뭐니 하는 엉뚱한 말을 중얼거리며 반으로 접은 등신대를 뒷좌석에 욱여넣었다.

솔직히 말하면 루벤 자신도 왜 이 등신대를 가져가려 하는 건지 알지 못했다. 쳐다볼 때마다 분노가 치밀어 올라 그의 체내 아드레날린 수치를 높이는 빈센트의 거만한 상판대기를 볼 수 있다는 게 이유라면 이유일까. 오늘 빈센트가 그에게 한 짓은 절대 용서할 수 없는 것이었다. 차라리 빈센트가 그의 신발 두 짝을 서로 묶고 바지를 내렸다면, 그 편이 더 나았을 것이다.

동료들은 그 누구도 감히 웃지 못했다. 적어도 루벤의 면전에서는. 하지만 그들의 눈에서 비웃음을 읽을 수 있었다. 위대한 루벤 회크가 같잖은 멘탈리스트에게 이렇게 처참하게 당하다니. 뒷좌석 차문을 닫기 전 그는 주위를 훑어 아무도 그를 보고 있지 않다는 것을 확인한 뒤, 등신대의 빈센트 얼굴을 세게 쳤다. 빌어먹을 새끼. 그놈에게 또 당하다니.

루벤은 길 위쪽에 주차된 기동대 차량 옆에 서 있는 크리스테르를 향해 걸어갔다.

"이렇게 기동대를 다 데리고 와야 했습니까? 내일이면 경찰서에 소문이 파다하게 퍼지게 생겼잖아요."

그가 매섭게 말했다.

"어떤 상황인지 몰랐잖아. 우리가 가진 정보로만 보면 빈센트 씨가 다음 피해자가 될 수도 있었어."

"그 사람이 짠 판이라는 걸 아직도 모르겠어요? 내가 처음부터 그 사람을 구금해야 한다고 했잖아요. 내 말을 들었으면 이런 일도 안 생겼을 겁니다. 빈센트가 죽인, 다음 피해자의 시신을 발견할 때 그걸 꼭 기억하길 바라요."

페데르와 그 분석 팀에 있는 사라 뭐였더라, 하여튼 이름을 알 수 없는 경찰도 경찰 표시가 없는 잠복 차량에서 내렸다. 페데르는 아내의 생일 선물은 그쯤에서 끝낸 뒤, 세쌍둥이를 아내에게 맡기고 돌아온 것 같았다.

그리고 사라라는 저 여자…… 지난번 사라를 만났을 때, 그녀는 그를 철저히 무시했었다. 대체 왜 그런 건지는 짐작도 가질 않았다. 이전에 만난 기억도 없는데. 아마 레즈비언일 것이다. 그렇다 해도 조금도 놀랍지 않았다.

루벤이 물었다.

"지금 빈센트가 어디 있는지 압니까?"

"아니요. 정확히는 몰라요."

사라가 답했다.

"휴대폰 통화는 발신지에서 가장 가까운 기지국으로 연결되거든요. 빈센트 씨가 받은 전화는 노르텔리에 군도의 그레되 섬에 있는 기지국에서 걸려 온 것으로 추적되었어요. 그러니까 지금 빈센트 씨는 그 주변에 있을 거라고 추측하고 있고요. 문제는 군도의 기지국은 도심의 기지국보다 더 넓은 구역을 커버한다는 거죠. 이게 도심이었다면 빈센트 씨가 있는 거리 이름까지 파악했을 텐데, 지금으로선 빈센트 씨가 있을 곳은 몇 개 섬 정도로 추려져요. 쇼쾨, 에즈간, 리되……."

"리되 섬이요?"

루벤이 사라의 말을 끊고 물었다.

"그게 우연일 리는 없을 텐데. 거기 밍크 농장에 방문한 적이 있어요."

루벤은 동료들 얼굴을 차례로 쳐다보며 말을 이었다.

"빈센트가 지금 정확히 어디 있는지 내가 알아요."

\*

물은 어느새 그의 신발 끈까지 차올라 양말을 적시고 신발 안으로 들어오기 시작했다. 하지만 지금은 이 문제를 생각하지 않으려고 했다. 5분이면 물탱크를 가득 채울 물에 대해서는 생각하지 말자. 유리 상자는 네 면으로 둘러싸여 있다. 바닥과 천장까지 합치면 여섯 면이다. 그런데 상자 안은 너무 좁았다. 이렇게 비좁고 갑갑한 공간은 질색인데, 게다가 미나와 함께 있으려니 더 죽을 맛이었다.

아니다. 그는 미나를 도와야 한다.

4 더하기 6은 10, 10은 1과 0, 남자와 여자, 그와 미나. 물탱크의 함수인 셈이다. 그는 미나와 여기를 빠져나가야 했다. 물이 다 차는 데까지는 5분, 다섯 번째 바퀴, 두 손에는 각각 다섯 개의 손가락. 행성 운동을 하는 두 개의 천체가 있을 때, 두 천체 사이에는 중력과 원심력이 완벽한 균형을 이루어 실

질적으로 중력의 영향을 받지 않는 다섯 개의 점이 있다. 두 개의 천체, 그와 미나. 그들 사이의 완벽한 균형. 하지만 그것도 그들이 계속 세상에 존재할 때 얘기다.

미나는 바지와 다리, 등이 물에 젖고 있는데도 여전히 물탱크 바닥에 주저앉아 있었다. 그녀는 얼굴을 찡그리고 눈을 감은 채 뭔가를 중얼거렸다.

"미나 씨, 일어나야 돼요!"

그는 상체를 꼿꼿이 세우고 무릎만 굽혀 미나의 팔을 그의 어깨에 두르고 그녀를 일으켜 세워 보려 했지만 불가능했다. 상자 안이 너무 비좁아서 둘이 서로를 짓누른 상태라 함께 나란히 서 있는 자세는 불가능했다. 결국 둘 중 하나는 아래에, 나머지 하나는 위에 있을 수밖에 없었다.

그 말인즉, 둘 중 하나가 먼저 물에 잠길 거란 뜻이었다.

그리고 둘 중 하나의 숨이 먼저 끊어질 것이다.

갑자기 미나가 홉 하고 깊게 숨을 들이마시더니 눈을 번쩍 떴다. 두 눈에 충격이 가득했다.

"빈센트! 우리 지금 어디예요? 대체 이게 무슨 일이죠? 왜……."

미나는 위를 올려다보려고 고개를 뒤로 젖혔다가 유리 벽에 뒤통수를 부딪혔다.

"아악!"

미나는 소리를 지른 뒤 반사적으로 거친 숨을 내쉬었다.

빈센트는 저도 모르게 머릿속의 생각을 줄줄 읊기 시작했다.

"유리 벽이 4개, 네 번째 글자는 D. 5분, 다섯 번째 글자는 E. 4 더하기 5는 9. 아홉 번째 글자는 I. 'D, E, I'는 라틴어로 '신의'라는 뜻이지. 아니야. 순서를 섞으면 'D, I, E' 곧 죽는다는 뜻이야."

마치 그의 뇌가 빠르게 수직 낙하하는 것 같았다. 머릿속의 생각들이 미친 듯이 이리저리 날뛰며 유리 벽에 부딪혔다. 그는 함정에 빠졌다. 하지만 그는 책에서 하라는 대로 했을 뿐이었다. 그냥 책에 쓰인 그대로 따라 했을 뿐인데. 그건 그의 잘못이 아니었다. 게다가 그는 고작 일곱 살이었다.

"빈센트!"

그때 미나가 그의 허벅지를 세게 내리치며 소리를 질렀다.

"그만해요!"

"미안해요. 전부 다 미안해요."


케너트가 밀어 주는 휠체어에 앉아 밍크 농장을 떠나며, 예인은 저 멀리 보이는 물과 군도의 풍경을 두 눈에 담았다. 섬은 무척이나 아름다웠다. 특별히 오늘따라 더 아름다워 보였다.

케너트에게는 고마운 마음뿐이었다. 이제껏 그녀가 좋은 인생을 살아왔다고는 말할 수 없지만, 적어도 케너트는 그녀의 인생을 의미 있게 만들어 주었다. 끝으로 갈수록 더욱더. 그녀를 돌볼 의무 같은 건 전혀 없었음에도, 그는 그렇게 해 주었고 또 그녀를 이해해 주었다. 어쩌면 둘이 만났을 때 그에게 남은 시간이 얼마 되지 않아 더욱 그랬는지도 모르는 일이다. 그는 그녀가 잘못된 것을 바로잡을 수 있도록 도왔다. 그건 그녀가 평생 받았던 것 중 가장 큰 사랑의 맹세였다.

부두에 도착하자 케너트가 발걸음을 멈췄다. 물은 부두를 지탱하고 있는 나무 기둥에 잔잔하게 찰랑거렸고, 갈매기는 멀리 떨어진 친구를 부르듯 울고 있었다. 케너트가 예인의 어깨에 손을 얹자 그녀는 돌아보는 대신 다정하게 그의 손을 가볍게 토닥여 주었다.

"이제 다 끝날 거야."

그가 말했다.

"알아. 고마워. 당신이 아니었다면 계속 질질 끌기만 하고, 절대 이렇게 해내지 못했을 거야."

더 이상은 이야기할 필요가 없었다. 그녀에게 정말 이걸 원하는지 물을 필요도 없었다. 그 질문을 하지 않은 지는 벌써 오래되었다. 그 이야기를 할 단계는 이미 지났다. 그들에게 별다른 선택의 여지가 있는 것도 아니었지만.

케너트는 주섬주섬 은색 박스 테이프를 꺼냈다. 그리고 그의 왼손과 휠체어 손잡이를 함께 엮어 감기 시작했다. 그의 손이 손잡이에서 떨어지지 않게 만드는 게 중요했으므로, 여러 번 단단하게 돌려 감았다. 케너트의 오른손을 손잡이에 고정할 때는 예인이 도와주었다. 그리고 두 손을 테이프로 휠체어 손잡이에 고정하는 작업이 끝나자, 비로소 예인은 그를 올려다보았다. 하지만 그는 그녀의 시선을 마주 보지 않았다. 그의 시선은 이미 저 먼 곳을 바라보고 있었다.

케너트는 다시 부두로 휠체어를 밀기 시작했다. 처음에는 천천히. 휠체어 바퀴 아래에서 나무 널빤지가 삐걱거리는 소리가 났다. 물가에 가까워질수록 그는 속도를 냈다. 예인은 휠체어에서 떨어지지 않으려고 의자를 꼭 잡았다. 부두 끝에 다다르자, 그는 멈추는 대신 높이 뛰었다. 그리고 휠체어와 함께 공중으로 날아올랐다.

## *1982년 크비빌레*

"빈센트? 문이 이상한데, 열리지가 않아."

그녀는 아들이 보여 줬던 비밀 문을 세게 밀쳐 봤지만, 문은 꼼짝도 하질 않았다. 그야말로 요지부동이었다. 어쩌면 그녀가 다른 각도에서 힘을 주고 있거나 뭔가를 잘못하고 있는 것일 수도 있었다. 하지만 허리를 너무 굽히고 있어서 제대로 알 수가 없었다. 마술사의 조수를 하려면 꼬챙이처럼 말라야 하는 건 물론이고, 몸에 뼈가 없는 것처럼 유연해야 하는 걸까.

"빈센트, 너 어디 있어?"

그녀가 다시 소리를 높여 외쳤다.

나무 상자의 뚜껑을 밀어 보려고도 했지만, 그것도 꿈쩍하질 않았다. 빈센트가 자물쇠로 잠가 놓은 것 같았다. 빈센트는 뭔가를 가지러 간다고 했다. 아마 그녀를 깜짝 놀라게 할 무언가를 가지러 간 것이리라. 그럴 게 분명했다. 빈센트는 문이 열리지 않는 걸 알고 있을 것이다. 장난을 치려고 이런 거겠지. 이제 곧 짠 하고 나타나서 뚜껑의 자물쇠를 연 뒤, 엄마를 위해 손수 만든 무지갯빛 조수 의상을 보여 줄 것이다. 조수 의상이 아니라 다른 것일 수도 있을 테고. 어쨌든 아들이 나타났을 때 너무 소리를 지르면 안 된다는 사실만은 잊지 말아야 할 것이다.

하지만 아들은 너무 오랫동안 돌아오지 않고 있었다. 그녀가 상자에 한껏 몸을 구부린 자세로 불편하게 숨어 있는 것을 감안하면, 너무 오래. 그녀는 마음을 바꿨다. 아무래도 따끔하게 혼을 내 주고 넘어가야 할 것 같았다. 빈센트는 그녀를 즐겁게 해 줄 아이디어를 많이 내는 아들이지만, 이건 아니었다.

마침내 무슨 소리가 났다. 목소리였다. 헛간 안에서 들리는 건 아니었다. 아직까지는. 목소리는 바깥에서 들리고 있었다. 분명히 빈센트의 목소리도 들렸는데, 빈센트 말고도 다른 사람들이 있는 듯 여러 명의 목소리가 섞여 들렸다. 여자애들의 목소리. 아이들은 웃고 있었다. 빈센트도. 그러더니 무슨 장난이라도 칠 것처럼 조용히 하라고 서로에게 쉿 입단속을 했다.

"겁쟁이처럼 그러지 말고 수영하러 가자, 빈센트!"

누군가 소리쳤다.

"가자!"

그리고 목소리가 멀어지기 시작했다.

"빈센트!"

그녀가 다시 상자 벽을 세게 두드리며 아들의 이름을 불렀다. 아까보다도 훨씬 세게.

"빈센트, 돌아온 거니?"

미나는 매서운 눈으로 빈센트를 쳐다봤다. 그는 너무 부끄러워 아무 말도 하지 못하고 그저 고개만 끄덕였다. 곧 미나가 일어서려 낑낑댔다. 억지로 자리에서 일어나자 그녀의 몸은 조금의 빈틈도 없이 그의 몸에 완전히 밀착되었다. 딱 그 정도까지 가능했다. 물은 어느새 그들의 허벅지까지 차올라 있었다. 안이 과하게 비좁은 탓에 두 사람의 흉곽이 서로에게 눌려 숨을 제대로 쉴 수가 없었다. 너무 붙어 있어 그녀의 얼굴은 볼 수 없었지만 그녀가 거기 있다는 건 확실히 느낄 수 있었다. 그녀의 몸이 그를 누르고 있어서가 아니라, 그녀가…… 거기 존재하고 있었으므로. 4 더하기 6은 10, 1과 0은 그와 미나. 한 궤도에 두 천체. 두 사람 사이의 완벽한 균형과 미약한 이해. 하지만 그걸 말하지는 않을 것이다. 그도 바보는 아니니까.

"이렇게 서 있으면 움직일 수가 없어요. 그 말은 우리가 여기서 탈출할 수 없단 뜻이고요."

그가 잔뜩 긴장한 목소리로 입을 열었다.

"여기서 나가는 방법을 알고 있다고 말해 줘요."

미나 역시 긴장이 가득한 목소리로 대꾸했다.

"여기서 나갈 수 있는 방법을 알긴 해요."

"정말이에요?"

"아뇨. 사실 모르겠어요. 내가 아는 거라곤 물탱크 안쪽에서 유리를 깰 만큼의 충분한 힘이 우리한테는 없단 사실뿐이에요. 그런 건 TV에서나 나오는 거죠. 우리는 다른 방법을 생각해 내야 해요."

"물이 벌써 많이 올라왔어요, 빈센트."

"알아요. 미안해요."

"사과는 그만하고 생각을 좀 해 줘요. 그거 빈센트 씨가 정말 잘 하는 거잖아요."

물은 벌써 배까지 차올랐다. 그들에게 남은 시간은 기껏해야 2분. 빈센트는 드디어 정신을 잡고, 물이 차오른다는 사실과 그들이 유리 물탱크 안에 갇혔다는 사실을 무시하고 생각이란 걸 해 보려고 노력했다.

잠깐만. 한 발자국 물러나 생각해야 한다.

유리 상자. 앙네스와 투바, 로베르트의 경우와는 달리 이 상자는 자체 제작한 게 아니다. 이건 전문 일루전에 쓰이던 정식 도구였다. 이런 도구들에는 여러 겹의 비밀이 숨어 있기 마련이다. 프레스토가 예인에게 모든 것을 말해 주지는 않았을지도 모른다. 분명 이 안에서 나갈 방법이 있을 것이고, 이 안으로…… 공기를 들어오게 할 방법도 있을 것이다.

호흡관.

물을 이용한 모든 일루전 소품에는 마술사가 숨을 쉴 수 있도록 돕는, 밖으로 통하는 관이 숨겨져 있다. 그는 좌절과 실망에 차서 유리 벽에 그의 이마를 세게 갖다 박았다.

"빈센트 씨?"

미나가 걱정 가득한 목소리로 그의 이름을 불렀다.

그는 자신을 용서할 수 없었다. 이런 생각쯤은 진작 했어야 했다. 하지만 이 비좁은 상자 안에 갇혀 있으려니 뇌가 평소처럼 돌아가지 않았다. 여긴 너무 좁고 갑갑했다. 이제 1분 정도가 지나면 상자 안의 공기가 바닥날 것이다. 그러니 최대한 빨리 이 물탱크 안의 관을 찾아야 했다.

예인과 케네트가 그걸 제거하지 않았다면, 어딘가 분명 있을 것이다.

잠깐이었지만 하늘을 나는 기분이었다. 예인은 마치 한순간 무중력을 체험한 것 같기도, 그녀의 온몸이 중력을 거스르고 위로 떨어지는 것 같기도 한 이상한 기분을 느꼈다. 그것도 잠시. 곧 휠체어는 풍덩, 물보라를 일으키며 물속으로 곤두박질쳤다. 온몸이 깨질 듯이 차가운 물에 예인은 숨이 막혔다. 차가울 거라는 건 알았지만 이 정도일 줄은 몰랐다. 물속으로 두 사람이 가라앉는 동안 그녀는 그녀가 앉아 있는 의자를 꼭 붙잡았다.

물속에 들어오자마자 햇빛은 사라졌다. 바닷속은 어두컴컴해 앞이 전혀 보이질 않았다. 그녀가 생각했던 것과는 많이 달랐다. 예인은 곧바로 의자를 꼭 잡고 있던 손을 떼고 뒤로 돌아, 어둠 속에서 케너트의 팔을 찾으려 손을 허우적댔다. 하지만 가라앉는 휠체어에 매여 있는 그는 예인의 손이 닿아도 아무런 반응을 할 수 없었다. 예인은 케너트를 안을 수 있게 휠체어에서 몸을 일으켰다. 케너트도 묶여 있는 양팔을 미약하게나마 움직여 예인을 안으려 했다.

둘은 함께 세상을 떠나기로 했다.

어두운 바닷속으로 침잠해서.

침착하고 위엄 있게.

하지만 앞은 칠흑같이 까맣기만 했고, 물속은 온몸이 아플 정도로 차가웠다.

너무나 괴로웠다.

예인은 고통스러웠지만 케너트를 어둠 속에서 꺼내 올리려고 있는 힘을 다해 그를 잡아당겼다. 그 또한 휠체어에서 손을 빼려 필사적으로 노력하는 게 느껴졌다. 하지만 테이프에 칭칭 감긴 그의 두 손은 빠져나올 기미를 보이지 않았다.

그의 두 손은 테이프에 너무나도 단단하게 감겨 있었다.

휠체어는 계속해서 그들을 아래로, 아래로 끌고 갔다. 그녀는 생각이라는 것을 하려 노력했다. 하지만 그들이 어느 방향으로 움직이고 있는지, 아니 그들이 움직이고 있긴 한 건지 더 이상 알 수 없게 되자 공포가 그녀를 덮쳤다. 컴컴한 물이 그들을 완전히 삼켜 버렸다. 이제는 위에 무엇이 있고 아래에는 무엇이 있는지 더 이상 알 수 없었다.

## *1982년 크비빌레*

"빈센트, 빈센트, 빈센트."

그녀는 상자의 나무 벽에 입술을 대고 아들의 이름을 불렀다.

처음에는 목이 쉴 때까지 소리를 질렀다. 곧 목소리가 돌아올 거라고 생각했지만, 결국 목소리는 돌아오지 않았고 이제 그녀의 목에서는 쉭쉭 소리만 나왔다. 그래서 지금은 아들의 이름을 속삭이듯 부르고 있었다. 더 이상 목소리가 나오지 않을 때까지 계속 그렇게 아들의 이름을 부를 생각이었다. 흡사 사우나에 들어와 있는 것처럼 상자 안은 열기로 후끈후끈했다. 머리카락은 땀에 젖어 헝클어졌고, 코끝에서도 땀이 뚝뚝 떨어졌다. 등으로 손을 뻗을 수도 없는 자세였지만 등이 얼마나 땀으로 젖었는지 분명히 느낄 수 있었다.

얇은 널빤지로 만든 상자였다면 안에서 발로 차서 부수고 나갈 수도 있었을 것이다. 하지만 빈센트는 이 상자를 제대로 만들었다. 알란이 목재 창고에서 질 좋은 목재를 골라 빈센트에게 준 게 분명했다. 그리고 빈센트는 그 견고한 목재에 못을 박고 본드를 칠해 상자를 완성했다.

팔다리에 쌓인 젖산이 그녀를 향해 비명을 지르고 있었다. 빨리 다리를 쭉 펴지 않는다면 미쳐 버릴 것 같았다. 이 자세로 몇 시간을 있는 것은 인간이 할 짓이 아니었다. 정확히 이 자세로 얼마나 있었는지는 알 수 없었지만, 어쩌면 몇 시간이 아니라 며칠, 아니 몇 년일 수도 있을 것 같았다.

"제발 도와주세요."

그녀가 속삭이듯 말했다.

그럴 만한 힘이 모이면, 곧 도와 달라고 목청을 높여 소리를 칠 것이다.

빈센트는 깊이 숨을 들이쉬고 할 수 있는 한 최대로 무릎을 굽혀 바닥을 살피기 시작했다. 그리고 손으로 물탱크의 네 가장자리를 손으로 더듬어 호흡관을 찾았다. 물탱크의 평평한 바닥에는 아무것도 없었다. 그런데 물탱크의 구석을 더듬을 때, 그의 새끼손가락에 뭔가가 걸렸다. 그곳에 1센티미터 높이로 무언가가 툭 튀어나와 있었다. 그가 찾던 바로 그것이었다. 예인도 몰라 미처 없애지 못한 바로 그것.

그는 조심스레 관을 비틀어 열었다. 생각해 보면 호흡관이 바닥에 있는 건 당연한 일이었다. 보통 마술사들은 물탱크에 거꾸로 매달린다. 그 말인즉슨 머리와 가장 가까운 곳이 바로 바닥이란 말이다. 그는 다시 똑바로 일어나 침과 입안의 물을 뱉었다. 물은 이제 미나의 입까지 찼다.

"유리를 깨는 건 정말 안 될까요?"

미나가 입안으로 밀고 들어오는 물을 뱉으며 빠르게 말했다.

절망은 그들의 코앞까지 다가와 있었다. 그녀의 목소리에서 그걸 느낄 수 있었다. 빈센트는 대답 대신 고개를 끄덕이며 그의 눈앞 유리 벽에 붙어 있는 편지를 쳐다봤다. 예인이 그가 그의 가족과 사람들에게 남기는 메시지라는 명목으로 쓴 편지였다. 유리를 깨고 저 편지를 갈기갈기 찢어 버릴 수만 있다면 무엇이든 할 수 있을 것 같았다. 가족이 그를 증오하게 만들고 싶지 않았다.

"저 아래에 바깥 공기를 들이마실 수 있는 호흡관이 있어요. 이제 미나 씨가 내려가서 숨을 쉬어야 해요."

"그렇게 백마 탄 기사처럼 행동할 거 없어요. 전 경찰이에요."

미나가 입속으로 들어온 물 때문에 기침을 하며 말했다.

"아뇨. 미나 씨가 나보다 키가 작잖아요. 난 여기서 30초 정도 서서 해결책을 생각해 볼게요. 미나 씨가 호흡을 하고 올라오면 그다음에 내가 내려가면 돼요. 그런 다음에는 싸워서 이긴 사람이 내려가서 호흡관을 차지하면 되고요."

"하, 하, 하."

미나는 어이없다는 듯 웃었지만 그래도 그녀의 코까지 물이 들이치자 곧 그가 말한 대로 바닥으로 내려가 호흡관을 찾아 숨을 들이마셨다. 그녀의 움직임에 물이 튀자 빈센트는 눈을 질끈 감고 입도 닫았다. 이제껏 살면서 그는 숨 참는 연습 같은 건 해 본 적이 없었다. 물론 그는 호흡관을 미나와 나눠 쓸 것이다. 숨을 쉬기 위해 위치를 바꾸는 동안 그들 폐에 남아 있는 공기는 다 바닥나 버리고, 호흡을 한 다음 곧바로 상대와 교대를 해야 하겠지만. 그는 공포를 몰아내기 위해 호흡을 조절하려고 노력했다.

어느새 입까지 차오른 물에 입술이 간질간질했다. 그는 입을 꾹 다물고 코로 불규칙하게 숨을 쉬었다. 벌써부터 숨을 쉴 수 없는 기분이었다. 탱크에 공기라고는 조금도 남아 있지 않은 기분. 그는 엄지손가락으로 머리 위 뚜껑을 세게 밀었다. *우리 좀 꺼내 줘. 제발, 꺼내 줘. 이 정도 괴롭혔으면 됐잖아.* 그가 주먹으로 금속 재질의 뚜껑을 치는 소리가 바깥에 울려 퍼졌지만, 바깥에는 아무도 없고 정적만이 감돌고 있었다. 더 이상은 참을 수 없었다. 이렇게 비좁은 공간에서 질식해 죽을 수는 없었다. 윗입술에 물이 닿자 그는 공포에 질려 유리 벽을 탕탕탕 두드리기 시작했다. 공포에 굴복할 수는 없다. 공포에 굴복하면 결국 이 생존 게임에서 지게 될 것이다. 하지만 더는 두려움을 억누르기가 불가능했다.

공포.

공포에 관한 무언가.

이제 물은 그의 콧구멍에 닿았다. 그는 위로 경중경중 뛰면서 그의 마지막 호흡이 될 공기를 들이마셨다. 그때 밑에서 누군가 그의 바지를 잡아당겼다. 아래를 내려다보니 미나가 바닥의 호흡관을 가리키고 있었다. 하지만 그는 고개를 저었다. 그럴 시간이 없었다. 그의 폐는 이미 폭발하고 있었다. 이전에 숨을 참는 연습을 했어야 했는데. 그는 입을 열지 않는 것에 온 신경을 집중했다. 물이 눈을 덮어 오자, 앞을 제대로 볼 수 없어 눈을 깜빡였다. 이제 놓아 버리면 모든 게 끝날 것이다. 그의 폐와 온몸은 불에 타고 있고, 그도 불에 타고 있었다. 그의 뇌는 이제 모든 걸 멈추고 싶어 했다.

공포.

공포…….

……레버.

움베르토. 그랬다. 움베르토가 뭐라고 했더라? 그의 시야가 갑자기 깜빡이기 시작했다. 레버에 대한 이야기가 있었는데. 물이 귀까지 덮자 소리도 모두 사라졌다. 공포를 멈추는 레버는 이 안에 없었다. 그는 물속에 고립되어 있었고, 갇혀 있었다. 유리 벽 밖의 텅 빈 방, 거기엔 공기와 생명이 있었다. 톰 프레스토는 위험을 즐기는 마술사라 마땅히 있어야 할 레버를 없앴다고 했다. 그는 유리 벽을 손으로 세게 눌렀다. 밖에는 구원이 있었지만 유리 안쪽으로는 죽음만이 남아 있었다. 그런데 빈센트가 만났던 톰 프레스토는 죽음을 감수하고 위험한 게임을 할 사람이 아니었다. 오히려 그 반대라면 반대였지, 그는 절대 다른 사람의 손에 자신의 생명을 맡길 리 없는 사람이었다. 무슨 생각인가가 더 나려 했지만, 더 이상 아무 생각도 할 수 없었다. 그의 뇌는 작동을 멈추었다. 그는 원초적 어둠 속으로 끊임없이 가라앉았다. 있는 힘껏 주먹으로 물을 쳐 보려 했지만 움직임은 둔했고 힘도 달렸다. 그의 뺨에 긴장이 풀어지고, 폐에는 물이 차기 시작했다. 움베르토가 말했던 프랑스 수집가는 틀렸다. 톰은 분명 패닉 레버를 가지고 있었을 것이다. 물탱크 바깥뿐 아니라…… 안쪽에도.

두 천체의 궤도가 완성되자, 둘 사이의 완벽한 균형은 수없이 많은 조각으로 산산조각 났다.

그리 오랜 시간이 걸리진 않았다.

아주 잠깐 어지러웠을 뿐.

그런 다음에는 잠에 빠져들듯 심연 속으로 가라앉았다.

예인이 잡고 있던 케너트의 몸은 격렬한 발작으로 미친 듯이 흔들리고 있었다. 더는 참을 수 없었다. 예인은 살고 싶어졌다. 이건 그녀가 원하던 게 아니었다.

그녀는 곧 케너트를 잡았던 손을 놓고 위를 향해 헤엄치기 시작했다. 케너트는 어차피 죽을 운명이었으니, 저 깊은 바다의 바닥으로 가라앉게 내버려 둬도 괜찮을 것이다. 하지만 그녀는 이미 너무 깊은 곳까지 내려와 있었다. 위로 올라가려 해도 그녀의 다리가 무용지물이라 팔로 헤엄을 칠 수밖에 없었다.

시간이 너무 오래 걸렸다. 심지어 제대로 위로 헤엄을 치고 있는지도 확실치 않았다. 어쩌면 그녀는 더 깊은 아래로 가라앉고 있는지도 몰랐다. 그러고 싶지는 않은데.

세 번 팔을 휘저은 뒤, 그녀의 폐는 폭발했다.
이런 게 아니었다.
아니, 정확히 이것이었다.

### *1982년 크비빌레*

그녀는 더 이상 자신이 누군지도 알 수 없었다. 그녀가 아는 거라고는 너무 오랫동안 아팠다는 것, 그것뿐이었다. 그녀의 팔다리는 고통에 비명을 지르고 있었다. 열기, 그리고 목이 타들어 가는 것 같은 갈증. 그녀는 조금이라도 물 같은 걸 입속으로 집어넣기 위해 손가락을 빨았다. 손톱은 나무 벽을 긁어대느라 떨어져 나간 지 오래였다. 이렇게 갇힌 후 영원이 흐른 것 같았다. 그녀는 세상을 저주했고, 또 용서를 구했다.

"빈센트, 예인. 어쩌면 이게 최선인지도 몰라. 이제 너희한테 소리 지르는 엄마는 없어질 테니까. 너희한테는 엄마가 없는 게 더 나을 거야. 엄마도 그걸 알아. 예전부터 그렇게 생각했어."

사실 정말 그렇게 생각하는 건 아니었지만, 그걸 입 밖에 내어 말하지는 못할 것 같았다.

그리고 그녀는 더 이상 아무 말도 하지 않았다.

## *1982년 크비빌레*

"이 상자, 네가 만든 거니?"

처음 보는 여자가 공책과 펜을 들고 그의 앞에 앉아 물었다. 의욕이 과하다 못해 탐욕이 느껴지는 말투였다. 소년은 대답하지 않았다. 그의 앞에 앉은 여자는 이미 답을 알고 있는 것 같았고, 그녀는 소년이 모르는 사람이었다. 소년은 다시 한번 그녀의 손을 쳐다봤다. 펜은 선을 이루고 있었다. 선은 일차원이다. 그리고 공책은 네모, 네모는 이차원이다. 그가 만든 상자는 정육면체, 삼차원이다. 시간은 사차원. 하지만 지금 소년은 사차원을 벗어나 헛간 안에 서 있었다. 영원히. 혹은 찰나. 누군가 그에게 말을 걸었다. 혹은 아니거나.

그때였다. 소년이 이전에 만난 적이 있는 것 같은 경찰이 여자의 팔을 잡고 끌고 나갔다. 엄마의 차가 상점 밖에서 고장 났을 때 엄마를 도와줬던 경찰관과 닮은 얼굴이었다.

"좀 내버려 둬요. 애가 아직도 여기 있으면 안 되는데, 사회복지사가 늦게 오는 바람에 여기서 잠깐 기다리고 있는 거라고요."

헛간 문 앞에는 폴리스 라인이 쳐 있었고, 별 모양으로 장식한 마술 상자는 마당으로 옮겨져 있었다. 소년이 상자 아래 바퀴를 달아 놓았기에 망정이지, 그게 없었더라면 무거워서 상자를 옮기는 데 크게 애를 먹었을 것이다. 하지만 소년은 왜 지금 그더러 작업실에 다시 들어가야 한다고 하는 건지 이해할 수 없었다. 작업실에는 그만의 비밀이 가득한데. 만약 경찰이 그의 비밀을 뒤지기라도 한다면 정말 화가 날 것이다.

"전《할란드스포스텐》기자예요."

여자가 자신의 팔을 붙잡은 경찰관의 손을 뿌리치며 쏘아붙였다.

"대중도 알 권리가 있다고요."

소년은 자갈길에 비친 자신의 그림자를 쳐다봤다. 그림자가 점점 더 길어지고 있었다. 소년은 그림자를 보며 그게 꼭 자기 같다고 생각했다. 빛이라고는 한 번도 들어온 적 없는 아주 깊고 어두운 그림자. 옆에서는 볼 수 없는 일차원의 존재. 여자는 허리를 굽혀 소년의 눈을 쳐다봤다.

"엄마가 없는 기분은 어떠니?"

여자가 공책에 펜을 가져다 대며 물었다.

저 여자는 어떻게 자신을 볼 수 있는 건지, 소년은 이해가 되지 않았다. 그리고 엄마가 없다니, 그건 또 무슨 뜻일까? 엄마는 부엌에 있었고, 그가 양치를 할 때도 있었다. 엄마는 늘 우리가 평소 하는 행동이 우리라는 사람을 만든다고 했다. 그러니 소년은 그가 원할 때면 언제라도 엄마가 될 수 있었다.

"빌어먹을. 이제 그만해요."

경찰이 화를 참지 못하고 여자에게 소리쳤다.

"여긴 사고 현장입니다. 여기서 당장 나가요. 안 그러면 공무 집행 방해로 체포해 버릴 테니까."

그러자 경찰이 미처 반응하기도 전에 여자가 카메라를 꺼내더니 찰칵, 사진을 한 장 찍었다. 갑자기 터진 플래시에 소년은 눈을 깜빡였다.

"웃었어야지."

여자가 말했다.

"뭐, 그래도 괜찮아. 심각한 표정의 아이들이 사진에는 근사하게 나오거든. 누나는 없니? 누나가 너보단 말을 더 잘할 것 같은데."

여자가 마당을 가로질러 저만치 사라지자, 경찰은 소년의 앞에 서더니 그의 어깨 위에 손을 얹었다. 경찰의 단단한 몸이 강렬한 햇빛을 가려 주었다.

"그건 사고였어. 너도 알고 있지? 널 탓하는 사람은 아무도 없단다. 다 괜찮아질 거야. 너도 네 누나도 새로운 집에서 새 생활을 시작할 거고. 제일 중요한 건 그 누구도 네 잘못으로 이런 일이 일어났다고는 생각하지 않는다는 거야. 그걸 꼭 기억해야 해."

"누나랑 제가 같이 살 수도 있나요?"

경찰의 말에 소년이 불안해하며 물었다.

"글쎄, 빈센트. 그건 나도 잘 모르겠구나. 너희 둘을 함께 맡겠다는 사람이 나타나면 그럴 수도 있겠지만 그러기는 힘들겠지. 하지만 누나랑은 계속 가까이 살게 될 거야. 그리고 원하는 만큼 자주 볼 수도 있을 거고. 이건 일시적인 조치일 뿐이야. 지금 당장은 모든 게 이상해 보이겠지만, 너희 둘 다 똑똑한 아이들이니까. 너희들은 강하게 자라서 지난 일은 과거로 묻고 잘 살 거야. 너희한테는 서로가 있잖니. 너희는 가족이야. 모든 건 용서받을 수 있을 거야."

미나는 후디니의 물고문 탱크 바닥에 앉아 애써 생각을 정리해 봤다. 어찌된 일인지 물탱크 바닥이 열리기라도 한 듯 물이 밖으로 콸콸 흘러넘쳤다. 호스를 통해 탱크 안으로 물이 계속 들어오고 있었지만 그만큼 많은 양이 빨리 밖으로 흘러나가 물이 더 이상 차오르진 않았다.

빈센트는 죽은 듯이 그녀 위에 서 있었다. 유리 벽에 그의 이마와 무릎을 댄 채 거의 고꾸라지기 직전이었지만 비좁은 공간 덕분에 용케 선 자세를 유지하고 있었다. 아까 미나는 그의 폐에 공기가 바닥났을 때, 그가 공포에 사로잡혀 팔다리를 마구 허우적거리는 것을 똑똑히 봤다. 그 덕분에 머리를 맞을 뻔했으니 말이다. 그런데 그렇게 발로 차고 닥치는 대로 사방을 두들기던 와중에 물탱크의 물을 빼는 레버나 버튼을 발견한 것 같았다.

물탱크 바닥을 여는 데는 성공했지만 여기서 나가는 건 여전히 숙제였다. 빈센트가 죽었는지 살았는지 알 수 없지만, 아직 숨이 붙어 있다고 해도 당장 그를 꺼내 인공호흡을 하지 않으면 곧 그의 숨은 끊어질 것이다. 아까 그는 그녀에게 이 물탱크의 유리는 깨뜨릴 수 없을 거라고 말했다. 그래도 시도도 않고 포기할 수는 없는 일이었다. 그녀는 신고 있던 구두를 벗어 구두 굽으로 같은 지점을 반복해서 내려치기 시작했다. 그렇게 열다섯 번을 힘껏 내리쳤을 때 드디어 유리에 금이 갔다. 사실 빈센트의 말은 옳았다. 물속에서라면 불가능한 일이었을 것이다. 유리가 산산조각 나며 깨지자 그녀는 부상을 피하기 위해 본능적으로 팔을 들어 얼굴과 몸을 가렸다. 유리 벽이 무너지면서 벽에 기대고 있던 빈센트도 앞으로 고꾸라졌다. 하지만 그의 앞에 앉아 있던 미나가 막아 준 덕분에 유리 조각이 널린 바닥에 얼굴을 박지는 않았다.

미나는 물탱크 밖으로 나가 빈센트를 끌어내고 유리 조각이 없는 곳을 찾아 그를 조심스레 눕혔다. 그는 보기보다 가벼웠다. 아니, 어쩌면 그녀가 그새 더 강해진 것일지도 모른다. 미나는 그를 바라봤다. 멘탈리스트. 이 모든 것에 그를 끌어들인 사람은 그 누구도 아닌 그녀였다. 이 모든 건 케너트에게 조종당한 안나가 미나에게 멘탈리스트인 빈센트를 추천하면서 시작된 일이었다. 그리고 그녀는 그 미끼를 의심 없이 덥석 물었다. 덕분에 빈센트의 누나는 그녀를 죽음 직전까지 내몰았고, 빈센트는 이미 죽었을지도 모른다. 하지만 미나는 빈센트가 이렇게 쉽게 책임을 모면하고 유유히 떠나도록 내버려 두지는 않을 생각이었다. 그의 몸에 있던 온갖 박테리아는 아마 물에 의해 다 씻겨 내려갔을 것이다. 그녀는 그의 목을 세워 기도를 열고, 숨을 깊게 들이마신 뒤 그녀의 입술을 그의 입술에 가져다 댔다.

*

미나를 돕기에는 빈센트의 몸에 여전히 힘이 하나도 없었다. 그는 바닥에 등을 대고 누워 거칠게 숨을 쉬었다. 예인과 케네트는 어디로 간 것일까. 아니, 다시 돌아오기는 할까. 짐작조차 되지 않았다. 미나는 그들이 그녀와 빈센트가 죽는 것을 끝까지 보지 않고 자리를 뜬 데 조금 놀랐지만, 아마 그들은 그걸 끝까지 볼 필요는 없다고 생각했으리라. 이미 목적을 이루었으니 그걸로 충분하다고 생각했는지도 모른다. 이제 궁금한 건, 그들이 여기서 나가 도망을 쳤는지 아니면 아직도 이 근처에 있는지였다.

미나는 정신을 차리려 노력했다.

미나의 뇌는 비행기 모드에 들어가 있었고, 그녀는 당장이라도 여기서 도망가고 싶은 충동과 싸워야 했다. 빈센트를 여기 이렇게 홀로 놔두고 도망갈 수는 없었다. 그녀는 그의 목숨을 살렸다. 중국 속담에 죽어 가는 사람을 살렸으면 그 사람을 책임져야 한다는 말이 있다던데, 그 말에 따르면 이제 그녀는 그를 책임져야 했다. 게다가 지금 여기서 도망가면 나가자마자 예인과 케너트를 마주칠 가능성도 없지 않았다.

그녀는 공기 중에 가득한 썩은 내 때문에 올라오는 구역질을 참으며 주위를 둘러봤다. 당장 지원을 요청해야 하는데, 그러려면 휴대폰이 필요했다. 그녀의 휴대폰은 케너트가 차창 밖으로 던졌으니 여기서 멀리 떨어진 곳에 산산조각이 나 있을 것이다. 그렇다면 남은 것은 빈센트의 휴대폰이었다. 예인과 케너트가 가면서 그의 휴대폰을 가져갔을 수도 있겠지만, 그게 아니라면 그의 휴대폰은 분명 여기 어딘가에 남아 있을 것이다. 그녀는 제일 먼저 이 방 안의 유일한 가구인 탁자부터 뒤졌다. 그러나 거기선 아무것도 찾을 수 없었다.

"빈센트 씨."

미나가 그를 향해 돌아서서 달래듯 그의 이름을 불렀다.

그는 여전히 바닥에 누운 채였다. 흰자위가 보일 정도로 눈동자는 위로 올라가 있었고, 호흡은 얕고 불규칙했다. 그는 의식을 되찾으려고 애를 쓰고 있는 것 같았다.

"빈센트!"

그녀가 조금 더 단호한 목소리로 그를 불렀다.

"아까 그 사람들이 빈센트 씨 휴대폰 어디에 놨는지 봤어요? 여기 탁자에는 없고, 방도 다 뒤져 봤는데 찾지를 못하겠어요. 그 둘이 가지고 간 걸까요?"

빈센트의 휴대폰이 여기 있을지 모른다는 한 줄기 희망이 그녀의 가슴속에서 서서히 사라져 갔다. 당연히 둘은 그의 휴대폰을 가지고 갔을 것이다.

그때 빈센트가 힘겹게 오른팔을 들어 방 한구석을 가리켰다. 그곳에는 커다란 컨테이너 하나가 놓여 있었다. 쓰레기를 가득 채워 놓으면 업체에서 돈을 받고 치워 주는 유의 컨테이너였다. 사실 그녀는 거기 그런 게 있다는 것조차 알아차리지 못하고 있었다. 그리고 컨테이너의 존재를 인식하는 순간, 그녀 안에서 결코 씻겨 없어지지 않을 더러움에 대한 수많은 감정이 몰아치기 시작했다. 하지만 빈센트는 계속해서 같은 곳을 가리켰다.

그녀는 마지못해 컨테이너 쪽으로 걸음을 옮겼다. 컨테이너에 가까이 다가갈수록 무언가가 썩는 냄새가 진동했다. 구토와 함께 신물이 식도를 타고 올라왔다가 다시 내려갔다. 한 걸음 한 걸음 다가갈 때마다 더 강력한 공포가 몰려왔다. 그 컨테이너 안에 무엇이 있는지 정말이지 보고 싶지 않았다. 그 옆을 스쳐 지나고 싶지도 않았다. 그것과 같은 공간 안에 있는 것조차 몸서리치게 싫었다.

그녀는 애원하는 눈빛으로 빈센트를 돌아봤다. 빈센트는 무슨 말인가 하려고 하는 것 같았지만 힘이 없어 말은 하지 못하고, 대신 다시 팔을 들어 세 번째로 그 컨테이너를 가리켰다. 빌어먹을, 빌어먹을, 빌어먹을.

순간 바깥에서 무슨 소리가 들린 것 같아, 꼼짝도 하지 않고 서서 귀를 기울여 봤다. 그러나 들려오는 건 역시나 침묵뿐이었다. 그들을 도와줄 사람은 아무도 없었다. 이건 오직 그녀 혼자 해내야 할 일이었다.

컨테이너는 높이가 무척 높아, 그냥 서서는 절대 그 안의 내용물을 볼 수 없었다. 그녀는 주변을 둘러봤다. 물탱크에 기대어 세워 놨던 사다리가 쓰러져 있었다. 아까 그녀가 유리를 깰 때 함께 넘어진 것이리라. 하지만 사다리는 한눈에 봐도 이미 사용이 불가능했다. 깨진 유리 조각에 뒤덮여 있는 것은 물론이고 물에 흠뻑 젖어 미끄러워 보였다. 대신 방 저쪽 구석에 또 다른 사다리가 벽에 기대어 서 있었다. 물탱크에 기대어 있던 것보다는 훨씬 낡아 보였다. 오랜 세월 사용한 적 없이 그냥 거기 세워 두기만 한 것 같았지만, 적어도 유리 조각으로 덮이지는 않았으니 저걸 사용해야 했다. 그녀는 다시 한번 도움의 손길을 간절히 바라며 문 쪽을 쳐다본 뒤, 낡은 사다리를 향해 걸어갔다.

사다리는 온통 거미줄로 뒤덮여 있었다. 거미줄뿐 아니라 거미들도 있었다. 셀 수 없이 많은 작은 거미들이 사다리 위를 기어다니거나, 거미줄 위를 오갔다. 그나마 끈적이는 거미줄이 아직 없는 부분이 있었다. 불과 몇 센티미터 길이에 불과했지만, 미나는 역겨움과 공포를 꾹 참고 그 부분을 잡았다. 벽에서 사다리를 들어 올리자, 이 작은 거미들이 다 어디에서 온 것인지를 알 수 있었다. 사다리의 뒤쪽에 있던, 아주 커다랗고 뚱뚱하고 털이 수북하게 난 어미 거미가 곧장 그녀의 손으로 넘어와 기어가기 시작한 것이다.

미나는 저도 모르게 외마디 비명을 질렀다. 이어 그녀의 비명 소리가 벽들 사이에서 메아리치기 시작했다. 그녀는 공포로 미친 듯이 뛰는 심장을 부여잡고 문 쪽을 쳐다봤다. 그들이 들었을까? 방금 그 비명 소리를 들은 예인과 케네트가 당장 돌아와서 그녀와 빈센트가 물탱크 안에서 죽지 않은 것을 알게 되는 건 아닐까?

하지만 밖은 조용했다.

그리고 아무도 들이닥치지 않았다.

온통 침묵뿐이었다.

그녀는 여전히 빠르게 뛰는 심장을 부여잡은 채, 사다리를 들고 컨테이너를 향해 발걸음을 옮겼다. 머리끝부터 발끝까지 온몸이 근질거렸다. 그녀는 머릿속으로 수없이 많은 새끼 거미들이 그녀의 피부 속에 알을 까는 상상 혹은 그와 같은 강도로 끔찍한 일을 벌이는 상상을 했다.

언젠가 루벤이 변태같이 그녀의 질색하는 표정을 보려고 일부러 보여 준 유튜브 동영상이 떠올랐다. 사람의 피부 속에 알을 까는 남미의 한 쇠파리 종에 대한 것이었다. 그 동영상에는 사람의 두피에서 꿈틀거리는 커다란 파리 유충을 꺼내는 장면까지 나왔다.

하지만 그녀는 루벤에게 만족감을 주지 않기 위해 토하고 싶은 충동을 참아 냈고, 혐오감도 물리쳤다. 그녀가 끌어낼 수 있는 최대한의 의지를 발휘하고 있는 바로 지금처럼.

그녀는 목제 사다리와 금속 컨테이너가 부딪히며 나는 소리를 줄이려고 최대한 조심스레 컨테이너 한편에 사다리를 기대어 놓았다. 사다리를 옮기는 과정에서 끈질기게 따라온 거미 몇 마리가 망가진 거미줄 주변을 종종거리며 돌아다니고 있었다.

하지만 미나는 더 이상 거미줄에 대해 생각하고 있지 않았다. 컨테이너에 가까이 서 있으려니 참을 수 없는 악취가 코를 찔러 눈물이 줄줄 흘렀다. 이 안에 든 것이 무엇이든 간에, 이런 냄새를 풍기는 것이라면 각종 박테리아와 미생물이 득실거릴 게 분명했다. 지금 그것들은 그녀의 주변에, 그리고 그녀 위에, 또 그녀 안에 있었다.

미나는 당장 그녀가 해야 할 일에 집중해야 한다고 속으로 되뇌며 빈센트 쪽을 쳐다봤다. 그는 그래도 겨우 힘을 냈는지 일어나 앉아, 무릎 사이에 고개를 처박고 있었다. 그러다 갑자기 흐느끼며 물탱크 안에서 삼켰던 물을 바닥에 울컥울컥 토해 냈다.

빈센트가 토하는 것을 보자 그녀의 속에서도 담즙이 다시 올라와 입을 채우기 시작했다. 하지만 그녀는 토하는 대신 쓴물을 삼키고 또 삼켰다. 지금 여기서 토할 수는 없었다. 그랬다간 해야 할 일을 하지 못하게 될 것이다. 지금 절대 생각하지 말아야 할 게 있다면 그건 바로 구토였다. 지금 그녀에게 구토란 단어는 쇠파리보다 최악이었다. 위 속에 들어 있던 역겨운 것들을 게워 내 자신의 두 눈으로 확인해야 한다니. 평소에도 늘 억누르려 애쓰는 생각이었지만, 어쩌다 이 생각이 떠오를 때면 미나는 꼼짝없이 공황에 빠지곤 했다. 지금 같은 상황에서 구토 생각은 한 번으로 족했다. 독감이 유행하는 계절이면 그녀는 평소보다 손 세정을 세 배는 더 많이 하고, 그 박테리아를 막기 위해 하루에 흰 통후추를 열 알씩 삼켰다. 통후추를 먹으면 감기를 예방할 수 있다는 건 과학적으로 증명된 이야기는 아니었지만, 그녀의 어머니는 늘 그렇게 했다. 그리고 그 덕분인지 미나도 지난 10년 동안 한 번도 장염에 걸리지 않았다.

사다리의 세 단을 오르자 그녀의 정수리가 컨테이너 끝 언저리와 같은 높이가 되었다. 그 안에 무엇이 들어 있는지 아직 보이진 않았지만, 악취는 끝을 모르고 더 심해지고 있었다. 그녀는 옷깃으로 코를 막았다. 새끼 거미 몇 마리가 그녀의 손등을 타고 올라왔지만 이 지독한 썩은 내에 비하면 그건 아무것도 아니었다.

그녀는 다시 한 단을 더 올라섰다.

그리고 또 한 단을 올라서니 이제 컨테이너 가장자리가 내려다보였다.

컨테이너는 사체로 가득 차 있었다.

밍크의 사체였다.

저마다 다른 부패 단계에 놓인 수천 마리의 밍크가 그녀를 올려다보고 있었다. 죽은 밍크지만 그들은 움직이고 있었다. 사체에서 나온 가스와 구더기, 파리들이 죽은 밍크가 움직이는 것처럼 보이게 만들고 있었다. 더 이상은 참을 수 없었다. 그녀는 결국 컨테이너 반대편으로 몸을 기울여 아침에 먹은 시리얼을 바닥에 게워 냈다.

눈물이 흐르기 시작하고, 심장은 아까보다 세 배는 더 빨리 뛰었다. 손바닥이 땀으로 축축해지는 게 느껴졌다. 금방이라도 공황 발작이 일어날 듯 그녀를 위협해 왔지만, 그녀는 아주 잠깐이라도 그 공포에 자리를 내어 주면 더 이상은 그녀도 버티지 못하고 정신을 놓아 버릴 것임을 아주 잘 알고 있었다.

그녀는 빈센트 쪽을 쳐다봤다. 그는 아까보다 안정을 되찾은 듯 똑바로 일어나 앉아 그녀를 쳐다보고 있었다. 뺨에도 아까보단 혈색이 돌았다. 걸을 수도 있을까? 어쩌면 케너트와 예인이 멀리 도망갔을 가능성을 믿고, 빈센트와 함께 여기를 나갈 수 있을까?

하지만 그녀는 그럴 수 없다는 걸 알았다. 빈센트가 빨리 걸을 수 있게 되기까진 시간이 좀 걸릴 것이다. 게다가 무작정 밖으로 나갔다간 스스로를 제대로 지키지 못할 것이다.

지금 빈센트와 그녀에게는 지원군이 필요했다.

그리고 지원군을 부르려면 휴대폰이 필요했다.

그녀는 컨테이너의 가장자리에 한 발을 디뎠다. 그녀의 아래에서 부패하며 가스를 내뿜고 있는 동물 사체를 애써 외면하면서. 그것들을 먹고 사는 각종 곤충과 구더기 생각을 머릿속에서 물리쳤다. 그 대신 무지개와 유니콘, 여름날 초원과 귀여운 고양이 이미지를 떠올렸다.

그리고 컨테이너 안으로 뛰어들었다.

\*

현장에 도착한 노르텔리에 경찰은 작업장 바닥에 있는 미나와 빈센트를 발견했다. 미나는 물탱크에 연결되었던 호스를 뽑아 몸을 최대한 헹구었지만, 그래도 머리칼에는 핏덩어리와 동물 사체 등 떠올리고 싶지도 않은 역겨운 것들의 흔적이 아직도 여기저기 묻어 있었다. 미나는 머리카락에 엉긴 날카로운 무언가를 보자마자, 머리카락을 아예 잘라 버려야겠다고 생각했다.

복구 불가능한 그녀의 옷은 구석에 버려져 있었다. 그녀는 컨테이너에서 나오자마자 비명을 지르며 그 옷들을 서둘러 벗어던졌다. 하지만 그녀의 노력은 헛되지 않았다. 피가 묻어 끈적해진 빈센트의 휴대폰을 찾는 데 성공한 것이다. 그리고 휴대폰은 여전히 작동이 되는 상태였다. 그녀는 통화를 마치자마자 몰려드는 혐오감에, 휴대폰을 바닥에 던지고 호스를 집어 들어 온몸에 물을 뿌려 댔다.

빈센트는 아무 말 없이 그의 옷을 벗어서 그녀에게 건네주었다. 사실 그의 옷도 이미 흠뻑 젖어 있었고 그녀에게는 너무 컸지만, 그래도 거미와 벌레, 동물 사체가 묻어 있진 않았으니 말이다. 빈센트는 속옷만 입은 채였다. 보려고 한 건 아니었지만 미나는 그가 하와이안 프린트의 비에른 보리 브랜드 팬티를 입는다는 걸 알게 되었다.

노르텔리에 경찰서는 두 명의 여자 경찰을 보내왔다. 미나와 빈센트를 발견하자 둘 중 하나가 바로 문 앞에서 돌아서며 마당에 있는 누군가에게 소리를 쳤다.

"담요가 필요해요!"

"빨리요!"

빈센트와 미나 앞으로 걸어온 또 다른 경찰관은 이렇게 말했다.

"여기서 전화 한 통이 걸려 왔어요. 그 통화를 끝낸 다음에는 스톡홀름 경찰서에서 전화가 왔고요."

그 경찰관은 걱정스러운 표정으로 미나 옆에 쪼그려 앉았다.

"네, 여기서 전화를 한 건 저였어요. 정말 빨리 오셨네요."

미나는 코를 훌쩍이며 답했다.

"네? 전화를 선생님이 하셨다고요? 훨씬 나이가 많은 분일 줄 알았는데요. 스톡홀름 쪽도 조금 혼란스러워하는 것 같았는데, 제가 통화한 분에 따르면 여기 오면 두 구의 시신이 있을 거라고 했어요. 증오 범죄와 자살에 관한 건이라고요. 그리고 편지도 있을 거라고 했는데, 그건 무슨 이야기인지 아시나요?"

미나는 뭐라 대답해야 할지 몰라 그저 빈센트만 쳐다봤다.

"예인과 케너트가 여길 떠나기 전에 경찰에 전화를 넣었을 거예요."

그는 미안한 표정으로 말을 이었다.

"시간이 없어서 그 이야기 한다는 걸 깜빡했네요."

\*

율리아와 토르켈은 스톡홀름 알란다 공항으로 이어지는 고속 도로 출구를 지나 계속해서 북쪽으로 달렸다. 알란다를 지나자 교통량이 많이 줄어들었고 지금은 고속 도로를 거의 전세 내어 달리다시피 하고 있지만, 웁살라로 진입하면 다시 교통량이 늘어날 것이다. 아까 경찰서로 향하던 중 율리아에게 크리스테르가 전화를 걸어왔다. 그는 경찰이 빈센트를 찾고 있었는데 사건이 노르텔리에 경찰로 넘어가서 더 이상 그들의 소관이 아니게 되었다고, 율리아는 굳이 올 필요가 없다고 보고했다.

크리스테르는 다 알면서도 모르는 척하며, 오늘 같은 날 그녀가 왜 집에 있었는지는 모르겠지만 아마도 더 중요한 일이 있어서 그런 게 아닐까 했다며 급한 일을 먼저 보라고 말했다. 전화를 끊고 율리아는 곧장 토르켈에게 전화를 걸었고, 스톡홀름으로 향하던 차를 돌렸다. 경찰서의 동료들이 비밀을 지켜 주는 데는 젬병이라는 것에 감사하며 말이다.

그녀는 운전대를 잡고 있는 남편의 손을 힘주어 잡았다. 토르켈은 시선을 도로에 고정한 채 손에 힘을 주어 응답했다.

"고마워."

율리아가 입을 열었다.

"내 성질 참고 살아 줘서. 이게 다 빌어먹을 호르몬 때문이야."

그러자 토르켈이 미소를 지으며 대꾸했다.

"섹시한 형사님. 오늘 당신은 어려운 결정을 내렸어. 그 결정을 도와주진 못할망정 더 어렵게 만들어서 미안하지만, 이

거 하나는 알아줘."

그가 잠시 도로에서 눈을 떼더니 그녀의 눈을 쳐다보며 말을 이었다.

"사랑해. 그리고 당신은 오늘 옳은 결정을 내렸어. 아이는 앞으로도 가질 수 있는 기회가 더 있겠지만, 이미 존재하는 생명이자 다른 사람의 소중한 자녀를 당신이 지켜 주겠다는데 그걸 내가 막는다면 그런 사람이 어떻게 아빠가 될 수 있겠어. 미안해. 내가 멍청했어."

"괜찮아."

율리아가 그의 허벅지에 손을 올리며 말했다.

"자기가 똑똑해서 자기랑 결혼한 건 아니니까. 알잖아."

토르켈은 웃음을 터트렸고, 그녀도 그를 따라 웃었다. 그 웃음에 둘 사이를 가로막고 있던 견고한 댐이 무너지는 것 같았다. 그녀가 호르몬 치료를 시작하면서부터 지난 몇 개월 동안 계속 쌓여 왔던 긴장이 드디어 사라지는 순간이었다. 토르켈도 그녀와 같은 느낌인 것 같았다. 둘은 새로운 무언가를 향해 함께 나아가고 있었다. 그녀는 차창을 내려 서늘한 가을바람을 맞았다. 바람이 기분 좋게 얼굴과 머리칼을 스치고 지나갔다. 활기가 넘치는 바람이었다. 그녀는 미소를 지으며 두 눈을 감았다. 생명이 충만한 바람을 맞으면서.

**10월**

빈센트는 기자 회견장에 모습을 드러내지 않았다. 미나도 충분히 이해할 수 있었다. 언론은 이번 연쇄 살인에 그가 연관되어 있다는 소식을 입수하고, 강가에 버려진 소의 사체를 만난 피라냐 떼처럼 사건에 달려들었다. 그러니 오늘 이 자리에는 빈센트가 나타나지 않는 것이 모두를 위해 좋을 것이다.

율리아가 단상 위에 올라섰다. 언론은 일부 유출된 정보에 그들의 상상력을 더해, 서로 연관 없는 정보들을 엮어 짜깁기 보도를 하고 있었다. 그걸 '가능한 시나리오'라고 부르면서.

왁자지껄하던 분위기가 단숨에 가라앉고, 모두 기대감이 가득한 눈으로 율리아를 쳐다봤다. 미나는 무대 옆, 커튼 뒤에 숨어 있었다. 그녀도 언론 보도를 피하지는 못했다. 대체 어디서 그 사진들을 구한 건지. 이제껏 그녀는 늘 대중의 눈을 피해 살려 노력해 왔고 평상시에도 카메라 앞에 서는 법이 없었는데, 기자들은 어디서 찾았는지 흑백 사진 속 끔찍하게 나온 그녀의 모습을 가져다가 기사에 실었다. 사진 기자가 있는지도 몰랐는데, 경찰대와 함께 급습을 나갔을 때 찍힌 사진이었다.

"아직도 범인들의 행방은 묘연하지만, 범인의 신분은 예인 보만과 케너트 벤트손으로 확인됐습니다. 언론협회 소속 기자분들은 이미 아시겠지만, 예인은 멘탈리스트로 활동 중인 빈센트 발데르 씨의 여자 형제입니다."

"가해자가 본인의 누이라는 사실을 빈센트 씨는 언제부터 알았습니까?"

일간지 《엑스프레센》의 기자가 곧장 질문했다.

"질문을 하고 싶으시면 먼저 손을 들고 지명될 때까지 기다려 주세요. 그렇게 하지 않으면 질서 있는 진행이 불가능합니다."

미나는 그제야 율리아의 아버지인 경찰서장이 기자 회견장의 뒤편에 서서 단상 위에 오른 그의 딸을 자랑스럽게 바라보고 있다는 것을 알아차렸다. 그에게 율리아와 그녀가 이끄는 팀은 골치 아픈 문제였다는 것을 알고 있었기에, 자랑스럽다는 듯 율리아를 바라보는 그의 시선에 미나도 기운이 솟는 것 같았다. 율리아는 그의 인정을 받을 자격이 충분했다.

"그 질문에 답변을 드리자면, 빈센트 씨는 경찰관 미나 다비리 씨와 함께 인질로 잡히기 전까지는 범인이 그의 누이라는 것을 알지 못했습니다."

"범행 동기는 뭐였습니까?"

같은 기자가 다시 한번 손을 들지 않고 곧바로 질문했다. 율리아의 인내심이 바닥나는 게 그녀의 표정으로 드러났다.

"손 들고 질문해 주세요. 이번 사건의 동기가 지난 며칠 동안 언론에서 짜깁기 보도한 과거의 사건과 관계가 있는 것은 사실입니다. 여기서 제가 말하는 사건이란, 빈센트 씨와 그의 누이가 어렸을 때 발생한 사고를 말하는 겁니다. 그들의 친모 가브리엘라 보만이 비극적으로 사망했던 사건이죠. 예인 보만은 어머니의 사망과 그 이후 그녀의 인생에 일어난 일들을 모두 빈센트 씨의 책임으로 돌리고 있었습니다."

또 다른 기자가 손을 번쩍 들었다.

"마술을 살인의 테마로 정한 이유는 무엇입니까? 그건 지나치게 복잡한 장치 아닌가요?"

"글쎄요. 그렇게 물으시면 뭐라 대답해야 할지 모르겠지만, 제 경험상 살인범들은 항상 이성적으로 살인의 방법을 선택하지는 않습니다. 말씀드린 것처럼 이 살인의 동기와 방법은 가브리엘라 보만의 사망을 둘러싼 정황과 연관이 되어 있고요."

"다니엘 바가브리엘의 죽음도 이 사건과 관련되어 있는 겁니까?"

"다니엘의 죽음은 이 사건과 관련이 없습니다. 그가 이번 연쇄 살인의 두 피해자를 알고 있었다는 사실 외에는 어떠한 연관성도 찾을 수 없었습니다. 이 사건과는 별개로 다니엘의 죽음에 관여했을 것으로 보이는 용의자 두 명을 구속했고, 빠른 시일 내에 검사 측 기소가 있을 것으로 기대하고 있습니다."

비록 예인이 그를 직접 죽인 것은 아니었지만, 복수에 대한 예인의 욕망 때문에 너무 일찍 세상을 떠난 젊은 다니엘의 죽음에 미나는 가슴이 저렸다. 그건 정말이지 불필요한 죽음이자 아까운 목숨이었다. 이번 사건으로 스웨덴의 미래 당이 다음 선거에서 참패하기를 바랄 뿐이었다.

율리아가 계속해서 쏟아지는 질문 공세를 받는 동안, 미나는 천천히 조심스레 자리를 떴다. 질문에 답하는 율리아의 목소리가 점점 멀어졌다.

*

금속 재질의 밥그릇에 건식 사료가 요란한 소리를 내며 쏟아지자, 그 소리를 들은 보세가 쏜살같이 달려와 허겁지겁 먹이를 먹기 시작했다.

"착하기도 하지."

그런 보세를 보며 크리스테르가 말했다.

그리고 이어서 식탁 가장자리에 몸을 기대며 천천히 바닥으로 내려와 앉았다. 아무런 어려움 없이 한 번에 앉은 건 아니었지만 평소보다는 쉽게 앉을 수 있었다. 보세와 매일 하는 산책이 드디어 효과를 보이기 시작하는 모양이었다. 그는 부엌 서랍장에 등을 기대고 앉아 보세의 털을 쓰다듬었다. 부럽지, 해리 보슈.

"보세야, 네 주인들이 흔적도 없이 사라진 모양이야."

크리스테르가 말문을 열었다.

"섬에서 찾을 수가 없다는구나. 섬을 떠나는 배를 본 사람도 없고, 페리는 절대 탔을 리 없고. 모든 게 다 미스터리야. 물론 노르텔리에 경찰이 시신을 찾으려고 물속을 훑고 있지만, 아마 아무것도 찾지 못할 가능성이 커. 거기 바다는 아주 깊거든."

보세는 먹기를 멈추고, 어리둥절한 표정으로 크리스테르를 쳐다봤다. 크리스테르의 말투에서 뭔가 이상한 것을 감지한 듯했다.

"알아. 너도 슬프겠지."

크리스테르가 보세의 귀 뒤를 긁어 주며 말했다.

"이제 밥 다 먹으면 나랑 저 멀리 산책을 나가자. 그런 다음 네가 질겅질겅 씹어서 찢어 놓길 좋아하는 소리 나는 공을 사 줄게. 이번에는 반짝거리는 걸로. 네 주인들은 돌아오지 않을 것 같거든. 그러니까 이제부터는 너랑 나랑 둘이야."

보세는 짧게 짖으며 크리스테르의 뺨부터 이마까지 그의 얼굴을 여기저기 핥았다. 보세의 숨에서는 건식 사료 냄새가 났다. 함께 살아가는 생명체가 있다는 건 꽤 괜찮은 일이었다. 그리고 늘 그렇듯 그의 생각은 그가 어렸을 때로, 그리고 라세에게로 돌아갔다. 라세가 지금 뭘 하고 사는지 전혀 모르고 있는 건 부끄러운 일이었다. 한때 그토록 잘 알았던 사람의 현재를 이렇게 모르고 살다니. 연락이 끊긴 이후에도 라세는 분명 크리스테르는 전혀 모를 그만의 경험과 모험을 하며 살아가고 있을 것이다. 그 생각을 하자 질투가 났다. 그 질투의 대상과 정체가 무엇인지는 확실하지 않았지만, 어쨌든 지금도 늦지는 않았다. 그는 경찰이니까. 게다가 요즘에는 소셜 미디어라는 것도 있으니 라세가 무엇을 하고 사는지는 그리 어렵지 않게 확인할 수 있을 것이다.

바닥에 앉아 보세의 털을 쓰다듬으며, 크리스테르는 그의 마음속 깊은 곳에서 무언가가 변하고 있는 것을 느꼈다. 시작은 아주 미약해서 처음에는 변화가 일어나고 있다는 것조차 알 수 없었지만 그 느낌은 점점 더 강해졌고, 믿음도 점차 강해졌다. 그건 예전에는 느껴 본 적이 없는 새로운 기분이었다. 확신할 수는 없지만, 그게 행복일 수도 있을 거란 생각이 들었다.

\*

밀다는 식사가 끝난 후에도 여전히 식탁에 앉아 있었다. 베라와 콘라드는 언제나 그렇듯 기록적인 속도로 식사를 해치운 뒤, 베라는 플레이 스테이션 앞에 자리를 잡고 앉았고 콘라드는 사회 숙제를 가지고 와서 그녀의 맞은편에 앉아 집중한 얼굴을 한 채 컴퓨터로 뭔가를 적고 있었다.

그녀의 콘라드. 콘라드는 아주 힘든 여름을 보냈다. 하지만 재활 센터의 치료는 마법 같은 효과를 가져다준 듯했다. 집에 돌아온 후 콘라드는 이전에 보였던 나쁜 행동을 잘 참고 있었고, 이전과는 전혀 다른 태도로 삶과 공부를 대했다. 베라 또한 콘라드가 올가을 들어 훨씬 행복해 보인다고 말하곤 했다.

물론 밀다도 너무 기대치를 높이면 안 된다는 걸 알고 있었다. 이전에도 콘라드가 정신을 차렸다고 생각한 적이 몇 번이나 있었지만, 한 달 정도 지나면 아들은 다시 예전 생활로 돌아가곤 했었다. 하지만 이번에는…… 이번에는 뭔가 달랐다. 감히 기대하지 않으려 노력했고 기대하면 안 된다는 것도 알고 있었지만, 왜인지 자꾸만 이번 변화는 영원히 지속될 거라는 생각이 들었다. 그들 가족 모두 이 변화를 맞을 자격이 충분했다.

특히 지금 그녀의 힘든 상황을 생각하면 더욱 그랬다.

그녀의 친오빠인 아디가 보낸 편지는 이제 다시 볼 것도 없이 그 내용을 또렷하게 기억할 수 있다. 사실 오빠가 보낸 편지가 아니라 오빠의 변호사가 보낸 편지였지만. 그녀는 콧방귀를 뀌었다. 변호사는 무슨! 아마도 수상한 거래를 하다 만난 누군가, 아니 교도소에서 만난 누군가겠지. 변호사? 하하, 그럴 리가. 콘라드와는 달리 아디는 조금도 변하지 않았다. 아디는 늘 자기 하고 싶은 대로만 하고 살았고, 그 중심에는 늘 돈이 있었다.

지금도 문제는 돈이었다. 그녀와 아디는 현재 그녀가 살고 있는 집을 공동으로 상속받았다. 그런데 아디는 평소답지 않게 관용을 베풀어, 밀다와 베라, 콘라드가 이 집에서 계속 살 수 있게 해 주었다. 무능한 아이 아빠가 경제적으로 아무것도 해 주지 못하는 상황에서 혼자 가족의 생계를 책임지고 있는 밀다의 처지를 고려해 줬다나. 하지만 그녀는 그 관용이 진짜가 아니라는 걸 잘 알았다. 아디는 그녀가 사는 이 집보다 크기도 더 크고, 위치도 더 좋은 엔훼데의 뮈콜라스 할아버지 집을 노리고 있었다. 할아버지가 돌아가시면 아디는 할아버지의 엔훼데 집이 자기 것이라고 나설 계획이었다. 밀다가 살고 있는 이 집의 공동 상속을 이미 포기했다는 이유를 들어 말이다.

하지만 그의 거짓 관용도 한계에 다다른 듯 보였다. 밀다도 그를 탓할 수는 없었다. 법적으로는 그가 옳았다. 다만 이건 너무 갑작스러웠다. 그래도 자신과 먼저 이야기를 나눠 보면 좋았을 텐데, 아디는 그 단계를 건너뛰고 뜬금없이 변호사를 통해 이 집에서 계속 살고 싶거든 집을 사라고 통보해 왔다. 아니면 공동 재산이니 이 집을 같이 팔거나, 혹은 나중에 할아버지가 돌아가신 후 밀다가 받아야 할 유산 중 그만큼의 재산을 상쇄하겠다고 했다.

이 집을 파는 건 말도 안 되는 일이었다. 집을 판 뒤 그녀가 받을 돈은 괜찮은 새 집을 다시 사기에는 턱없이 부족할 게 뻔했다. 그럼 이것보다 훨씬 안 좋은 집으로 이사를 가야 할 텐데, 아이들이 그런 일은 겪지 않았으면 했다. 게다가 현재 그녀의 재정 상태로는 아디에게 이 집의 절반에 해당하는 돈을 갚기 위해 대출을 받을 수도 없었다. 올여름 콘라드를 사설 재활 센터에 보내느라 돈을 엄청나게 썼으니 말이다.

은행을 털지 않는 한, 돈을 마련할 길은 없었다. 그녀는 교과서를 들여다보고 있는 콘라드의 정수리를 바라봤다. 그녀와 가족에게는 기적이 절실했다.

\*

루벤은 주저했다. 이건 정말이지 그가 익숙하고 편안함을 느끼는 일의 범위를 아주 한참 벗어난 일이었다. 너무 멀리 나와서 여권을 챙기고 풍토병에 걸리지 않게 예방 접종이라도 받아야 하는 거 아닌가 하는 생각이 들 정도였다. 잠깐이지만 그는 굳이 성가시게 신경 쓰지 말까도 생각했다. 어쨌든 잘 살고 있는데 굳이……

흠, 그런가? 정말 그는 잘 살고 있나?

그는 그가 꽤 괜찮은 인생을 살고 있다고 생각했다. 직장에서는 그가 생각하는 것 이상으로 일할 필요가 없었다. 특히 새로 들어간 팀에서는 그 능력을 인정받고 포상 휴가도 받았다. 모두가 걱정했던 팀 해체도 없었다. 또 새로운 팀에서는 예전 팀에서와 달리 짜증 나는 제약 없이 일할 수 있었다. 게다가 미혼이니 사람도 원하는 대로 만나면 된다. 점심 먹고 애를 데리러 유치원으로 허겁지겁 달려가지 않아도 됐고, 겨울 내내 아픈 아이들을 돌볼 필요도 없었다. 그는 콧방귀를 뀌었다. 요즘은 아픈 아이들을 돌보라고 유급 휴가까지 나온다니, 참 지랄맞게도 좋은 복지다. 그래도 페데르는 세쌍둥이가 걷기 시작하자마자 일을 그만둬야 할 것이다.

루벤에게는 모자란 게 없었다. 그가 사는 도시에는 그와 자고 싶어 몸이 달아오른 여자들이 언제나 가득했고, 여자들은 하나같이 섹스가 끝나면 괜히 그의 집에 남아 귀찮게 하는 대신 곧장 자기 집으로 돌아갔다.

설거지해라, 빨래해라, 혹은 밸런타인데이인데 왜 꽃을 안 사 왔냐 하며 잔소리하는 사람도 없었다.

TV를 보며 함께 저녁을 먹고, 밤이면 그의 품에 파고들고, 머리칼에선 언제나 향긋한 풀 내음이 나고, 여름이면 작은 주근깨가 온 얼굴을 덮는 사람도 없었다.

아무도…….

엘리노르 같은 사람은 아무도 없었다.

루벤은 그의 마음이 다시 바뀌기 전에, 그가 전화번호를 적어 놓은 노트를 들고 번호를 눌렀다. 그리고 숨을 깊게 들이마셨다.

"안녕하세요. 전 루벤 회크라고 합니다. 예약을 좀 하고 싶은데요."

\*

아네트는 페데르가 아주 오랫동안 보지 못했던 표정으로 그를 쳐다봤다. 처음에는 아네트가 농담을 하는 줄로만 알았다. 하지만 그녀가 그의 셔츠 단추를 풀기 시작하자, 이게 장난이 아니라는 걸 알 수 있었다.

"지금 쌍둥이들 다 자고 있는 거 알아?"

그녀가 부드러운 목소리로 속삭였다.

"셋 다 동시에 자고 있어."

페데르는 아네트에게 밀려 소파로 쓰러지기 직전에 커피 테이블에 놓인 리모컨으로 손을 뻗어 TV를 껐다. 아네트가 페데르의 셔츠 안에 손을 넣고 그의 피부를 어루만졌다.

"자기 말이 맞네."

페데르가 조용한 집 안을 확인하고서 말을 이었다.

"정말로 세 놈이 동시에 자고 있어. 아주 흔치 않은 일이니까 복권이라도 사야 되는 거 아닐까."

"아니면 이 시간을 다른 일을 하는 데 사용하거나."

아네트가 그의 귀에다 대고 속삭였다.

말을 마치자마자 그녀는 소파에서 벌떡 일어나 손을 내밀었고, 페데르는 그 손을 잡고 침실로 향하는 그녀를 따라갔다.

"정말 괜찮겠어?"

그녀가 그의 옷을 벗기자 페데르가 다시 물었다.

아네트는 아무런 대답도 하지 않다가, 그가 팬티를 벗기 직전에 침대로 기어 들어갔다. 그리고 이불 아래서 잠시 허우적거리더니, 곧 윗옷과 바지를 벗어 그에게 던졌다. 그러고는 그의 베개를 토닥거리며 입을 열었다.

"완전 괜찮지. 지금 자면 애들 깨기 전에 30분은 잘 수 있을지도 몰라."

페데르는 베개와 아내의 얼굴을 번갈아 쳐다봤다. 아내의 얼굴이 얼마나 창백한지, 그녀의 눈 아래 얼마나 짙은 다크서클이 매달려 있는지는 보이지도 않았다. 지금 이 순간 그의 눈에 보인 건 그가 얼마나 그녀를 사랑하는지, 그것 하나뿐이었다. 페데르는 베개에 머리를 대자마자 곧장 잠에 빠져들었다.

\*

그녀의 휴대폰 화면 속 지도 위로 자그마한 소녀의 얼굴이 천천히 움직이고 있었다. 미나는 그녀의 책상 위에 올려 두었던 나탈리의 사진을 아이콘으로 만들었다. 사진 속 나탈리는 지금 모습과는 완전히 달라 보였지만, 그래도 그녀가 가진 나탈리의 사진 중에서는 그나마 가장 최근에 찍은 것이었다. 멀찍감치 떨어진 곳에서 나탈리의 사진을 찍어 보려고 여러 번 시도했었지만, 그때마다 그녀 안의 자기 보호 본능이 깨어나 차마 그러지 못했다. 만약 발각되면 어떤 일이 생길지 상상조차 할 수 없었다.

나탈리의 가방에 GPS 추적기를 몰래 설치했던 날, 미나는 저도 의식하지 못하는 새 자신이 그런 계획을 세우고 있었음을 알아차렸다. 쿵스트레드고르덴 공원에서 몇 년 만에 처음으로 나탈리와 그렇게 가까이서 함께 커피를 마시던 순간 이런 기회가 또 오지 않을 것임을 직감했고, 과감하게 행동에 옮겼다.

처음에는 나탈리를 보호하던 남자가 그녀가 가방에 뭔가를 부착하는 것을 본 줄 알았다. 그래서 그들이 와서 나탈리를 데리고 갔을 때, 미나는 공포에 소변을 지릴 뻔했다. 과장이 아니라 정말로. 만약 가방에 GPS 추적기가 설치된 것을 그들이 알았다면 이후 받았던 협박 전화의 내용은 훨씬 험악했을 것이다. 나탈리를 그녀의 눈으로 직접 보는 것도 그날이 마지막이 되었을 테고 말이다.

하지만 미나가 받은 벌은 당분간 나탈리를 가까이서 볼 수 없게 되는 정도에 그쳤다. 이제 당분간은 블로수트 지하철역의 지상 승강장에서 등교하는 나탈리를 볼 수 없을 것이다. 외스테르말름에 위치한 집 밖에서 나탈리를 염탐하거나, 동네를 돌아다니는 나탈리를 몰래 따라다니지도 못할 것이다. 현실에서 나탈리를 다시 보기까지는 시간이 좀 걸릴 것이다.

하지만 괜찮았다.

이제 그녀의 앞에, 그리고 그녀의 손 안에 나탈리가 있으니 말이다.

위치 추적 앱은 실시간으로 나탈리가 어디에 있는지 알려줬고, 그녀는 나탈리가 누구와 무엇을 하고 있을지 마음껏 상상의 나래를 펼 수 있었다. 지금 앱 속 나탈리의 작은 얼굴은 외스테르말름에 멈춰 있었다. 이건 아마 나탈리가 집에 있다는 뜻일 것이다. 위치를 확대하면 주소를 볼 수 있을 테지만, 그건 이미 알고 있으니 그러지는 않았다.

물론 염탐을 할 생각은 없었다. 나티에게도 사생활을 즐길 권리는 있으니까. 그래도 종종 앱을 열어 확인을 해 볼 생각이었다.

나티가 별문제 없이 잘 지내는지 확인하기 위해서, 그리고 선글라스를 쓴 남자들이 나티를 잘 돌보고 있는지 확인하기 위해서.

"안녕, 아가."

미나가 손끝으로 휴대폰 화면을 어루만지며 말했다.

"너한테는 절대 나쁜 일이 일어나지 않게 내가 지켜 줄게."

\*

빈센트는 선반에서 '글리터 푸씨'라고 적힌 머그잔을 꺼내 찻잎을 담은 인퓨저를 넣고, 주전자를 가져와 뜨거운 물을 부었다. 그리고 김이 폴폴 나는 머그잔을 그의 아내 앞에 내려놓았다.

"자, 여기 여보. 이게 필요해 보여서."

"혹시 이거 녹차야?"

마리아가 물었다.

그는 잠시 주저하다가 입을 열었다.

"아니. 이거 차이 티인데."

"다행이다."

마리아가 뜨거운 머그잔 위로 후후 입김을 불어 식히며 답했다.

"이 맛도 저 맛도 아닌 게 너무 지겨워. 게다가 녹차를 마시면 배도 아픈 것 같고."

잠시 후 식탁 위에 저녁상이 차려졌다. 메뉴는 초리조 소시지와 고춧가루를 넣은 소스로 만든 스트로가노프에 현미밥, 샐러드 그리고 케일 칩이었다. 케일 칩은 나머지 메뉴와 조금 안 어울리긴 했지만, 베냐민이 좋아하는 걸 알고 빈센트가 특별히 준비한 메뉴였다. 곧 레베카가 프라이팬 근처에 자리를 잡고 앉았다. 그는 부러 레베카의 휴대폰 위로 소스를 쏟는 척 장난을 쳤다.

"아, 식상해."

레베카는 자기 휴대폰을 살짝 옆으로 옮기며 타박했다.

그리고는 고개를 들어 한바탕 웃은 뒤 다시 입을 열었다.

"아니, 우리 집 바로 옆에 이웃집이 없는 게 얼마나 다행인지. 내 친구들이 아빠가 완전 물에 젖은 생쥐 꼴로 경찰차 타고 집에 돌아온 걸 봤다면, 나 진짜 죽어 버렸을지도 몰라. 가끔 정말 아빠는 뭐 하는 사람인지 궁금하다니까."

레베카의 말에 빈센트가 미소를 지었다.

"맞아. 그날은 꼴이 말이 아니었지. 다음번에는 부둣가를 따라 물 바로 옆에서 아슬아슬하게 걷는 짓은 안 하려고."

마리아는 머그잔 너머로 탐색하듯 그를 쳐다봤다. 빈센트는 가족들에게 수사와 관련해서는 별 이야기를 하지 않았지만, 가족 모두 뉴스 헤드라인 기사를 봐서 알 만한 사실은 다 알고 있었다. 그래도 마리아는 아무 말도 하지 않았다. 대신 뜨거운 차가 담긴 머그잔을 내려놓고 빈센트가 차린 음식을 들기 시작했다.

"여보, 어때?"

빈센트가 말했다.

"다음 주에 당신 부모님을 초대할까? 늦었지만 아버님 생신 선물을 준비했거든."

전혀 예상치 못한 말에 사레들린 마리아가 갑자기 심한 기침을 하기 시작했다. 그녀는 스트로가노프가 잔뜩 든 입을 냅킨으로 막았다.

"당신 머리 다치거나 한 건 아니지?"

마리아가 기침을 하다 말고 그에게 물었다.

하지만 빈센트는 냅킨 뒤로 그녀가 미소를 짓고 있는 것을 알 수 있었다.

그는 식탁에 둘러앉은 식구들을 하나하나 쳐다봤다. 레베카는 한 손으로 휴대폰 메시지를 보내면서 다른 한 손으로는 저녁을 먹고 있었다. 못마땅하게 볼 수도 있겠지만, 좋게 보면 딸의 멀티태스킹 능력은 놀라울 정도였다. 아스톤은 늘 그렇듯 마리아가 무심히 잘라 준 그의 접시 위 음식 조각 개수를 세고 있었다. 아스톤의 숫자 집착이 어디에서 온 것인지 너무나도 잘 알고 있었으므로, 아들을 탓할 생각은 없었다. 베냐민은 멍하니 다른 곳을 바라보며 식사를 하고 있었다. 베냐민 나이 대는 한창 이성에 관심이 많을 때지만, 빈센트는 지금 베냐민이 이성이 아닌 수학 문제에 빠져 있다는 걸 알았다. 어쩌면 유튜브에서 재미있는 문제를 발견했을지도 모른다. 빈센트는 그저 그 문제가 지난번처럼 죽음과 관련된 것은 아니길 바랐다.

"엄마, 사랑해."

아스톤이 갑자기 마리아에게 말했다.

"엄마도 우리 아들 사랑하고말고."

마리아가 미소를 지으며 답했다.

"아빠도 사랑해."

아스톤이 빈센트를 진지한 얼굴로 바라보며 말했다.

"그래서 지금 아빠는 사립 탐정 비슷한 일을 한다는 거지?"

그때 공상에서 빠져나온 듯, 베냐민이 물었다.

"일간지 사이트에 올라온 기사를 다 믿지는 마."

빈센트가 재빨리 답했다.

"그런데 진짜 아빠 누나가 그런 거야? 난 나한테 고모가 있는지도 몰랐네."

이번에는 레베카가 말했다.

그러자 빈센트는 고개를 저으며 냅킨으로 입 주변을 닦고 대꾸했다.

"그 살인범들은 나와 상관없는 사람들이야. 가족이라기엔 이미 연이 끊긴 지 너무 오래됐으니까."

"아빠, 그럼 우리는? 오래오래 함께할 거야?"

아스톤이 걱정스런 얼굴로 물었다.

빈센트는 아스톤이 싫어하는 걸 알면서도 저도 모르게 아들의 머리칼을 헝클며 답했다.

"우리 가족은 우리가 원하는 만큼 오랫동안 함께할 거야. 기쁠 때나, 슬플 때나."

\*

율리아는 책상 위 서류들을 모아 플라스틱 서류철에 넣고 자리에서 일어났다. 미나와 빈센트도 율리아를 따라 자리에서 일어났다.

"마지막으로 이렇게 와 주셔서 감사해요."

율리아가 빈센트와 악수하며 말했다.

"언론 없이 우리끼리 이렇게 조금 더 공식적으로 일을 마무리 지은 것 같아서 좋네요. 이건 약속할게요. 이제부터 빈센트 씨는 우리를 버려도 돼요."

빈센트가 웃음을 터트렸다. 하지만 왠지 행복하게만은 들리지 않는 웃음소리라고 미나는 생각했다. 그때 율리아가 손을 내밀며 말했다.

"이제 출입증만 저한테 반납해 주시면 돼요."

"아, 네. 물론이죠. 자, 여기요. 감사했습니다."

빈센트가 그녀에게 플라스틱 카드를 건네며 말했다.

"아주…… 얼떨떨하고 당황스러운 날들이었어요."

빈센트의 말이 끝나자마자 미나가 입을 뗐다.

"내가 바깥까지 배웅하고 올게. 출입증을 찍어야 지날 수 있는 곳들이 몇 군데 있잖아."

둘은 곧 율리아의 사무실을 나와 복도를 따라 걸었다. 어깨를 나란히 하고 걷는 동안 둘 다 입을 꾹 다물고 아무 말도 하지 않았다. 미나는 먼저 입을 열고 싶지 않았다. 이런 상황에서 무슨 말을 해야 할지 전혀 감도 잡히지 않았고, 무엇보다 울컥해서 목소리가 갈라져 나오진 않을지 걱정이 됐다.

"이렇게 끝이 나네요."

이윽고 빈센트가 입을 열었다.

"네. 그런 것 같네요."

미나도 답했다. 그리고 잠시 주저하다가 다시 입을 뗐다.

"예인이 맞았어요. 제가 겁쟁이란 말이요."

"아니에요. 미나 씨는 겁쟁이가 아니에요."

"그런데 어떻게…… 어떻게 알았어요?"

미나가 곁눈으로 빈센트를 흘끗 쳐다보며 물었다.

"제 보디랭귀지였나요? 아니면 저를 볼 때 뭔가 그런 기미가 있었나요?"

빈센트는 코를 비비며 대꾸했다.

"미나 씨는 걸을 때 오른쪽 다리를 조금 끌면서 걷죠. 그리고 왼쪽 어깨가 살짝 들리고요. 게다가 일반인보다 눈을 두 배는 더 많이 깜빡였어요. 이게 모두 약물 중독으로 인한 신경 손상을 보여 주는 증상들이거든요."

그의 말에 미나가 놀라 멈춰 서서 물었다.

"네? 제가 그런다고요?"

그녀는 충격에 휩싸여 자신의 오른발을 내려다봤다. 그런 그녀의 모습에 빈센트는 웃음을 터트렸다.

"아뇨. 그냥 농담한 거예요. 걱정 말아요. 미나 씨 아파트에 갔던 날, 일정 기간 동안 취하지 않은 것을 인정해 수여하는 기념 동전을 봤거든요. 그게 약물에 취하지 않은 성과 덕분에 받은 건지 확신할 수는 없었지만, 콜라도 제로 콜라만 마시는 미나 씨 성격을 생각하면 알코올에 중독되었을 거 같진 않았어요. 아, 성분의 85퍼센트 정도가 알코올인 손 소독제를 제가 깜빡했네요. 혹시 손 소독제 먹어요?"

"아악. 그만해요!"

미나가 부드럽게 그의 옆구리를 쳤다. 둘은 이내 다시 침묵에 휩싸였다. 그리고 로비를 향해 함께 계단을 내려갔다. 출입증을 찍어야 하는 보안 검색대가 나타나자 미나는 그가 통과할 수 있게 그녀의 카드를 찍어 주었다. 이제 단 몇 미터 앞에 경찰서를 나가는 출구가 보였다. 몇 미터만 더 가면 모든 게 끝이었다. 그때 빈센트가 갑자기 멈춰 서더니 미나를 바라봤다.

"미안해요. 제 누이가 미나 씨를 다치게 만든 거요. 그날 이후 제대로 잠을 못 잤어요. 눈을 감으면 물탱크에 갇힌 미나 씨가 보여서. 다 내 잘못이에요. 어떻게 보상을 해야 하나 생각해 봤는데 마땅한 방법이 생각나질 않네요."

말을 마친 그가 옅은 미소를 지은 후 다시 입을 열었다.

"그래도 이 짧은 머리 스타일은 미나 씨한테 아주 잘 어울려요."

미나가 짧게 자른 머리칼을 무심결에 손가락으로 훑더니, 아차 싶었는지 손에 나쁜 병균이 옮기라도 한 듯 청바지에 손을 비벼 닦았다. 아직도 그녀는 머리칼을 오염 부위라고 생각하고 있었다. 컨테이너에 들어갔다 나온 후 얼마나 많이 머리를 감았든, 그건 중요하지 않았다.

"네. 빈센트 씨가 그때 경찰이 이미 오고 있는 중이라고 말만 해 줬더라면 트라우마도 안 생기고 이렇게 머리카락을 짧게 자르지 않아도 됐을 텐데요."

미나가 그를 노려보며 말했지만, 그 눈빛에서 진짜 분노는 찾을 수 없었다. 그는 당황한 듯 미소를 지으며 미안한 표정으로 두 팔을 으쓱했다.

"그땐 거의 제정신이 아니었어요. 그리고 그 끔찍한 컨테이녀에 미나 씨가 뛰어들리라고는 정말로 생각도 못 했고요. 미안해요. 하지만 말한 것처럼 새로운 머리 스타일은 정말 잘 어울려요."

미나는 마지막으로 그를 흘겨보고선 이쯤에서 그 일을 덮고 넘어가기로 했다. 이미 지나간 일이었다. 그리고 솔직히 말하면 그녀도 새로운 헤어스타일이 꽤나 마음에 들었다. 미나는 빈센트가 그의 누나에 대해 한 말을 떠올리고서 고개를 저었다.

"우리는 살아남았지만 그 사람들은 아마 그러지 못했을 거예요. 그리고 이제 더는 무고한 사람들을 살해할 수도 없을 거고요."

빈센트는 아무 말 없이 고개만 끄덕였다. 그러고는 출구 쪽을 슬쩍 쳐다봤다.

"그건 맞아요. 그리고 아까 율리아 팀장님이 말한 대로 이제 미나 씨도 날 버려도 돼요."

말을 마친 빈센트가 작별 인사로 손을 내밀어 악수를 청했다. 미나가 가장 원치 않았던 게 있다면 그건 바로 빈센트와 악수로 작별하는 것이었다. 그들이 함께 겪어 온 일들을 생각하면, 그 모든 걸 그냥 악수 한 번으로 끝낼 수는 없었다. 그녀는 자신의 일부를 빈센트에게 주었다. 그는 그녀의 진짜 모습을 아는 유일한 사람이었다. 그런 사람과는 악수로 작별 인사를 하지 않는다. 빈센트와 함께 겪었던 그 일은 둘을 영원히 연결해 줄 테니까.

하지만 그러면서도…….

그들은 로맨스 영화의 주인공이 아니었고, 그녀도 열다섯 살짜리 철부지가 아니었다. 10월의 평범한 수요일, 둘은 쿵스홀멘의 경찰서 로비에 서 있었고, 그녀는 근무 중이었다. 이제 빈센트가 저 문을 나서면 그녀는 다시 사무실로 돌아가 확인하지 않은 이메일들을 열어 봐야 할 것이다.

그녀는 그 누구에게도 연결되어 있지 않았다.

"맞아요. 율리아가 말한 것처럼."

그녀는 그의 손을 맞잡고 악수하며 대꾸했다.

둘이 얼마나 손을 잡고 있었는지 알 수 없었다. 10분 같기도, 1년 같기도, 아니 0.5초 같기도 한 시간이 흘렀다.

빈센트가 먼저 손을 빼낸 뒤, 돌아서서 출구를 향해 걸어갔다.

그녀도 뒤를 돌아 보안 검색대 쪽으로 걸어갔다.

"미나 씨, 잠깐만요."

그때 갑자기 빈센트가 미나의 이름을 부르며 그녀에게 달려오더니, 재킷의 안쪽 주머니를 뒤져 뭔가를 꺼냈다.

"여기요!"

그가 그녀에게 건넨 것은 포장을 뜯지 않은 일회용 빨대였다. 미나는 미소를 지으며 빨대를 건네받았지만, 눈물이 차오르는 걸 참을 수 없어 눈을 깜빡였다. 조금 뒤 그녀도 자기 주머니를 뒤지기 시작했다.

"이건 빈센트 씨 거예요."

미나는 그에게 그녀의 루빅큐브를 건넸다.

"조심하세요. 큐브 조각이 좀 헐거워요."

둘의 시선이 마주치자, 빈센트가 미소를 지어 보였다.

이내 그는 화려한 색깔의 장난감을 손에 든 채 돌아서서 출구를 빠져나갔다.

미나는 잠깐 손 소독제로 손을 소독하고 싶다는 충동을 느꼈지만, 이내 그러지 않기로 했다.

# 감사의 말

혼자의 힘으로 이런 책을 쓰는 것은 불가능한 일이다. 아마도 두 사람이 힘을 모은다 해도 부족할 것이다. 이번 책을 쓰며 우리는 사실에 어긋나는 실수를 저지르지는 않았는지 확인하기 위해 전문가들에게 많은 조언과 도움을 받았다. 그중 특별히 우레와 같은 박수를 보내 드려야 하는 분들에게 이 지면을 빌려 인사를 하려 한다.

경찰청 스톡홀름 관할의 범죄 현장 조사관 셀다 스타그는 법의학 및 수사 과정에서 시신을 어떻게 처리하는지에 대한 선입견을 버릴 수 있게 도와주었다. 그리고 부검 과정에 누가 참여하는지, 안액眼液은 어떤 용도를 가지고 있는지 우리에게 가르쳐 주었다.

스웨덴 경찰 산하 국가작전부NOA 수사국 소속의 전문가, 테레사 마릭도 전화 추적과 정보 분석에 관해, 그 주제만 가지고도 책 한 권을 거뜬히 써낼 수 있을 정도로 구체적인 정보를 제공해 주었다. 셀다와 테레사는 경찰 업무에 대한 정확한 정보를 제공해 주었고, 이 책에 있을 수 있는 모든 오류는 작가진의 책임임을 분명히 하고 싶다.

마술과 일루전의 역사와 원리에 대해서는 마술 트릭을 개발하고 또 그러한 장치를 제작하는 안드레아스 세브링의 도움을 받았다. 안드레아스는 이 책에 등장하는 생 베르얀데르의 현실판 인물로, 본문 속 베르얀데르의 작업실도 안드레아스의 작업실을 그대로 묘사한 것이다.

또한 탈출이 불가능해 보이는 것들에서 탈출하는 방법에 대해 아주 중요한 이야기를 해 준 마술사이자 탈출 전문가, 안데르스 세브링에게도 감사 인사를 전한다.

이 책을 쓰며 우리는 현실을 최대한 정확하게 전달하려 노력하는 동시에 더 자연스러운 묘사와 서술을 위해 작가로서 창의력을 가미했다. 가령 리되 섬에 위치한 밍크 농장의 경우, 농장이 실존했던 시기와 지리적 위치를 바꾸었다. 해당 밍크 농장은 몇 해 전 폐쇄되었고, 물가 근처에 위치하지도 않았다. 또한 예블레 극장 내 무대부터 발코니까지 배열된 좌석의 열도 사실은 여덟 개가 아닌 여섯 개다. 그 밖에도 이 책에는 사실을 살짝 가공한 부분이 몇 군데 존재한다. 하지만 우리가 사실을 전혀 가공하지 않고 있는 그대로 기술했다면 지금도 꽤 두꺼운 이 책은 더 두꺼워졌을 것이고, 재미도 훨씬 덜했을 것이다.

그리고 가장 큰 감사 인사는 출판사 보크푀라게트 포럼의 출판인 에바 외스트베리, 원고 컨설턴트 욘 헤그블롬, 그리고 편집자 셰르스틴 외딘에게 바쳐야 할 것이다. 이 책을 쓰는 동안 우리는 함께 웃고 또 함께 좌절하며 울었다. 우리가 포기하고 싶었던 순간에도, 보크푀라게트 포럼 팀은 포기하지 않고 우리를 믿어 주었다. 포럼 팀의 헌신이 없었다면 이 책은 지금 완성도의 절반에도 미치지 못했을 것이다.

노르딘 에이전시의 요아킴 한손과 안나 프랑클, 싱네 룬드그렌, 그 밖의 모든 팀, 그리고 이 시리즈가 시작될 때부터 줄곧 이 책에 대한 믿음을 굳건히 유지해 주고 마술 같은 방식으로 이 시리즈의 가치를 확신하게 만들어 준 아세파 커뮤니케이션의 릴리 아세파와 그 팀에도 감사를 전한다. 그들이 어떻게 그럴 수 있었는지 아직도 잘 모르겠다. 어쩌면 비장의 무기로 닌자의 칼이 사용되었던 것은 아닐까. 어쨌든 감사하고 존경한다.

**카밀라의 감사의 말**

작가로서 확신하는 것 하나는 가족의 크나큰 도움과 지원 없이는 이런 책을 쓸 수 없다는 것이다. 세상 최고의 남편이자 특별히 작가 남편으로서 타의 추종을 불허하는 시몬, 늘 나를 응원해 주는 내 아이들과 친구들, 나머지 가족들. 그들의 응원이 있었기에 늘 길고 어려운 랠리를 완주할 수 있었다. 다시 한번 감사의 인사를 전한다.

**헨리크의 감사의 말**

먼저 사랑하는 아내에게 감사 인사를 전한다. 아내는 이 책의 구상 단계에서부터 귀중한 피드백을 주었고, 2년이라는 세월 동안 내가 빈센트와 미나에 대해 끊임없이 떠들 때에도 그만하라고 말하는 대신 늘 그 이야기에 귀를 기울여 주었다. 또 내게 그럴 자격이 없을 때에도 언제나 나를 믿어 주었고, 나라는 사람을 무한히 인내해 주었다. 내 아들 세바스티안과 네모, 밀로에게도 고맙다. 아들들이 아니었다면 내가 하는 그 어떤 일도 이렇게 유의미하지는 않았을 것이다.

마지막으로 이 시리즈를 낼 수 있도록 기회를 준 독자 여러분 모두에게 감사를 드린다. 이 시리즈의 1부를 마친 독자 여러분도 앞으로 있을 빈센트와 미나의 재회를 우리만큼 기대해 주시길 바란다.

**옮긴이 임소연**

고려대학교 중어중문학과, 이화여대 통번역대학원 번역학과를 졸업했다. 졸업 후 영국과 중국, 이탈리아, 미국 등을 옮겨 다니며 소설, 자기계발, 심리학, 에세이, 교양 등 다양한 분야의 책을 번역했다. 옮긴 책으로는 《1984》, 《송나라의 슬픔》, 《니체라면 어떻게 할까》, 《시시콜콜 네덜란드 이야기》, 《나는 세계 일주로 유머를 배웠다》, 《바람 쐬고 오면 괜찮아질 거야》 등이 있다.

## 박스 3

**초판 1쇄** 2024년 11월 19일

**지은이** 카밀라 레크베리, 헨리크 펙세우스
**옮긴이** 임소연

**책임편집** 이정
**표지디자인** 정나영

**펴낸이** 차보현
**펴낸곳** 어느날갑자기
**출판등록** 2017년 8월 31일 제2021-000322호
**블로그** https://blog.naver.com/dayonepress
**인스타그램** https://www.instagram.com/oneday_press
**유튜브 '책략가들'** https://www.youtube.com/@dayonepress

박스 3 ⓒ 카밀라 레크베리, 헨리크 펙세우스, 2024
ISBN 979-11-6847-989-0 04850

* 잘못된 책은 구입하신 서점에서 바꾸어 드립니다.
* 오탈자 및 오류 제보는 dayonepress@naver.com으로 보내 주시기 바랍니다.
* 이 책의 출판권은 지은이와 펜슬프리즘(주)에 있습니다. 내용의 전부 또는 일부를 재사용하려면 반드시 양측의 서면 동의를 받아야 합니다.
* 어느날갑자기는 펜슬프리즘(주)의 임프린트입니다.